神祇时代的诗学

对柏拉图、亚里士多德
诗学思想的再思与认知

神祇时代的诗学

李 平 著

对柏拉图、亚里士多德
诗学思想的再思与认知

上海人民出版社

图书在版编目(CIP)数据

神祇时代的诗学:对柏拉图、亚里士多德诗学思想的
再思与认知/李平著.
—上海:上海人民出版社,2004
ISBN 978-7-208-05333-2

Ⅰ.①神… Ⅱ.①李… Ⅲ.①柏拉图(前427~前347)-
诗歌-文学理论-研究 ②亚里士多德(前384~前322)-
诗歌-文学理论-研究 Ⅳ.①I545.072

中国版本图书馆CIP数据核字(2004)第093325号

责任编辑 秦 堃 郑家豪
封面装帧 王小阳

神祇时代的诗学
——对柏拉图、亚里士多德诗学思想的再思与认知
李 平 著

出 版 上海人民出版社
(200001 上海福建中路193号)
发 行 上海人民出版社发行中心
印 刷 上海商务联西印刷有限公司
开 本 890×1240 1/32
印 张 6.75
插 页 2
字 数 149,000
版 次 2004年9月第1版
印 次 2020年10月第2次印刷
ISBN 978-7-208-05333-2/B·444
定 价 58.00元

目　录

绪 论

古希腊诗学研究是一门显学，它在西方的历史上留下了许多研究成果。自文艺复兴以来，许多重要的思想家、哲学家和文论家都谈到过或论述过古希腊诗学思想。其中最主要的观点和文章已经用各种形式译成汉语，介绍到我国。20世纪中后期，西方出版了一大批古代人物传记和古代哲学的研究著作，其撰述和研究对象包括古希腊诗学思想的代表人物。同时，在西方出版的一系列颇具影响的文论、比较文学和历史著作中，探讨古希腊诗学思想也成为一个热点，学者们提出了一些不同于以往的新看法和新论点。就笔者了解的情况而言，其中被译成中文的著作主要有：布鲁克斯和卫姆塞特的《西洋文学批评史》、韦勒克和沃伦的《文学理论》、乌尔利希·韦斯坦因的《比较文学和文学理论》、厄尔·迈纳的《比较诗学》、维谢洛夫斯基的《历史诗学》、由国际比较文学学会组织编写的《诗学史》、罗德·霍顿和文森特·霍珀的《欧洲文学背景》、加林的《意大利人文主义》、热拉尔·热奈特的《广义文本之导论》和《隐迹稿本》等等。这些著作在涉及古希腊诗学的时候，除了介绍外，许多论述富有启发性。比如，《比较诗学》提出的希腊的戏剧繁荣导致了“诗学”诞生的观点，以及对“抒情类”文体的跨时代、跨文化分析;《历史诗学》对诗学传统的历史沿革的深入解剖;《比较文学和文学理论》对古希腊、罗马以及中世纪诗学的比较研究;热奈特对传统认为由柏拉图和亚里士多德提出的"三分法"的颠覆性分析等等,都重新唤起了人们的关注热情。在当代西方,后现代主义的代表人物(如雅克·德里达等)在展示自己最新的思想理念时,往往会联系到古希腊哲学和诗学思想,这也引起了笔者的注意。最古老的理论与最新潮的理论之间的这种永不消失的张力,是很值得留心的问题。20世纪末期至21世纪初期,我国引进了一批从新视角研究古代经典的西方学术著作,其中有一部分涉及古希腊诗学,比如保尔·汤普逊的《过去的声音》、约翰·迈尔斯·弗里的《口头诗学:帕里—洛德理论》、玛丽·比尔德和约翰·汉德森的《古典学》、特伦斯·欧文的《古典思想》、泰勒主编的《劳特利奇哲学史》第一卷(《从开端到柏拉图》)和 P.E.EASTERLING 编的《希腊悲剧》("剑桥文学指南"之一,1997年英文版)等等。这些著作以一定的篇幅讨论了如何以更科学的态度和方法研究古希腊学问,涉及了诗学思想与历史的紧密联系、荷马史诗的形成过程及真实影响、古希腊悲剧的深层次问题等,它们对深入理解和研究古希腊的诗学思想与理论有很大帮助。

我国翻译古希腊诗学经典原著的历史始于20世纪20年代。1926年,首先是傅东华先生翻译了亚里士多德的《诗学》,由商务印书馆出版。1962年,人民文学出版社出版了罗念生先生翻译的《诗学》(与杨周翰先生翻译的贺拉斯的《诗艺》合为一册)。在"译后记"里,罗念生写道:"前五章借用缪灵珠同志的译稿,经过一些修订,文责由笔者负担。朱光潜、杨绛、钱锺书三位同志曾对大部分译文提出许多宝贵的修改意见,特此向他们致谢。"而缪灵珠先生完整的《诗学》译文,发表于由中国人民大学出版社1998年出版的

《缪灵珠美学译文集》第一卷。1996年，商务印书馆出版了陈中梅先生译注的《诗学》(2002年11月该书第三次印刷出版时，译者在“后记”中加上了这样的句子：“回国后，于改校样期间，就某些术语的释译参考了罗念生先生翻译的《诗学》”)。此外，苗力田先生主持翻译的《亚里士多德全集》(中国人民大学出版社1997年版)也译出了《诗学》(取名《论诗》)。1954年，上海文艺出版社出版了朱光潜翻译的柏拉图《文艺对话集》，1963年人民文学出版社出版了朱光潜翻译的同名著作(书后附有较详细的“题解”和长篇“译后记”。“译后记”提道：“译文和注释有些错误和不妥的地方，由罗念生同志根据希腊文审校，提出很多宝贵的意见，译者已遵照他的意见作了一些修改，趁此向他表示感谢。”)，这篇“译后记”也是朱光潜后来出版的《西方美学史》中有关柏拉图部分的主要内容。1929年和1957年，商务印书馆两次出版了吴献书译的柏拉图的《理想国》；1986年商务印书馆出版了郭斌和与张竹明翻译的《理想国》(译者在“译者引言”中说：“此书原有吴献书译本，销行已久，素为学人称道，但语近古奥，不为青年读者所喜爱，余等不揣翦陋，另行移译，或可供对照参考。”)。另外还有一些古希腊诗学的片段译文发表在各种学术刊物上。2003年，人民出版社出版的王晓朝先生翻译的《柏拉图全集》，也收入了柏拉图的相关著作。

总体来说，中国的古希腊学问研究主要偏重于哲学，故学者中深入研究古希腊诗学的并不多，主要有三家：一位是罗念生先生，他翻译的亚里士多德的《诗学》及其注释和译后记，在我国有着持续而深远的影响。他的古希腊悲剧翻译和研究著作都是一再被引用的学术精品。一位是朱光潜先生，他翻译的柏拉图《文艺对话集》及其注释、题解、译后记和撰写的《西方美学史》，是我们步入古希腊诗学、美学殿堂的好老师。他翻译的一系列西方诗学、美学、哲学著作对研究古希腊学问都极有助益。还有一位是近年影响比较大的陈中梅先生，他的《诗学》(商务印书馆出版)新译本附有详尽的、涉及面较宽的注释，书的“附录”包含了十四篇文章，对古希腊诗学中的许多重要问题进行了介绍和分析。陈中梅先生还出版了专著《柏拉图诗学与艺术思想研究》(商务印书馆出版)，从详尽的资料入手，对柏拉图乃至整个古希腊诗学思想展开了研究。它们是近年来我国古希腊诗学研究值得重视的成果。以上三家的著译都被一再重印或修订再版。与此同时，还有一些资料选编和研究著作也是值得注意的，比如伍蠡甫主编的《西方文论选》(上海译文出版社出版。此书选材得当，每篇选文前的小序介绍了作者思想、选文论点及其渊源和影响等，犹如一册西方文论史)、伍蠡甫的《欧洲文论简史》(人民文学出版社出版)、杨周翰等主编的《欧洲文学史》(人民文学出版社出版)、缪朗山(即缪灵珠)的《西方文艺理论史纲》(中国人民大学出版社出版)、汝信的《西方美学史论丛》和《西方美学史论丛续编》(上海人民出版社出版)、范明生的《古希腊罗马美学》(上海文艺出版社出版)、方珊的《美学的开端》(上海人民出版社出版)、吕新雨的《神话·悲剧·〈诗学〉》(复旦大学出版社出版)、余虹的《中国文论与西方诗学》(三联书店出版)，以及叶秀山的《前苏格拉底哲学研究》和《苏格拉底及其哲学思想》(人民出版社出版)、汪子嵩等的《希腊哲学史》第三卷(人民出版社出版，亚里士多德卷)中有关亚里士多德的“艺术哲学”部分等等。1949年以来，我们出版了一大批文学概论性质的教材。古希腊元典诗学思想是一个绕不开的重要话题，因而凡是有文学起源、文学本质、文学观念或者文学类型等章节的，多会涉及柏拉图和亚里士多德的诗学思想。

从这些介绍来看，中国语境中的古希腊诗学研究和翻译，似乎已经相当可观。但是，这些研究大多侧重于美学层面，对具体的诗学理论关注并不太多。同时，大多数研究者都比较忽略古希腊诗学的宗教氛围，而这恰恰是理解柏拉图和亚里士多德诗学的关键。就具体研究而言，泛泛的议论较多，深入的追究较少；对经典文本的同一个句子，不同的译本有相当不同的翻译、理解和注释；一些研究者对古希腊文艺类型的理解与分析缺乏科学性；有的研究者只看到柏拉图和亚里士多德的不同（如所谓的唯心主义和唯物主义，理性与非理性），而没有注意到他们之间的内在联系。罗念生先生和朱光潜先生也在自己的著作中留下了不少有待解决的问题（例如提出了一些概念但未加解释，或看到了柏拉图文艺本质论与创作论的矛盾，但未分析矛盾的深层原因等等）。再拿有关的教材来说，其中的介绍大多十分简略，谈两者分歧的多、粗线条归类的多。在分析两人对后世的影响时，习惯于运用套语，而对希腊诗学上的难题一般不作学理上的深入探究。因此，学过文学概论的人似乎懂得了古希腊诗学的精髓，而实际上往往似是而非。这与我们历史上的文化环境有密切关系。一路过来的政治主流话语主宰着对经典的"为我所用"的诠释。

然而，这并不等于说西方已经完全解决了古希腊诗学的难题。事实上，从艾布拉姆斯的名著《镜与灯——浪漫主义文论及批评传统》的介绍和评析中，我们就可以看到欧洲历史上许多作家、艺术家和文论家（特别是浪漫主义一派）对亚里士多德"摹仿"理论相当广泛的误解。其中有的是不求甚解，有的是缺乏历史主义的态度。这种误解和误读，对我们的研究具有一种警示作用。

这就是说，在中国语境中，古希腊诗学依然是一片可以继续开垦的沃土。我们要以更加科学的态度来对待发生学意义上的诗学问题，尽可能地正本清源、条分缕析，从而在一个较高的层面上看清楚西方文论以后发展的清晰轨迹。这项工作对于教学也有重要的意义。

柏拉图是亚里士多德的老师,尽管两人的诗学思想有很大的差异,但是在观念传承过程中,形成了千丝万缕的错综关系。许多看似完全相异的东西,实际上盘根错节,有一种隐含的“互文”因素。将柏拉图和亚里士多德的诗学思想放在一起作比较研究,实际上就是将古希腊的诗学思想作为一个整体来考虑。本书试图立足于古希腊诗学的宗教氛围,结合我国的接受状况,通过外部研究和内部研究,对柏拉图和亚里士多德诗学思想和理论的“异”和“同”或者“半同半异”的现象展开多方面的探讨和反思,追本溯源,客观分析,并努力提出自己的观点和想法,以期推进对古希腊诗学的研究。

由于译家颇多,希腊诗学中的许多术语、概念和名词都有多种译法。笔者在行文中对一些重要的表述采用了统一的格式,比如“亚里士多德”、“理式”、“摹仿”等,而在引文中则不求统一。柏拉图的对话录,笔者在行文中均采用在题目后面加“篇”字的形式,如《伊安篇》、《斐德若篇》、《国家篇》等,引文中也不求统一。

第一章
神话世界中的理性攀登
——古希腊诗学展开的宗教背景

希腊的理性主义从来与修士和圣物有关。

让—皮埃尔·韦尔南

古希腊文化是一本半遮半开的神奇大书。当你怀着敬畏之心轻轻打开她的时候，会立即感觉到一股扑面而来的极其浓烈的气息：各种神祇在海里、空中、树上、山顶和地下向你发出微笑或扮出种种奇异的面目；四周回荡着稀奇古怪的音响，到处弥漫着带有动物血腥味的烟尘；驻足交谈或来来往往的人们发出率真的笑声，而哲学家和诗人们可能就站在他们中间辩论着什么；有人在海边捡拾着造型奇异的贝壳并喃喃自语，也有人独自在屋里苦思冥想……“神充满在万物之中”！（泰勒斯语）[1]这就是古希腊早期独特的万物有神的文化氛围，这就是西方的先人们生活于其中的神、自然、人浑然一体的真实图景。如果你在研究历史或文学时，只看到研究著述中一行行规整的文字、一条条概括总结出来的结论和要点，那么你可能还未真正走进这个世界。

在研究古希腊诗学（包括书面文字和图像资料乃至实物）的时候，我们会发现许多具有发生学意义的思想和真知灼见，它们是如此有趣、深刻和激动人心。然而同样的事实是，在思索这些思想的时候，我们又会发现许多无法自圆其说的矛盾。它们有时候会在合理的叙述中不由分说地忽然跳出来，有时候是那么顽固地盘踞着不走；它们有时候是艰涩复杂的，有时候是那么率真而富有诗意。这就给生活在今天的特别是异域的读者的阅读带来了障碍，使得读者的思绪无法顺畅地进入其核心部分。中国学者在研究古希腊诗学的时候，囿于自身的历史和意识形态环境，一般对其中的神学成分重视较少，忽视或者低估了这种宗教氛围对希腊诗学的催生意义，因而容易比较简单地用“唯物”和“唯心”、“理性”和“非理性”等现成的二元对立概念来规范原本非常复杂、多元的历史事实[2]。

实际上，古希腊诗学的迷蒙光晕现象，是由作为古希腊整个生活底盘的“宗教”背景所决定的。古希腊宗教的远古形态及其所富含的意义，是探索和解决这些矛盾的一把钥匙。

第一节　范畴和意味

讲到古希腊宗教，会涉及一系列与之有关的概念和范畴，比如神学、巫术、信仰、神灵、神话、诗歌、戏剧等等。由于古希腊尚处于人类文明的发生期和初级阶段，以上这些很久以后才逐渐形成的概念和范畴，在当时往往是模糊不清或紧密地交织在一起的。然而以今天的眼光来看，它们在逻辑和适用范围上是不同的，只有将它们的关系梳理清楚，才能进一步展开分析和研究。

首先，“神学”是研究和论证神的存在、本质，阐明宗教教义的学说[3]。当然也有借用意义上的说法或者广义的说法。比如将与宗教有关的现象都称为“神学”，像“神话神学”、“理性神学”等等。

"巫术"与"神话"孰前孰后是一个有争论的问题。一般认为是巫术在前(这是一种按照原始意念的"行动"。希腊巫术的元素包括祭所、祭仪、神秘符号等等),而神话则在巫术消失以后以一种口头语言的形式留存了下来。但事实上,神话不能仅仅理解成巫术的写照,它还有关于早期人类思维和生活的更丰广、复杂的内涵;同时,神话勃兴的时代,巫术这种古老的仪式在某些地域依旧存在。神话自身有漫长的流变史。它一开始是民间口头的东西,最后留存、积淀、成型于诗歌和戏剧等艺术,甚或其他的历史和哲学著作之中。当然,从东方(如埃及、巴比伦)古老观念对希腊产生影响以来真实的希腊宗教状况,与后世可读之神话诗歌和戏剧的叙事之间必然会有很大的差异。这里的取舍与存亡,除了城邦和国家意识形态介入的因素以外,是极有历史和美学意味但又无法比较、验证的。神话从远古历史中分离,以隐喻的形式存在下来。这个隐喻的还原是如此之大,意味是如此之浓缩,以至于成为后人和后代文化取之不竭的源泉。神话不等于宗教,只是神话中的"神灵"观念在后人看来具有宗教的意味。神灵是信仰的对象。神灵之族,在不同的社会和时代是完全不同的。而信仰是指对特定神灵的崇拜。事实上,早期的希腊宗教,既有图腾崇拜、狩猎崇拜的遗迹,也有祛病法术、冥事崇拜、火灶崇拜、祭祀仪式等等[4]。德国大哲学家黑格尔把希腊宗教称为"美的宗教",这是将荷马宗教当作全称判断,完全忽视了潜在底层而影响却更加深远的远古和民间宗教。

希腊远古时期的神祇形象是模糊不清的。希腊人的神灵先是自然力、图腾、祖先、幽灵、魔怪等等,后来出现了一些与生存和生产需要相关的功能神,比如农业神、丰产神等。到希腊古风时代,出现了主要神灵崇拜,即奥林匹斯神灵谱系崇拜和狄俄尼索斯神(酒神)崇拜。

钱穆先生的《中国散文》一文,对中西文学的发生学问题有很中肯的比较分析,曾经受到学界的关注。然而他说:"西方文学如史诗、神话、戏剧等,开始就像是自然的、朴素的、天真的、民间的以及地方性的","西方文学发展,普通是说,如神话、故事。是唱,如诗歌。是演,如戏剧"[5]。这里的分类及解释存在着不少问题。首先,"史诗、神话、戏剧"的排列次序就不够科学。按历史顺序自然应当是"神话、史诗、戏剧"。再说,"神话"实际上是一个后来的概念:最初流传于民间的神的故事和英雄传说,在先民们的眼里就是历史和生活的一部分(有学者认为,甚至在出现了荷马史诗以后,古希腊人还深信史诗所说的都是真实发生过的事件)[6]。只有当神话被凝冻到后来的艺术形式中,并与人类的实际、功利生活发生了一种错位以后,才成为真正的"艺术"。由于原始神话是口头的,除了已经飘逝的声音外,别无物质遗存。所以,后人看到的神话都是以史诗和戏剧或者历史、哲学著作等方式存在的。至于我们读到的"古希腊神话故事"之类书籍,都是后人为了集中和普及起见,对以上各类作品有关内容的改编或再创造。在神话时代,神话就是故事,所以,把神话与故事并列也不够科学。讲西方发生学意义上的文学是"说"、"唱"、"演"固然不错,但更应当指出,这既是一个历史序列,也可能是并存的东西。在古希腊,"诗"是一个广义的概念,它既指史诗,也指抒情诗和剧诗。同时,当史诗出现了以后,它就是定型了的神话,这样,所谓"说"也就不再独立存在了。而古希腊反映神话的"诗"往往与"唱"是结合在一起的。

口头神话与书面神话(如史诗)对于古希腊先民而言,实际上就是真实历史生活的再现。神话简直就是那个时代包囊一切的百科全书,而宗教只是其中的一个主要部分。法国的希腊研究专家韦尔南指出:对于使用"神话"这个词的古希腊人来说,它的原初含义是“讲话”和“叙述”。最初，它并不与“逻各斯”相对立。直到公元前5世纪以后，情况才发生了变化(即它的神秘性、虚拟性逐渐被人认识到了。——笔者注)。总之，“神话”包括了人们自发地口耳相传下来的一切。“在希腊的背景中，神话不是一种特殊的思想形态，而是随意的交往、见面或闲谈中被一种无形的、匿名的、无法捕捉的力量传递并散播开来的全部内容，这种力量被柏拉图称为‘传言’(Phèmè)”[7]。从历史的发展观来审视，神话传播方式的顺序依次是：(1)口耳相传，(2)诗人的创造。韦尔南用生动的话语描述道：这就是希腊人的“知识”。首先，通过家庭的中介，孩子们在摇篮里就知道了这些内容。因为在人们学说话的同时听到而更加耳熟能详。他们制造了一个道德框架，希腊人依照这个框架自然而然地发展到表现神、安置神、思考神。后来，“通过诗人的声音，诸神的世界有距离地、奇特地向人类展现，彼世的天神通过讲述他们的生动故事具有了理智所熟悉、允许的形式。聆听诗人们在乐器伴奏下的咏唱，这不再是很有限的范围内的个人行为，而是在公众场合，在宴会上，在正式节庆中，在重要的体育竞争和比赛中常有的活动。文学活动由于借助书写而得以延续，并且改造了源远流长的口吟诗歌传统，在希腊社会与精神生活中占据了中心位置。对于听者，这不是简单的个人消遣，不是博学才士专有的奢侈，而是代替社会记忆、知识的保存和交流工具的真正机构，其作用是至关重要的。正是在诗歌中，并且通过诗歌，各种重要特点得到表述和确定，同时具有了易于记忆的言语形式，这些基本特点超越每个城邦的神宠论，为赫拉德(古希腊地区名)的统一奠定了一种共同文化——专门涉及宗教表象，涉及纯粹意义上的诸神、精灵、英雄或死者。如果没有史诗、抒情、悲剧性的诗歌，人们就只能谈论希腊崇拜——复数的——而不是一种希腊宗教。荷马和赫希俄德在这方面起了特殊的作用。他们有关诸神的叙述获得了一种近乎经典的价值。对于摹仿这些叙事的作者和聆听、阅读过这些叙事的公众来说，他们已经成为参照的楷模。”“无疑，其他诗人不曾产生过类似的影响。但是，只要城邦还存在，这个活动就会继续起到这种镜子的作用。这面镜子反映群体的固有形象，使人们得以在对神圣的依附中自我把握，面对诸神自我确定，并且通过世代连续交替保证一个要消亡的团体的和谐、延续、恒常，以得到理解。”[8]因此，韦尔南在另一个场合补充道：其实没有神话（口头神话），只有“通过一代一代口头流传下来的叙事形成了一种集体的知，一种同时构成被视为真理的文化的框架和内容的知”[9]。

第二节　史诗诗人和戏剧诗人

古希腊处在无法记录声音的时代，原始口头神话的“真身”早已飘散得无影无踪。它们之所以能被后人窥见，除了雕塑、陶绘和神庙等可见之物以外，是因为它们留存、积淀、成形于以下这些后来的文字载体：

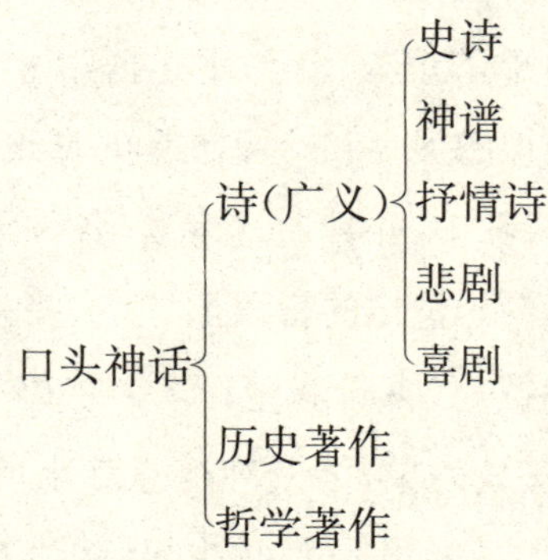

关于古希腊神话，马克思曾发表过一些著名的言论。他说：

“任何神话都是用想象和借助想象以征服自然力，支配自然力，把自然力加以形象化；因而，随着这些自然力之实际上被支配，神话也就消失了。”他接着说：“希腊艺术的前提是希腊神话，也就是已经通过人民的幻想用一种不自觉的艺术方式加工过的自然和社会形式本身。这是希腊艺术的素材。”他还说道：“希腊神话不只是希腊艺术的武库，而且是它的土壤。”[10]在我国，对这些名言历来引用多、分析少。其实，这段话的含义是十分精当而丰富的。首先，马克思从人与自然关系的角度，深刻而简明地分析了神话产生和消亡的原因；接着，马克思将神话与希腊艺术分开，指出神话是希腊艺术的“前提”；然后，指出神话不是自然和社会形式本身，而是经过人民加工的产物，并准确地指出了这种加工的方式是“幻想”，是一种“不自觉的艺术方式”（即当事人并没有“艺术”的概念，它是后人返视历史时的概念附加）；最后，再次清楚地说明了两者的关系：神话是希腊艺术的素材、武库和土壤。

马克思的历史主义态度和高度智慧的话语是足以令人叹服的。但是笔者想指出，这里实际上还有一个隐含着的重要问题值得我们思考，它是后面多处论述的基础。那就是：马克思这里所说的“神话”是仅仅指口头神话，还是指口头神话和早期诗人（荷马和赫西俄德）作品的总和？

前面我们已经说过，古希腊原始民间口头神话的真实原型已不复存在。虽然它作为希腊艺术的素材被很多文本叙写，但是最早的叙写文本是荷马史诗以及赫西俄德的《神谱》。也就是说，对后人而言，正是荷马史诗以及赫西俄德的《神谱》将整个古老丰富的神话世界首次带入了人间。或者可以更明确地说：荷马史诗和《神谱》就是希腊神话的总汇。这里还可以用恩格斯的话来支持这种观点：“荷马的史诗以及全部神话——这就是希腊人由野蛮时代带入文明时代的主要遗产。"[11]这里,恩格斯把史诗和神话看作一个整体——野蛮时代的遗产,从而区别于文明时代的其他文化。

这个分辨是意义重大的。按照这种认识,我们可以说:荷马史诗和《神谱》与原始口头神话的关系是直接的,可以把它们当作一个整体来看待;而希腊后世诗人的艺术叙说是以这个整体为前提的,它们与原始口头神话的关系是间接的。这样,就古希腊的"诗"而言,我们可以列出它们与神话的另一种关系图式:

神话总汇(荷马史诗与《神谱》){抒情诗 / 悲剧 / 喜剧}

这个图式告诉我们:存在两种诗人,以记录原始神话为主的史诗诗人和以原始神话为写作题材的戏剧诗人。鲁迅先生说过:"惟神话虽生文章,而诗人则为神话之仇敌,盖当歌颂记叙之际,每不免有所粉饰,失其本来,是以神话虽托诗歌以光大,以存留,然亦因之而改易,而销歇也。"[12]通过前面的分析可以知道,鲁迅先生这里所说的"神话"当是指口头神话,而"诗歌"和"诗人"则只能理解为戏剧和戏剧诗人等,而非荷马和赫西俄德。处于诗歌发生期的荷马和赫西俄德,并没有"艺术"的概念和"诗歌类型"的意识。对神灵的"诗化",不是他们刻意的"艺术处理",也不是真实与虚拟的有意识结合,而是一种希腊历史上"黑暗时代"晚期自然滋生出来的思维形态,它是完全"自然"而"真实"的叙写。英国历史学家罗宾·奥斯本说:"我们所进行的'神话'和'历史'间的区分是公元前5世纪晚期以前的任何一位古希腊作家都没有做出过的区分。Muthos 和 logos 这两个在修昔底德、柏拉图和其他人手中逐渐代表'神话'和'理性'对立的两极的术语,实际上是被较早的作者们混用的。甚至在公元前430年代或公元前420年代写作的希罗多德——历史之父——也乐意把荷马、赫希俄德和特洛伊战争看作具有同等地位的。”[13]

我们有理由相信,荷马在《伊利亚特》开篇时的吁求:“女神啊,请歌唱佩琉斯之子阿基琉斯的致命的忿怒……”和《奥德赛》开篇时的恳求:“请为我叙说,缪斯啊,那几位机敏的英雄……”都是一种十分诚挚的情感流露。赫西俄德在《神谱》中吟咏道:“曾经有一天,当赫西俄德正在神圣的赫利孔山下放牧羊群时,缪斯教给他一支光荣的歌。”这也只能理解成是诗人的一种自然之声。同样,为神建立谱系,不是一种“艺术创造”,而是对业已存在的“事实”的归类,是关于神性历史的家谱和时历。史诗诗人对原始口头神话与历史事实的混融是天真而无意识的。把荷马笔下的特洛伊战争说成是“一次在神话的动人外衣掩盖下的掠夺”[14],只能是今天分析家的语言。在谈到荷马诗歌中的超自然力量问题时,德国哲学家谢林认为:在荷马诗歌中没有超自然的力量,因为希腊的神就是自然的一部分[15]。荷马和赫西俄德之所以没有自觉的“想象”、“夸张”等艺术意识,是因为“想象”和“夸张”就是先民时代的整体思维特征。亚里士多德在《诗学》中说过,只有荷马能把谎话说圆[16]。这其实已是另一个历史阶段的意识形态话语。亚氏把它放在史诗和戏剧创作的技巧问题中来论述,是一种错综叙事,也是另有用意的。

在今天看来,史诗诗人的这种主观与客观的混融性,在当时——按意大利学者维柯的说法——正是“诗性智慧”的产物:“我们发现各种语言和文字的起源(注意,这里的“起源”既指“语言”也指“文字”。——引者注)都有一个原则:原始的诸异教民族,由于一种已经证实过的本性上的必然,都是些用诗性文字(poetic characters)来说话的诗人。"我们"要凭大力气才能懂得这些原始人所具有的诗的本性"[17]。遵循古埃及人的观念，维柯指出各民族都经历了三个不同的时代：神的时代、英雄时代和人的时代，这三个时代各有自己的自然本性。在神的时代，初民们最具备想象的能力，他们对各种现象的原因一无所知，他们于是根据需要创造出一批一批的神，把神作为原因。他们从唯一可参照的自身出发来揣测外部世界，把自然界想象成一个巨大无比的有生命的躯体，它的变化和文采就是神的语言，只有通过占卜加以解读，才能领会神的意思。从后人的眼光看来，初民们是天生的"诗人"，做诗是他们的本能。各种口头"修辞"话语（后人的认识）的汹涌翻滚，实在只是无意识的行为。在维柯看来，荷马属于英雄时代，这个时代可以说一直到希罗多德才宣告结束（因为《历史》作为一部目的在于记录历史事实的散文著作，依旧缠绕着神话的迷雾。这个意见与罗宾·奥斯本是一致的。当然，从发生学意义上说，荷马史诗与《历史》还是有很大不同的。——笔者注）。英雄时代不具备抽象思维，诗人的所为，是一种人格化的"推己及物"的自由联想，比如，不说"我发怒"而说"我的血液在沸腾"，不说"地干旱"而说"地渴了"。维柯认为，英雄时代的神话传说，就是英雄们和他们的习俗的历史，或者说：神话就是历史。[18]

维柯的研究成果启发我们作一种还原性的思考：(1)"英雄时代"的神话是"神的时代"的神话之衍申并加上自己时代的无意识想象思考的结果；(2)我们既可以说史诗作者是"诗人"，也可以说他们是"历史记录者"或者"神学创始人"，但在他们的时代并没有这种区分；(3)由于创造"神"原本是现实生活的各种需要，因此原初的神之形象就必然是变化而多样的。同时，尽管初民们和史诗作者的想象可以天马行空，但终究离不开"人"自身的局限，所以人的各色品相自然就全方位地转移到了神的身上。

然而，荷马与赫西俄德还是有区别的。在荷马史诗中，我们读到的是流畅的叙述，是人、英雄和神的自然交往。这里尚没有“虚构”的明确意识。但是在《神谱》中，情况却较为复杂也更有深意。《神谱》诗人是这样咏叹的：

> 也正是这些神女——神盾持有者宙斯之女，奥林波斯的缪斯，曾对我说出了如下的话，我是听到这话的第一人：
>
> “荒野里的牧人，只知吃喝不知羞耻的家伙！我们知道如何把许多虚构的故事说的像真的，但是如果我们愿意，我们也知道如何述说真事。伟大的宙斯的能言善辩的女儿们说完这话，便从一棵粗壮的橄榄树上摘给我一根奇妙的树枝，并把一种神圣的声音吹进我的心扉，让我歌唱将来和过去的事情。”[19]

从这段文字中引用的缪斯的话看，仿佛存在着“虚构”（也有译成“把谎话说圆”）的概念，这种说法是未见于荷马史诗的。但在诗里这只是第二个层面的话语，从第一个层面或终极话语发出者的角度，即《神谱》作者的角度看，“虚构”的意味便被瓦解了：诗人要你相信，他所听到的一切都是真实的。于是乎，我们就看到了荷马之后不久的赫西俄德的特点：认为神使用过虚构的概念，但绝不认为自己的叙述自身是虚构（古希腊的“虚构”问题将在第五章加以讨论）。

后期的戏剧诗人则完全不同了，他们的时代（公元前5世纪以降），逻各斯意识已经抬头。尽管依然是神话笼罩的时代，但诗歌叙述已经逐渐成为有意识的“艺术创造”。这里既有对发生期艺术

（如史诗和神谱）神话内容的再叙写，更有自己在历史现场的想象和虚构。可是，这里似乎也存在一个悖论性的问题：一方面，我们承认存在原始口头神话，但实际上我们从来不知道真正的民间口头神话是什么；另一方面，学者们责备诗人篡改了原始的神话因素，但事实上我们同样不清楚原始神话对神的态度到底是什么。

第三节　宗教类型和诗歌形态

当荷马[20]登上历史舞台的时候，神话中远古时代的直接感知特征逐渐消失。在小亚细亚无名氏创作的口头神话故事的基础上，以荷马（约公元前9世纪）与赫西俄德（约公元前8世纪）为代表的诗人，用自己的作品（《伊利亚特》、《奥德赛》和《神谱》）开始为神祇建立起奥林匹斯谱系。与其他宗教发生源的情况有所不同，古希腊的神祇谱系具有高度人格化特征，从而在神性和人性之间架起了互相沟通的桥梁。这样一来，神便具有了人形，除了神是长生不死的以外，凡当时的人所具有的种种属性（包括各种道德缺陷），神也都具有。荷马史诗的性质属性如前所述，是一个复杂的艺术类型发生学问题。它们的形成原因并不以构成艺术类型为指归。它本是历史事实（特洛伊战争）和口头神话（神的故事和英雄传说）在一种无意识的想象支配下交相混融的产物。荷马史诗于公元前6世纪被正式写成文字，公元前3—前2世纪又经过亚历山大城学者的最后编订。由于它的最后定型是一个不断累加、变化的过程，所以其中必有不同时代的历史印记。

由于地理、社会、民族等原因，希腊神话系统的组成是相当纷繁复杂的。公元前8—前7世纪，作为希腊氏族社会精神产物的神话已经基本定型。由荷马和赫西俄德建立起来的奥林匹斯教（也称为“荷马教”)由十二个主神组成,宙斯为最高的天神,是奥林匹斯山上所有其他神的领袖,是希腊万民之父。另外十一个主神是:赫拉(宙斯的妻子)、波塞东(海神)、阿波罗(太阳、光明、理性之神)、赫耳墨斯(信使、牧神、集会神、发明神等等)、阿耳忒弥(保护神、狩猎神等等)、雅典娜(处女神、和平女神等)、阿佛洛狄忒(爱情女神)、得墨忒耳(谷物女神)、赫淮斯托斯(火神、锻冶之神)、阿瑞斯(战神)、狄俄尼索斯(植物神、葡萄种植和酿酒的保护神)。从这些神灵所司的职能看,它们依然与希腊人的社会与生活有密切的关系。奥林匹斯教是多神教,但具有“单一主神教”的因素,它逐渐成为了希腊大多数城邦的宗教,增强了希腊人统一的民族意识。荷马和赫西俄德创造的天神系统及其故事为奥林匹斯教奠定了教义性的基础,他们的诗是希腊知识的来源。然而,奥林匹斯山上的景象除了众神祇的巨大威力以外,同时呈现出神祇之间勾心斗角、尔虞我诈、互相欺骗等等与人间相似的道德沦丧的图景。有学者认为,这里的情形正是当时人间迈锡尼的生动写照。对于这个现象,曾经有过许多争论。一种看法基于荷马对希腊宗教的贡献,提出荷马是一个神学家,荷马史诗是一部神学著作;另一种有代表性的看法认为,荷马完全是非宗教的,是世俗的诗人[21]。但不管怎么说,到公元前6世纪左右,由于人们在荷马和赫西俄德的文本中看到了与原始蒙昧形成距离的理性观念和神话观念的奇怪结合[22],荷马实际上已经成为希腊民族的导师。这里的“理性”含义不是指逻各斯,它首先是指荷马史诗与《神谱》超越了怪异形象和魔法阶段,为神建立了体系。神似人形,人神同在,整个宇宙变得有秩序了。赫西俄德层层追述诸神起源的言说思路,启发了以后的自然哲学探寻宇宙本原的基本走向;其次,它们几乎包含了当时希腊的天文、地理、历史、社会、文化等一切知识;最后,是指荷马作品所表现出来的人神相通、英雄身上充满正义和善意的英勇无畏精神——当有人建议赫克托尔在战斗之前去观看鸟的飞翔，以判断吉凶时，赫克托尔说："去看那翅膀宽大的飞鸟吧，不管它是飞向左还是飞向右——不；只有一个征兆是最好的，那就是为我们自己的城邦而战。"[23]

史诗诗人的思维与意识是一个层面，将史诗诗人作为导师的希腊民众的思维和意识又是另一个层面。这是不能混淆的。古希腊宗教是一种公共生活，作为希腊的正统宗教，奥林匹斯教具有强烈的世俗性和功利性。但是它在精神和心理方面对希腊人有着深刻的影响：一是命运天定、不可改变的观念。这里的神圣"定数"甚至凌驾于诸神之上。"定数"的观念加重了希腊人对宗教和命运的敬畏感。值得一提的是，这里支配一切的"定数"观念和《神谱》中的追本寻源意识也为后来的哲学家引申出"规律"的科学观，埋伏了基础。二是随着世代的演变，奥林匹斯教的宗教神话观念逐渐成了希腊人维系社会秩序的准则，大到国家的事务，小到私人的契约，都会以向神起誓来作为保证。但希腊人没有圣经宝典，没有教规，没有十诫，没有教条。尼采说，希腊人并不把荷马的神祇看得高于自己，这与犹太人把神和人的关系看成是主仆关系大相径庭[24]。

除了作为国家宗教的奥林匹斯教(但并不是强制的规则)，希腊在部分地区和部分人中间还存在一种影响巨大的民间宗教，以此来满足对探索生命神秘的需要，那就是流传在民间的狄俄尼索斯教(对狄俄尼索斯的崇拜与葡萄种植和酿酒技术在希腊的传播有关)。这是一种在本质上离真正原始意味更近的宗教。前面我们说过，狄俄尼索斯是奥林匹斯山上排行最末的神。实际上，追本溯源，它只是一个外来的色雷斯神。在荷马笔下，他非但不是主神，而且是“不尊严的”。在赫西俄德的《神谱》中，只是简略地提到：“卡德摩斯之女塞墨勒与宙斯恋爱，生下一个出色的儿子，快乐的狄俄尼索斯。母亲是凡间妇女，儿子是神。现在两人同为神灵。”[25]狄俄尼索斯的诞生故事有好几个版本，他的卑微、苦难、再生和狂欢等等传说在希腊的土地上被反复叙说，是意味深长的。它不仅对希腊哲学而且对希腊戏剧的产生与发展，都有重要影响。由于这个外来神与奥林匹斯天神的贵族特征不同，他强烈的平民性更易被民众接受。狄俄尼索斯教的典型画面就是：狄俄尼索斯由羊人和酒神狂女陪伴。他们手持长笛、毛皮和酒杯，载歌载舞，醉醺醺的。神人不分，神人同欢，以血祭来沟通人性与神性。特别重要的是，只要你信仰狄俄尼索斯，你自己便是神圣的神。这样一来，神与人的界限就被打破了。信徒们在祭仪和庆典中，通过与神的沟通和认同，体验到了自身的神圣性，获得了精神上的轻松和提升[26]。在不断的发展过程中，狄俄尼索斯精神成了与代表理性的神阿波罗相对的感性之神，对狄俄尼索斯的崇拜是一种对精神力量的崇拜，对感性张扬的崇拜。是希腊的诗人和艺术家，把狄俄尼索斯接到天神家族中来的。尼采说：古希腊早期的一些悲剧人物形象（如普罗米修斯、俄狄浦斯等）其实都是狄俄尼索斯的面具[27]（酒神崇拜的庆祭在内容与形式上催生了悲剧和喜剧）。这种从悲剧人物的曲折经历和精神意味角度作出的分析是很有深意的。然而，希腊人不会把这种奔泻的酒神情绪推向极端。公元前6世纪的俄耳甫斯（Orpheus）教（也译为奥菲斯教）正是对狄俄尼索斯教的改革与发展。俄耳甫斯在传说中是一个半神半人的人物，是阿波罗的学生，他以一个手捧七弦琴的神秘诗人形象出现。关于他和狄俄尼索斯的关系，有不少矛盾的说法。普遍认为他融合了阿波罗精神和狄俄尼索斯精神（有趣的是，这两个神的雕像以后甚至在形体上也显出某种一致,可以互相替代[28]),以至于最终在德尔斐神庙举行共同的狂欢祭礼。俄耳甫斯教在改革和发展狄俄尼索斯教的基础上,改革了狂兴的仪式,建立起了一整套的秘仪,形成了一种秩序。它的特点是:(1)神谱体系与荷马、赫西俄德有所不同,(2)提出了肉身与灵魂分离、现世与来世轮回的思想,(3)强调罪与罚的观念,重视涤罪仪式。由于俄耳甫斯教实行神秘主义的原则,宗教仪式只在小圈子里进行,所以我们只能通过同时期或后来别的著述者的引述和介绍来略知一二(阿里斯托芬的《鸟》和公元1世纪的普鲁塔克对此有过描绘)。希腊史专家策勒尔(Eduard Zeller)认为:俄耳甫斯教带来的人生观和价值观变化,与希腊人的天性其实是格格不入的。也许是这种神秘主义倾向打动了性格敏感的希腊人的心弦,满足了大约在这种宗教崇拜兴起时令人异样地感觉到的某些需要等等,不过,这种神秘主义的二元论把人的本性划分为两种对立的成分,在希腊人的血液中仍然是一种属于东方的、异质的东西。但是这种新宗教有助于动摇旧事物的权威,它给予希腊人的思想一种新的推动力。

由此可见,公元前6世纪的希腊是一个分裂的时代:在大多数人将荷马奉为民族导师的时候,有一部分希腊人再也不满足于传统的宗教。在他们面前敞开着两条道路,一条是我们已经说过的浓重的宗教神秘主义的道路,俄耳甫斯教的学说和秘仪指引了这条道路;另一条是趋于理性的思维和探究的道路,伊奥尼亚的自然哲学家遵循了这条道路。但是新宗教与自然哲学、神秘主义与理性主义的发展并不是永远截然分开,而是交叉渗透的[29]。

如果不考虑时间因素,将古希腊有代表性的诗歌形式与有代表性的宗教类型挂钩(不同类型之间有复杂的交织),我们就会发现这种有意思的联系:

(1) 荷马史诗、《神谱》——奥林匹斯教神话体系崇拜。

(2) 戏剧(悲剧为代表)——狄俄尼索斯教神话体系崇拜。

不同的是:荷马史诗是艺术又是历史,在原生态意义上甚至不是艺术,而是希腊生活的全部,它的艺术性只是后人赋予的;而戏剧则一开始就是一种精神生活,是一种主动自觉地反映神话、现实和理想的艺术形式。

第四节 不同平面上生长的神学立场

卡西尔(Ernst Cassirer)在《人论》中曾经依据穆雷(Gilbert Murray)的研究,把希腊宗教的发展分为三个阶段[30]。第一个阶段是原始人的时代,生命一体化的感情和神话思维占主导地位,人与自然、动物有亲缘的关系,流行动物崇拜和图腾信仰。第二个阶段为"奥林匹斯的征服"时代,生命的一体化的情感让位于对人的个体性的特有意识。人在人格化的诸神中开始以一种新的眼光看待自己的人格,这种过程在最高的神——奥林匹斯山的宙斯——的发展中可以清楚地看到:甚至连宙斯本来也是一个自然神,一个被尊为居于山顶司掌云雨雷电的神。但是渐渐地呈现出一种新的形态,宙斯成了正义的监护人。正如穆雷所说,荷马的宗教是希腊人自我实现的一个步骤。荷马的诸神在精神上和形态上都像人,只是大得无可相比。因此,人化的诸神是希腊人文主义发展的特殊方式。在这种人格化的神话中,人自己发现了自己。到第三阶段,"旧的神话——荷马和赫西俄德的诸神开始消亡,关于这些神的流行的概念受到激烈的攻击,一种由个别的人们所形成的新的宗教理想产生了,伟大的诗人和伟大的思想家们——埃斯库罗斯、欧里庇德斯、色诺芬[31]、赫拉克利特、阿那克萨哥拉——创造了各种新的智能和道德标准。”

陈来先生在介绍了卡西尔关于希腊前哲学时代的论述后说：历史上神话—宗教的各个阶段其实并非截然清晰地分别开来，而更多的是重叠消长。较之以中国文明的情形而言，商代的上层宗教已经不是动物崇拜和图腾信仰，而表现为一种多神教的信仰，与早期希腊相当。不同之处是希腊人更加以无与伦比的艺术化想象，使神谱都附有浪漫的故事。礼乐文化自西周建立到春秋的展开，相当于后神话时代，仍充满了理性与神性的较量和紧张。中国文明的人文化不是通过神话人物的人性化来实现，人的自我确证是通过消解神灵信仰和减降神灵地位，突出民、人、德的重要而得以实现，从而把礼乐文化本有的人文化气质更加发展起来[32]。这里的比较，道出了东西方神话的本质差异，是富有启发意义的。叶秀山先生在《苏格拉底及其哲学思想》一书中指出：不能说古代希腊人没有历史感，但在中国人看来，他们的历史感相比之下显得相当薄弱。希腊固然有希罗多德的《历史》，有赫西俄德的《神谱》，更有修昔底德的《伯罗奔尼撒战争史》，但他们对历史事件的“感想”（包括艺术性的感受），大大超过了他们对这些事件的“忠实感”，因此，比较而言，他们的历史大都是“大而化之”，不一定顾全“细节的真实”的[33]。这里的启迪也是很有兴味的。

不过，卡西尔的概括有简单化倾向，明确地说，奥林匹斯神话的神圣地位动摇以后的希腊意识形态，事实上呈现出三维格局：宗教活动、自然哲学以及悲剧艺术（后二者与宗教也密不可分）。宗教活动除了传统的奥林匹斯崇拜依旧存在，“新的宗教理想”即俄耳甫斯教开始在民间形成巨大的市场，而自然哲学和悲剧艺术则相对于奥林匹斯教和俄耳甫斯教作出了反应。关于“新宗教”的情况已经说过，这里只谈哲学和艺术的态度。在分析第三个阶段时，卡西尔只指出了一种情况，即对神的公开的怀疑。定本于公元前6世纪的荷马史诗，一出现就遭遇了自然哲学和悲剧艺术的兴起。这种“钦定”恰恰造就了新思维的靶子。以后的情况是，既有公开的怀疑（包括两种形式，第一种如哲学家兼游吟诗人克塞诺芬尼，他并不是完全反对神，而是不赞成变动不居、万物皆神的态度，企图将神的观念导向一元化的未来；第二种如后起的“智者”，他们提出了“人是万物的尺度”的观点。但是正如有的研究者指出的那样，这里的“人”只是“个体”概念，它的提出本身就瓦解了自身存在的可能性。）[34]，也有戏剧家们（如埃斯库罗斯）捉摸不定、前后矛盾的神学态度。而自然哲学家们则用探索存在本原的思维成果来与神话思维对抗。但有趣的是，这些哲学家的思维往往以准神话的方式出现。比如泰勒斯哲学关于“水”是万物本原的观点，就并不是忽然产生，像天上掉下来似的，而是古老神话的哲学版本。继他以后的“火”、“四根”等等关于宇宙基质的探寻，也都还是准神话思维的产物。哲学的兴起，一方面企图通过对自然现象和存在本质的解释，来破除宗教神秘感；可是另一方面又往往不自觉地为提升宗教的理性品位铺路架桥，结果殊途同归地导向了一种非人格化的一神论理性神学。古希腊早期哲学既是对宗教的诘难，也是宗教的产儿。早期哲学之后，出现了一个师生组合的十分重要的思想家群体，那就是苏格拉底和柏拉图。虽然苏格拉底因为渎神罪而被判死刑，但是思想史上的资料一再表明，这只是一种政治迫害而非其他。至于柏拉图，他在《国家篇》中对于荷马的态度，明确表明了他对谩神的无法容忍。相对于其他哲学家而言，苏格拉底与柏拉图将哲学的目光从自然与神的关系引向了人与神的关系，被称为自然哲学向人本哲学的转化。相对于奥林匹斯教而言，柏拉图更在意对狄俄尼索斯进行了改革的俄耳甫斯教。在为建立城邦理想说话的时候，柏拉图批评荷马辱谩了奥林匹斯山上的诸神。而在心底里，柏拉图其实更喜欢既神秘又讲究秩序的俄耳甫斯教。

这也就是说，主要由奥林匹斯神话意识形态一统天下的局面，在公元前6世纪开始受到挑战以后，希腊的土壤上前后出现了多种不同平面的神学立场。这里的展开实际上都是围绕以荷马史诗为主的神话进行的。正如维柯深刻地指出的那样：这是诗性智慧本身用神话故事向人们提供机缘去思索其中高明的真理[35]。

在关于古希腊的宗教现实问题上，存在激烈的争论。一种观点认为：这是一个神的世界，神渗透在希腊人生活的每一个领域中，古希腊人的社交活动和仪式、观剧等等无不充满了神性；另一种观点认为：对希腊人而言，并不存在肃穆的、严格的宗教感，他们的观剧活动虽然对象总是神的生活，但观剧本身却不是在参加宗教活动（希腊的观剧还有公民教育作用）[36]。笔者以为，这里的关键在于区分两种不同的"宗教"观。前面说过，古希腊是先民社会。所谓"宗教"，只是后人在研究时所使用的概念和术语。因此，尽管神在希腊人生活中的地位逐渐减弱，但"逻各斯"（Logos）思维的发展从来没有脱离过"密索斯"（Muthos）。从发生学的意义上讲，对当时的人而言，其实并无所谓明显的宗教（相对于世俗生活）概念。神、自然、人，是互不间离的混融整体。随着历史的发展，自然哲学的解释越来越不同于神话。但出于强烈的精神需要，它依旧逐渐导向了晚期的一神论。因此，如果说希腊充满了宗教，那是因为希腊处处是神祇，凡是人能想象的东西都由神掌控着；说希腊的大众没有强烈的宗教感，那是因为就发生学意义上讲，从古老东方传入希腊的神秘观念还未与世俗生活相分离，宗教就是生活本身。神就是一切，反过来，神也就消弭于无形了。西方文化中一般将基督教圣经称为scripture，而classics则指古希腊罗马的人文古典遗产。

与之相应，他们称中国佛道经典为 scripture，而把儒家经典称为 classics。这种表面看起来似乎是字源学上的考究，实质上暗示着对不同宗教形态的价值判断。如果没有这种区分，古希腊与中世纪怎么会成为人文世界与神权世界的两极呢？从自然崇拜、祖先崇拜和氏族崇拜向人格神崇拜的过渡，是希腊人自我实现的一个步骤。人格化的神所传达的，实际上是人性的诉求。这种情形与中世纪宗教信仰压倒世俗生活的生存景观完全不同。也正是在这个意义上，文艺复兴时期的思想家和艺术家们才会站在人文主义的立场上说：回到希腊罗马去！

从总体格局来看，古希腊的宗教走过了这样的路线：(1)荷马以前的原始魔法和纯感性认识阶段；(2)荷马时代的诗性智慧阶段(建立起奥林匹斯神祇谱系)；(3)兴起于民间的狄俄尼索斯教和后来经过改革的俄耳甫斯教阶段；(4)早期自然哲学家企图从迷乱的诸神中出走，寻出宇宙的本原和基质，但依然充溢着神学话语的探索阶段；(5)“密索斯”和“逻各斯”的对立逐渐显现，对神话思维(人神共存、神意的宇宙阐释观)的挑战不断出现，但神学思维和理性思维依旧紧密交织的阶段。柏拉图和亚里士多德正处在第五个阶段，时为公元前 5 世纪至前 4 世纪。

现在我们可以进入诗学的领域了。如果说宗教是希腊民间的日常状况本身，而哲学是少数特别爱思考的人的事情，那么诗学实在只是希腊历史上思想之海里的一朵小小的浪花。

在古希腊诗学史的叙写上，关于荷马、赫西俄德以后的早期情况及其对柏拉图和亚里士多德的影响，可以有两种不同的方式。一种是唯物主义与唯心主义消长起伏的叙写：

(1) 公元前 5 世纪，唯物主义哲学开始进入文艺理论。赫拉克利特在宣称世界是按规律燃烧着、熄灭着的永恒的活火的同时，否认艺术是神的产物，主张“艺术摹仿自然”，首次提出了尊重自然和现实的唯物主义的文艺摹仿说。

(2) 诗人品达不久提出了与摹仿说相对立的唯心的“天才说”：“诗人的才能是天赋；没有天才而强学做诗，喋喋不休，好比乌鸦呱呱叫，叫不出什么名堂来。”[37]

(3) 德谟克利特是一个奇怪的、难以统一的人物。他一方面继赫拉克利特以后，从仿生学的意义上提出文艺和其他人类活动都是对自然的摹仿，但是另一方面他又认为诗人凭天才和灵感写作，赞美荷马写了许多“惊人”的诗作。因而削弱了赫拉克利特的唯物论观点[38]。

(4) 苏格拉底宣扬唯心主义的神学目的论，主张文艺必须宣传政权神授的思想，但是也强调文艺要更多地描写社会和人。他还对摹仿说传统有所补充，提出了通过形式表现内容、形式与内容的统一问题[39]。

按照这里的思路，以后的柏拉图走的是一条唯心主义的诗学路线，而亚里士多德走的则主要是一条唯物主义诗学路线。唯心唯物的解释虽然简明，可是由于忽略了笼罩希腊诗学思想形成的大的宗教背景，许多矛盾现象便难以解释。下面是从历史事实出发，换一种思路后对古希腊早期诗学思想的重新叙写：

荷马以后的哲学家和诗人其实并没有走出神学的圈子。如果我们把眼界再放开一点，后人看来的种种矛盾只要深入到宗教层面，便都能合理圆释。

(1) 南意大利哲学的代表人物、哲学家毕达哥拉斯在古希腊诗学历史上具有重要的意义。他是一个宗教首领，自称“神明”。但是理性与神性，始终在他身上奇异而又顺畅地交织着。他企图用理性的语言来证明其非理性的宗教信仰。其神学思想是对俄耳甫斯教的发展,主张灵魂轮回和灵魂不朽。认为人是小宇宙,世界是大宇宙。小宇宙是大宇宙的一部分,两者均受数与和谐原则的支配。万物是对"数"的关系的摹仿(亚里士多德曾谈论过它对柏拉图的影响):星体的运转造成了天上的和谐音乐,人间的音乐是对天体中神曲的摹仿。人们可以通过凝神默想和聆听音乐,来领悟宇宙由数和秩序造成的和谐,从而达到心灵的净化。

(2) 深受俄耳甫斯教和毕达哥拉斯学派影响的哲学家恩培多克勒,用"爱"来解释世界万物之间的一切联系,体现了初民的思维特点。他有两部残留的著作:《论自然》和《论净化》(即《净化篇》)。他将自己的宇宙本原"四根说"(亦译为"四元素说",即土、气、火、水)融进俄耳甫斯教的轮回说;倡导通过学习知识达到净化的效果(与俄耳甫斯教不同的是,他坚决反对宰吃动物的血祭,因为动物与人有血亲关系,动物可能是人的灵魂的寄居地),而神就是知识的来源。他认为凡间已有掌握神的知识的人,其中包括诗人[40]。

(3) 克塞诺芬尼反对神人同形,以及神可以是不道德的观念,第一次提出了传统神灵观念是古人拟人化的结果。他反对万物皆神,提出神是"唯一"的和全知、全视、全闻的,这个观点启发了巴门尼德,也启发了柏拉图的"理式"观。他开创了批评荷马和赫西俄德的先河,其思想基于存在着"一个"崇高至上的神明观念,意在主张和缓、中庸的生活态度。同时,他也解释说,他批评荷马,是因为"从一开始人人都从荷马那儿学习",荷马获得了独一无二的权威[41]。

(4) 品达是诗人,他的特殊身份决定了他对荷马的在意和尊重。他在荷马史诗中看到了诗人对灵感的祈求,他在自己的创作中也一定感受到了灵感的降临。但是他无法加以解释,便自然呼唤天才和灵感。但是品达在创作实践中一定也体会到了加工、提炼的重要作用,所以他在标举“天才说”的同时也主张修养与努力。这里的“矛盾”其实是十分自然而合理的,不存在与唯物主义对抗的问题。因此,贺拉斯接过这个话题,在《诗艺》中作了进一步的发挥。

(5) 赫拉克利特是一个公认深刻而晦涩的哲学家。他主张“一切皆流”,影响了柏拉图对现实存在的不信任态度。和泰勒斯一样,也企图寻找不同于众神的自然“基质”。可是他找到的“火”,依然只不过是一个充满神学意味的意象,关于“火”的叙述也是理性神学话语。特别重要的是:他的艺术“摹仿说”本意其实不是指对个别孤立事物的简单复制,而是指艺术(技艺)应当摹仿天体宇宙的对立造成的最初之神秘的和谐,艺术的过程是对宇宙的“过程”和“秩序”的摹仿[42]。

(6) 对德谟克利特而言,原先存在于不同人身上的看似对立的观点开始统一于一身,这是一个转折。他的类仿生学摹仿说,是建立在留基波的原子流射说基础上的,这个论断本来就谈不上唯物的色彩。他关于灵感和激情的说法完全是传统荷马式的:荷马写了那么多优秀的诗篇,荷马在史诗中自己就是这么说的!作为民主派代表人物的德谟克利特,自然也希望维护合理的社会秩序,所以他强调美与善的结合(这与柏拉图相似,虽然两人的政治立场势不两立)。德谟克利特以后,在今人看来矛盾的两种文艺观(摹仿说与神授说)事实上就开始并行不悖地存在了[43]。

(7) 苏格拉底据说是石匠的儿子,他重艺术对形的摹仿,但是他更重形后面的性格和心灵的展现(这不能理解成后人之所谓“形式与内容”的关系,而是一个充溢着玄机的话题)。苏格拉底完全是神学论者，对他而言，最重要的神谕是：苏格拉底是一个无知的人。他为自己清楚明白这一点而感到自豪。

按照历史学家的研究，希腊人观念的形成受到过埃及和其他东方国家的深刻影响。上溯至远古形态，我们就会发现这里的思想连续性是如何真实、如何紧密的。古埃及人认为，自己的一切文化，都是神的启示。“神在同样的程度上主管着书写人的芦苇笔，丈量土地的绳索，医生用的工具和雕塑家用的刀具。”[44]古埃及人相信：是神用粘土造出了第一个活人，所以艺术家们的活动是向神学习，在创造人和动物的时候，也创造了他们的生命。（比如，古埃及人相信，雕塑家在创作一个人的雕像时，它不仅仅是在石头上或是粘土上再现出这个人的特征，而且，他至少是部分地创造了这个人的生命。）古埃及陵墓中的殉葬物，也正是在这个意义上产生的。艺术不只是现实事物的简单消极反映，而是它们生命的反映，是在人们的记忆中延长它们存在的一个手段[45]。古埃及的神秘艺术观念导致了后来希腊艺术观朝不同方向平行发展的可能性：(1)艺术家的产品是现实的摹仿（实际上存在着各种变体），(2)摹仿的结果可以显现出生命，(3)这种摹仿是由神指引的，(4)物像中隐含着象征性和假定性（比如后来的灵魂、轮回、再生等观念）。这种复杂而又合情合理的原始思想体系，我们不是可以在柏拉图以前（当然也渗透到柏拉图的思想中）的哲学和诗学言说中见到隐隐约约的痕迹么？

这样一来，还有什么是不能解决的呢？古希腊先人们的文本表述无论显得多么复杂、多么自相矛盾或前后难以统一，其实，这只是后人阅读时的困难，是一种“阐释的痛苦”。笔者发现，古希腊哲学家和艺术家在发表自己的意见或评论别人的观点时，经常过渡、转换、跳跃于这些看似彼此冲撞的话题之间，但从来不存在阻碍和惶惑。这种阻碍和惶惑心理是有别于古希腊的不同时空的社会意识形态所造成的，是一种“他者”的心理状态。在古希腊，是社会现状、是神话氛围，造就了柏拉图以前的哲学家和诗人对待艺术的态度：充满了神学意味的态度。

第五节　宗教氛围中的柏拉图和亚里士多德

作为一个对后世最有影响的希腊人，柏拉图的主要身份是哲学家。传说中他的出生充满了神秘色彩：柏拉图的生日与阿波罗神的生日是同一天，甚至把柏拉图说成是阿波罗的儿子。这种历史传说在无意间传递了一种隐秘的信息：柏拉图与神的因缘。德国哲学家尼采在论述古希腊哲学家的时候说过：柏拉图以前的哲学家都是纯粹性格的人，而自柏拉图开始，哲学家往往具有一种混合的性格[46]。这也就是说，柏拉图所处的时代使他具备了从前辈或当时哲学家那里汲取思想营养的条件，他们的哲学思想特别是他们哲学思想中的神学成分强烈地影响了后来的柏拉图，并经过某种转换影响了亚里士多德。

英国哲学家罗素（Bertrand Russell）在评论和比较柏拉图和亚里士多德时认为，柏拉图对后代的影响要远大于亚里士多德。这是因为，第一，亚里士多德本人就是柏拉图的产儿，第二，基督教的神学和哲学一直到 13 世纪，始终是柏拉图式的。罗素还指出柏拉图的哲学中最重要的东西有五项：(1)乌托邦，(2)理念论，(3)主张灵魂不朽的论证，(4)宇宙起源论，(5)把知识看成是回忆而不是知觉的知识观。罗素的勾勒，实际上点出了柏拉图思想包括诗学思想的精神实质，即神学观念的主导意识。罗素同时指出，柏拉图是一个生活在具体环境中的人，他的思想是可以分析出来源的。罗素简要然而相当准确地宣布，这些来源出自毕达哥拉斯、巴门尼德、赫拉克利特和苏格拉底。从毕达哥拉斯那里（无论是不是通过苏格拉底），柏拉图得来了他哲学中的奥菲斯主义成分，即宗教的倾向、灵魂不朽的信仰、出世的精神、僧侣的情调和洞穴比喻中所包含的思想，以及对数学的尊重、理智与神秘主义的密切交织。从巴门尼德那里，柏拉图得来了下列的信仰：实在是永恒的、没有时间性的；并且根据逻辑的理由来讲，一切变化都必然是虚妄的。从赫拉克利特那里，柏拉图得来了那种消极的学说，即感觉世界中没有任何东西是永久的。这和巴门尼德的学说结合起来，就达到了知识并不是由感官得到的这一结论。这一点与毕达哥拉斯主义也密切吻合。从苏格拉底那里，柏拉图学到了对于伦理问题的首要关怀，以及他要为世界寻找出目的论的解释而不是机械论的解释的那种企图。“善”之主导着他的思想，远甚于“善”之主导着苏格拉底前人的思想[47]。这里实际上还应当提到一个人，那就是德谟克利特。希腊哲学史上柏拉图和德谟克利特的关系十分微妙。在柏拉图的文本中，我们会发现德谟克利特式的典型的观念矛盾状态：客观摹仿与主观灵感的随意游走。尽管柏拉图几乎从来不提德谟克利特。据记载，柏拉图有一次还企图烧毁德谟克利特的所有流行书籍。有人认为是政治态度使他们势不两立，有人认为德谟克利特的影响在当时使柏拉图感到了威胁。所有这些先贤的哲学矛盾和自身逻辑都可以在柏拉图身上找到影子。柏拉图不仅直接了解俄耳甫斯教，而且主要是通过对其他哲学家思想的创造性继承来形成自己见解的。当然，这些人物及其思想观念自身也是相当复杂的，它们可以追踪到更古老、更邈远的源头。

前面罗素指出的五点，几乎都与诗学思想有关联。如果我们将柏拉图的理想国思想、“理式”理论、灵魂轮回的思想，以及驱逐诗人、诗歌创作的灵感与迷狂等等与之相对照，就会明显地发现这里的思想渊源。甚至在柏拉图的语言风格上也会时时遇见这种神秘的对应。当然，这种矛盾现象被推向极致，与柏拉图个人的性格、气质、爱好等方面都有关系。

指出柏拉图哲学和诗学思想中的这些重要影响，是为了说明在柏拉图之前，就存在许多彼此看似矛盾、冲突的观念和思想。其主要表现，是难以理解的感性思维、神学思想与理性意识的自由流动与交织渗透。要说清楚这个问题，必须跳出当代人的思维框架，从诗性智慧的角度来理解：在宗教、哲学、诗学的发生年代，感性与理性、神话思维与理性思维统一于对自然界、对人的存在和本质的探讨上。当他们发现了某种事实或者规律的时候，它们的思想和叙事显得冷静与富有逻辑，但是当他们停留于终极力量的解释面前时，它们又只能以神的力量来加以解说。因为这是不证自明的。最典型而富有诗意的就是毕达哥拉斯的例子。是他的学派发现了至今在数学领域意义重大的勾股定律，以及数的和谐在构成万事万物（如音乐、绘画）中的作用等等。可是，也正是他发现了这些规律背后无以言说的神秘和美妙。于是最科学的表述与最神秘的教义和礼仪结合在一起了。如果联系到今天，我们会在世界著名的物理学家李振道和画家吴冠中的神交与绘画合作（在 2001 年举行的“艺术与科学国际作品展”上，李振道创作的“物之道”和吴冠中创作的“生之欲”左右对称地放置在展厅门口，成为科学与艺术神奇结合的最大亮点）、台湾漫画家蔡智忠关于微积分和牛顿定律的漫画中，看到人类这种原始而自然的心理现象的袅袅余烟。

公元前 5 世纪和前 4 世纪之际，被称为希腊的“古典时代”。这也是柏拉图和亚里士多德作为古希腊最重要的哲学家登上历史舞台的时候。希腊的宗教状况实际上正在酝酿和发生实质性的变化，这就是希腊历史上的所谓“诗歌与哲学之争”（也即“诗歌与哲学的官司”）。其实，这种争论的实质，是原发性的、传统的希腊神话思维向理性的、逐渐趋于科学的思维的过渡。这种过渡既是希腊的特例，也是人类的一种普遍情形。由于神话在当时的希腊主要是以诗（如史诗和戏剧）的形式表现出来的，所以这种转折被形象地称为“诗歌与哲学之争”，当然也可以被理解为“神话与科学之争”。在这场“争论”中，柏拉图的表现极具特色，他用自己的理论为这场争论留下了鲜明的印迹。但同时，他自己也因此写下了许多深刻而美丽的“神话”（他的诗性话语、神奇想象和激情状态有时使他比诗人更像诗人）。

柏拉图是一个巨大的矛盾体。他的许多著作，长期以来被视为一个又一个谜。他的“理式”观及其自我解构，他对诗和诗人态度的出尔反尔，他对艺术本质和创作的矛盾观点，他对神的不同态度等等，其实都可以也必须放到希腊当时的宗教传统和氛围中来考察，这样，才有可能看到一个真实而并不分裂的柏拉图。

在柏拉图那里，理性的思考从来就没有脱离开诗人的个性和神话思维的浓重影响。他甚至常常用自编或回忆的神话来形象化地阐释自己的理性主张。比如，人原是圆的，有四只脚、四只手和四只耳朵，两副面孔分别朝向前后，神为了削弱人的力量把人劈成两半，因此，人类的爱就是对另一半的寻找的神话故事（《会饮篇》）；女神阿佛洛狄忒和爱神厄洛斯的故事（《会饮篇》）；灵魂的活动如一人驾驭两匹飞马的神话故事（《斐德若篇》）；在充满空气的世界以上的以太世界，我们能看见一个比地球上所看到的日月星辰美得多的真正的天堂的神话故事（《斐多篇》）；英雄埃尔死后到还生的十二天里灵魂的经历的神话故事（《国家篇》）；造物主以理式世界为蓝图，造成了一个有序世界的宇宙生成说的神话故事（《蒂迈欧篇》）等等。

所以，柏拉图不会不知道荷马是天真的，也不会不知道荷马天真的吟咏对后人来说，实际上是一个巨大的纵横交织的历史隐喻：对宇宙形成的空前迷茫、特洛伊战争时期人间迈锡尼的写照、母权社会（群婚和血缘婚时代）向父权社会的过渡痕迹。他怀着矛盾的心情批评荷马对诸神不敬（从历史和逻辑的角度而言，他可以站在自己的政治立场上，批评作为虚构艺术形式的古希腊戏剧，但他没有权利批评荷马史诗，因为这是真实而天真的造物，它不是虚构的，它也无法虚构。它只能是独一无二的“这一个”）。这种现象是他的神学信仰和建立正义国家的政治抱负相结合的结果（这个问题后面还会讨论），这种结合最终逐渐导向了自成体系的统一学说——模糊的一神论——“理式”说（充满感性描写的宇宙图景中的理性一神。这种绝对、永恒的“神”的观念，实际上为一种普世宗教的到来作好了准备）。

哲学探讨经过自然哲学阶段，如今又回到了人自身。如果从客观性和社会性的角度发展，就会往另一条路上进展。然而对柏拉图而言，回到人也就是回到了神，只不过这不是奥林匹斯山上的天神，这是他心中的神：理式。柏拉图并不真正看重奥林匹斯教，虽然他有时也修辞化地提到种种天神，比如在《国家篇》中，为了维护理想国的正义，他批评了荷马对神的态度，但是他对以宙斯为代表的众神并不满足（他们是荷马和赫西俄德立下谱系，从而定型的），这种纷乱的人形自然神对柏拉图来说并不重要，他漫不经心于此。其实，希腊早期文化从表面看创造了令人神往的神话和宗教氛围，可是另一方面，它所透露的神灵信仰与伦理关切又并不深刻和邈远。因此，在精神深处，柏拉图崇拜的是神秘的俄耳甫斯教及其精神实质:现世与来世的分离,身体与灵魂的二元等等。他要将这种神学观注入自己的哲学,从而形成一种理性神学、哲学化的神学。他要把自己的理论导向一种有信仰的、有深意的哲学维度。从遗世不多的柏拉图保存下来的俄耳甫斯教的材料看,柏拉图对此是很感兴趣的。而他理式论的正式形成又是巴门尼德哲学(最高的一,是不动的)和赫拉克利特哲学中对立和谐的理论(现象是不真实、一直在变的)的统一。这样,柏拉图的哲学就是俄耳甫斯神秘教义与早期一神论思想的融合。而在表面看来,它又的确是一种哲学。希腊哲学到柏拉图,依然只能称是“神学哲学”或者“理性神学”。有趣的是:不同于其他哲学家,柏拉图又是一个地道的“诗人”。在师从苏格拉底之前,他写过一些诗歌和剧本,极富诗人气质。直到很久以后(《法律篇》),他还情不自禁地说:我们也是诗人。前面我们说过,柏拉图的神学信仰和建立正义国家的政治抱负结合在一起的时候,他不满于诗人和诗歌。然而当柏拉图的神学观念一旦和他的诗人气质统一起来的时候,他的文字便充满了修辞和诗意,诗歌的创作也被视为神灵凭附的神圣过程。柏拉图骂诗人荷马,他其实也是诗人;他是了不起的哲学家,他其实又是一个大神学家。这种矛盾统一于一身,他的思想与言说自然也就打上了悖谬的印记。

柏拉图与古希腊历史学家、哲学家、艺术家和诗人的关系是错综复杂的,如果梳理一下他们在宗教观念上对柏拉图诗学思想的影响,就可以发现至少存在以下这些明显的联系:

(1) 荷马笔下的迈锡尼“神王”对柏拉图“理想国”的统治者“哲学王”的影响。

(2) 荷马史诗和《神谱》中呼吁神灵降临、感谢神教会诗人歌唱的句子,显然对柏拉图的创作论产生了深刻的影响。

(3) 泰勒斯的基质有灵魂、脱胎于神话的"水"为本原说和磁石说的理论对柏拉图的诗歌创作神附论、灵感说的影响。

(4) 巴门尼德和赫拉克利特的理论对柏拉图"理式"论的影响。在神学层面上,"理式"与神明存在着同一性。

(5) 俄耳甫斯教教义本身或通过毕达哥拉斯学派的理论(如肉身灵魂二元论和轮回说)对柏拉图思想及其有关诗学、艺术理论的重大影响。

(6) 毕达哥拉斯教派的涤罪、净化说对柏拉图"善"、净化学说的影响。

(7) 毕达哥拉斯的神秘办院授教方式启发了柏拉图的教育理想。

(8) 俄耳甫斯教的神话修辞叙说方式对柏拉图一系列对话叙事方式的影响(如《斐德若篇》)。

(9) 德谟克利特关于诗歌创作摹仿说与灵感说矛盾并存的表述,同样出现在柏拉图的对话中。

(10) 克塞诺芬尼对荷马的批评和苏格拉底深信不疑的神谕(无知即有知),深刻影响了柏拉图对待诗人的态度。

柏拉图几乎无处不提他的老师苏格拉底,并说那标着自己署名的对话永远都属于苏格拉底。而亚里士多德在论述自己观点的时候几乎不涉及柏拉图。在亚里士多德那里,宗教的情形基本不存在于表面化的叙述。逻辑合理性是亚氏的特征。但是如果把这种观点推向极端,那就立刻成了不攻自破的谬误。据说,亚氏在早期的《论哲学》这篇对话中说:"哪里有较好者,就有最佳者;在现存事物中,一个比另一个更好;因此有最佳者,这必定是神。"在同一篇对话中,他在描写一个种族第一次看到大地和海洋的美丽、星空的壮丽时就得出结论：这些巨大的东西是神的杰作。梦、预兆和动物本能都被亚氏用来进一步证明神的存在。罗素在论及这一点的时候，不无幽默地说：亚里士多德的神学是很有趣的[48]。亚氏的神学与他的形而上学其他部分有密切的联系。亚氏称赫西俄德为神学家，称研究自然生成原理的学问为第二哲学，而称研究原理和原因本身、研究实体和本性的为第一哲学。他认为，存在三种实质：一种是可感觉又可毁灭的（包括植物和动物），另一种是可感觉但不可毁灭的（包括天体），还有一种是既不可感觉又不可毁灭的（包括人的理性的灵魂及神）。在亚氏看来，证明神存在的主要依据就是"四因说"中的"形式因"（也译为"最初因"）：必须有某种事物产生运动，而这种事物本身必须是不动的、永恒的，是实质与现实。神作为纯粹的思想、幸福、完全的自我实现，没有任何未曾实现的目的。然而感觉世界则是不完美的，但是它有生命、欲念、不完美的思想和热望。一切生物都在不同程度上感觉到神，并且是被对神的敬爱所推动而行动着。这样，神也就是一切活动的"终极因"（也译为"目的因"）。他还进一步区别了"灵魂"与"心灵"，认为心灵是"植于灵魂之内的一种独立的实质，并且是不可被毁灭的"。在《尼各马可伦理学》中，亚氏对术语作了一些修改，认为灵魂里面有一种成分是理性的，有一种成分是非理性的。理性灵魂的生活就在于沉思，这是人的完满的幸福。他还说了一句相当著名的话：善就是幸福，那是灵魂的一种活动。亚里士多德的神学态度和思想与当时流行的宗教观念相去甚远。他摒弃了流行宗教把神的本性人格化的做法。在他看来，上帝就是自我意识的精神，它是万物的起源，并且就像爱者对与被爱者那样去推动世界。他以崇敬而惊叹的心情站在万能的造物主面前，然而并不指望神对世界的琐碎小事或人类个人有什么干预或兴趣。他更多地强调神的统一性和理智性，并以自我意识的精神君临一切来游离于柏拉图的二分理论：他在《论灵魂》一书中，嘲笑了毕达哥拉斯学派的轮回学说。他运用四因说解释道：身体与灵魂是质料与形式的关系，所以这两者是结合在一起的[49]。亚里士多德的基本立场形成了他在实践和理论上对待世界的态度：他只关心此岸世界。他没有柏拉图对于理式世界的超验感受，这就决定了他善于按照自己的本性从事物的种类和逻辑关系上来理解和评价它们，从而对艺术和诗歌作出了许多客观和肯定性的评价。但是，策勒尔评论道："虽然他有极高的善于思考的禀赋，却全然缺乏柏拉图那种燃烧着改革激情的炽热精神，这种改革激情最终得自于神秘主义的启发。"而且，"当亚里士多德从一个他断言为不朽的外在源泉获得精神的能动要素时，他仍然不过是柏拉图灵魂不朽学说的一点内容空洞的残余。"[50]然而也有学者认为，正是亚里士多德明确将神看作单一、至善、理性的精神实体，才使希腊人最后抛弃神人同形同性论。荷马时代认为神住在奥林匹斯山上，而亚氏凭自己的天文知识指出：神在"第一天"（恒星运行轨迹）之外。而且亚氏的神学有其特殊功能，可以用来回敬神学受到的来自理性的挑战[51]。著名的现代亚里士多德翻译家和研究者布丘（Butcher）认为：亚里士多德《诗学》中的某些用语，如"事物理应如此"，不应作道德性的解释，而只可作灵学性的解释[52]。

亚里士多德在《诗学》和《政治学》中提到的"净化"学说是诗学上的一个难点。它与宗教的联系是一个比较复杂的问题。在希腊的历史上，论述过"净化"的人不在少数。荷马时代就有流行民间的水洗、烟熏、火烤等净化方式。毕达哥拉斯学派认为要达到轮回转世，只有经过"净化"才能摆脱肉体对灵魂的羁绊。净化的方式包括宗教仪式、沉思默想和聆听音乐等途径。恩培多克勒写过《论净化》，他反对血祭，认为通过禁食某种食物、凭借美德和知识，可以达到心灵的净化。历史上积淀起来的、渗透着神学色彩的净化观念和习俗对柏拉图影响很大，通过他，自然也影响到了亚里士多德。亚氏生活的时代宗教气氛依然比较浓烈，从他所用的某些词汇就可以嗅到当时的宗教气息。但正如许多研究者已经指出的，亚里士多德从来不是一个宗教迷，他不会把宗教的某些端倪推向更大的范围。如果考虑到亚氏的家庭医学背景以及生物学的知识，把他的学说视为一种综合因素的产物或许更为恰当。

柏拉图和亚氏都反对人格神的世俗化，对奥林匹斯神都没有太大的兴趣。但柏拉图重宗教信仰，主张神秘的肉身灵魂二分说，建立了理式世界；亚里士多德也承认神（万能的造物主），但主张肉身与灵魂的统一。在“灵魂”的分类上，柏拉图认为是：理性、激情、欲望；亚氏认为是：感觉、理智、欲望。一般认为亚氏理论的神学意味不强，可是托马斯·阿奎那恰恰在亚氏的理论中发现了用理性证明上帝存在的最佳途径。这或许就是所谓的反神学立场所导致的合神学话语的历史建构过程[53]。

在古希腊，宗教是宏大的历史现场，是大众的事情；而哲学是心灵的思索，是少数人的事情。宗教的解释是普泛的、不证自明的；而哲学是难解的、玄奥的。尤其在古希腊，虽然哲学已经趋于理性，但正如韦尔南在《希腊思想的起源》中所说的，这是一种独特的理性，而不是后来所说的一般意义上的“理性”。柏拉图和亚里士多德在特定的时代，分别以自己的方式走进宗教，并把它化作了自己深邃思想的丰厚资源。从荷马史诗一直到柏拉图和亚里士多德的言说，是一部丰富多彩的、从神话神学走向理性神学的历史。

雅典学派（拉斐尔）

注　释

[1]〔德〕E·策勒尔:《古希腊哲学史纲》,山东人民出版社 1992 年版,第 28 页。

[2] 参见朱光潜:《西方美学史》上卷,人民文学出版社 1979 年版,第 35—36、59 页;余虹:《中国文论与西方诗学》,三联书店 1999 年版,第 133 页。

[3] 参见 1. Macmillan Contemporary Dictionary p. 1034, Macmillan Publishing Co., Inc 1979; 2.《现代汉语词典》,商务印书馆 1979 年版,第 1011 页; 3.《辞海》,上海辞书出版社 1999 年版,第 1920 页。

[4] 参见〔苏〕托卡列夫:《世界各民族历史上的宗教》第 20 章,中国社会科学出版社 1985 年版。

[5] 钱穆:《中国散文》,载《中国文学论丛》,三联书店 2002 年版,第 67、68 页。

[6] 参见〔苏〕兹拉特科夫斯卡雅:《欧洲文化的起源》,三联书店 1984 年版,第 21 页。

[7] 让—皮埃尔·韦尔南:《希腊思想的起源》,三联书店 1996 年版,第 11 页。

[8] 让—皮埃尔·韦尔南:《古希腊的神话与宗教》,三联书店 2001 年版,第 13—15 页。

[9] 同上书,第 93 页。

[10] 马克思:《政治经济学批判导言》,载《马克思恩格斯选集》第 2 卷第 113 页。

[11] 恩格斯:《家庭、私有制和国家的起源》,载《马克思恩格斯选集》第 4 卷第 22 页。

[12] 鲁迅:《中国小说史略》,载《鲁迅全集》第 9 卷,人民文学出版社 1981 年版,第 17 页。

[13]〔英〕泰勒主编:《劳特利奇哲学史》第 1 卷,中国人民大学出版社 2003 年版,第 35 页。

[14] 参见杨周翰等主编:《欧洲文学史》上卷,人民文学出版社 1979 年版,第 20 页。

[15] 〔英〕鲍桑葵:《美学史》,商务印书馆 1985 年版,第 18 页。

[16] 参见罗念生译:《诗学》,人民文学出版社 2002 年版,第 75 页。

[17] 〔意〕维柯:《新科学》,人民文学出版社 1986 年版,第 28 页。

[18] 关于先民与自然的和谐关系所生之诗性智慧,也可参见德国诗人席勒的《素朴的诗和感伤的诗》,载伍蠡甫主编:《西方文论选》上册,上海译文出版社 1979 年版,第 489—493 页。

[19] 〔古希腊〕赫西俄德:《工作与时日　神谱》,商务印书馆 1991 年版,第 27 页。

[20] 这里对是否实有荷马其人暂不作讨论。

[21] 参见王晓朝:《希腊宗教概论》,上海人民出版社 1997 年版,第 186 页。

[22] 〔苏〕奥夫相尼科夫:《美学思想史》,陕西人民出版社 1986 年版,第 9 页。

[23] 〔美〕依迪丝·汉密尔顿:《希腊精神》,辽宁教育出版社 2003 年版,第 217 页。

[24] 〔德〕尼采:《人性,太人性的》,参见陈鼓应《悲剧哲学家尼采》,三联书店 1994 年版,第 197 页。

[25] 〔古希腊〕赫西俄德:《工作与时日　神谱》,商务印书馆 1991 年版,第 54 页。

[26] 参见王晓朝:《希腊宗教概论》,上海人民出版社 1997 年版,第 201 页。

[27] 〔德〕尼采:《悲剧的诞生》,商务印书馆 1986 年版,第 40 页。

[28] 〔德〕温克尔曼:《希腊人的艺术》,广西师范大学出版社 2001 年版,第 133 页。

[29] 参见〔德〕E·策勒尔:《古希腊哲学史纲》,山东人民出版社 1992 年版,第 17—19 页。

[30] 参见〔德〕恩斯特·卡西尔:《人论》,上海译文出版社 1985 年版。

[31] 这里的色诺芬不是指《回忆苏格拉底》的作者 Xenophon,而是希腊早期

哲学家 Xenophanes。他的汉语译名颇乱，有色诺芬、色诺芬尼、塞诺芬尼、塞诺法奈斯、克塞诺芬尼等等。为了区别起见，后文统一用“克塞诺芬尼”。

[32] 参见陈来：《古代思想文化的世界》，三联书店 2002 年版，第 105—106 页。

[33] 参见叶秀山：《苏格拉底及其哲学思想》，人民出版社 1986 年版，第 177 页的注解。

[34] 参见同上书，第 308 页。

[35]〔意〕维柯：《新科学》，人民文学出版社 1986 年版，第 449 页。

[36] 参见 1.〔英〕海伦·加德纳：《宗教与文学》，四川人民出版社 1998 年版；2.〔法〕让—皮埃尔·韦尔南：《古希腊的神话与宗教》的有关论述。

[37] 参见伍蠡甫：《欧洲文论简史》，人民文学出版社 1985 年版，第 1—3 页。作者同时认为，荷马、赫西俄德的创作观也是唯心论的。

[38] 参见伍蠡甫：《欧洲文论简史》第 5 页和朱光潜：《西方美学史》上卷第 35—36 页。

[39] 参见伍蠡甫：《欧洲文论简史》，第 7 页。

[40] 参见 1.《西方哲学原著选读》上卷，商务印书馆 1981 年版，第 42—43 页；2.〔德〕E·策勒尔：《古希腊哲学史纲》，山东人民出版社 1992 年版，第 62 页。

[41]〔美〕特伦斯·欧文：《古典思想》，辽宁教育出版社、牛津大学出版社 1998 年版，第 7 页。

[42] 参见《西方哲学原著选读》上卷，商务印书馆 1981 年版，第 23—24 页。

[43] 由于德谟克利特的著作只剩下残篇，所以历来不同意见甚多。贺拉斯说：“德谟克利特相信天才胜于技艺，不许清醒的诗人在赫里孔山上逍遥。”（《诗艺》第 295—296 行）也有学者认为，德谟克利特实际上是否定诗人需要灵感的，或他的灵感说无宗教意味。参见塔塔科维兹：《古代美学》，中国社会科学出版社 1990 年版，第 119—120 页；阎国忠：《古希腊

罗马美学》，北京大学出版社 1983 年版，第 55 页。

[44] 参见〔苏〕特罗菲莫夫：《论古代埃及的审美观念》，载《现代文艺理论译丛》（第 5 辑），人民文学出版社 1962 年版，第 13—14 页。

[45] 参见同上。

[46]〔德〕尼采：《希腊悲剧时代的哲学》，商务印书馆 1994 年版，第 18 页。

[47] 参见〔英〕罗素：《西方哲学史》上卷，商务印书馆 1963 年版，第 143—144 页。

[48] 同上书，第 219 页。

[49] 参见〔英〕W·D·罗斯：《亚里士多德》，商务印书馆 1997 年版，第 197 页；〔英〕罗素：《西方哲学史》上卷，商务印书馆 1963 年版，第 219—225 页；〔德〕E·策勒尔：《古希腊哲学史纲》，山东人民出版社 1992 年版，第 214 页。

[50] 参见〔德〕E·策勒尔：《古希腊哲学史纲》，山东人民出版社 1992 年版，第 215—216 页。

[51] 参见陈村富：《希腊宗教概论·序言》，上海人民出版社 1997 年版，第 10—11 页。

[52]〔美〕卫姆塞特、布鲁克斯：《西洋文学批评史》，志文出版社 1984 年版，第 25—26 页。

[53] 参见李吟咏：《原初智慧形态》，上海人民出版社 1999 年版，第 485 页。

第二章
“理式”之床与诗的“形式”
——柏拉图、亚里士多德诗学宇宙观论

> 那么，床不是有三种吗？第一种是在自然中本有的，我想无妨说是神创造的，因为没有旁人能创造它；第二种是木匠制造的；第三种是画家制造的。
>
> 柏拉图

研究柏拉图的诗学思想，会碰到许多关键术语，其中最重要的、最能体现柏拉图整体哲学观的术语是“理式”。在希腊文中，它分别由 edios 和 idea 这两个词来表示。这两个词的意思一般没有什么区别。据西方研究者统计，柏拉图的全部著作使用 eidos 408 次，使用 idea 96 次。除《国家篇》（也译为《理想国》）外，在与美学、诗学有关的对话中，《大希庇阿斯篇》使用 eidos 2 次，idea 1 次；《斐多篇》使用 eidos 16 次，idea 8 次；《会饮篇》使用 eidos 7 次，idea 2 次；《斐德若篇》使用 eidos 26 次，idea 7 次[1]。在我国，这两个词的汉译有 20 多种（如“理式”、“理念”、“形”、“相”、“相论”、“形式”、“理性”等等）[2]。就这些有关的篇章而言，《大希庇阿斯篇》中的“理式”意味还是隐含的，《斐多篇》中的“理式”仅仅得到了分散的说明，《会饮篇》明确肯定了“理式”的永恒性、绝对性和单一性，而

《国家篇》则对理式进行了全面系统的解析。

对“理式”到底怎样评价？我国学者一般以为是柏拉图客观唯心主义的产物，或者认为是希腊宗教中神的世界的投影，从而对亚里士多德摒弃理式世界、肯定感性现实的学说加以赞赏。不久前，笔者注意到我国有学者对柏拉图理式学说的一种新看法，在一篇题为《柏拉图的“理式”与生物遗传基因——为柏拉图的“理式论”两千多年来的冤案昭雪》的论文中，作者认为：“柏拉图哲学中的‘理式’与生物遗传方面的‘基因’是同一个概念，从而它既是实体也是普遍，是先于任何具体、个别、感性的生命物质而存在的一种形式和质。因此，自亚里士多德开始，两千多年以来人们对于柏拉图的理式论的误解和批评是错误的。”[3]这样的说法能够成立吗？

至于亚里士多德的“四因说”，是指事物构成的四种基本原因。亚氏特别强调其中“形式因”的决定作用。“形式因”与“理式”既有联系又有区别。在我国的情况是：由于四因说在亚氏哲学体系中的重要性，一般是必定要介绍的，可是往往单纯介绍多，而将它与亚氏的诗学思想联系起来的分析则比较少。

由于历史文化和翻译等原因，我国的古希腊诗学研究对柏拉图和亚里士多德的诗学概念往往会有不同的理解和基于理解之上的阐释。还是让我们来看看这里的历史过程吧。

第一节　从神学到“理式”

关于“理式”思想的来源，按照柏拉图的意思，自然是属于他的老师苏格拉底的。可是对此也有一些不同的看法。俄罗斯著名的宗教哲学家列夫·舍斯托夫说：“据他（指柏拉图。——引者注）的某些热情崇拜者的推断，关于理念世界的思想，也是因苏格拉底被害而产生的。”“后来他一生中只是在想，怎么会这样：渺小的安尼图斯和美立都、可鄙的雅典审判官、卑劣的狱吏以及盛有毒酒的酒杯，原来竟比苏格拉底所体现的真理更强有力。柏拉图的全部天才都用在这上面了：他在回想‘人中俊杰’死去时所经历的可怕的、不间隙的和难以忍受的痛苦而中了妖术。他的哲学和哲学诗都是战斗，都是用来克服这种病痛的。”[4]奥地利学者 Th・龚珀茨在《希腊思想家》一书中写道：“正如我们马上将要看到的，亚里士多德在这些问题上是我们的主要见证人。他明确地宣称，柏拉图的基本学说之一的所谓理念学说，苏格拉底并不熟悉。这个学说在柏拉图的不同著作中有多种多样和经常改变的解释，而且它经历了不止一次的变形，部分地是由于这个思想家自己的进步，部分地是受其他人影响的结果。然而这个学说不论是其原来形式或者是大多数修正形式，都是由柏拉图放在苏格拉底口中。”[5]根据 A・E・泰勒的研究，edios 和 idea 这两个词最初的含义都与“看”和“视”有关，其基本意思是“所视之物”，所以其早期衍化的意思是“形状”、“形式”等，是很具体的。荷马在史诗中常指“人的形象”，品达在诗中也有“其状也美”的用法。后来由“形状”、“形式”的意思引申出去，成为“种”、“类”的意思。这样，感性事物就有了概括、抽象的意味。然而，由原先感性的“看”和“视”，发展到不可看、不可视的“理式”，是很值得研究的。泰勒在《苏格拉底种种》一书中提供了这样的学术发展线索：edios 和 idea 作为学术概念，最初流行于毕达哥拉斯学派，其意义相当于米利都学派的“哲学问题”、“世界本质问题”，然后恩培多克勒把它与医学中的“体质”观念相结合，引入他的哲学，最后由德谟克利特改造成为“物理学”与“数学”相结合的原子，因而具有了“种”和“属”的抽象意义。而苏格拉底（也可以理解为柏拉图。——笔者注)恰恰对原子论的唯物概念来了一个根本的颠倒,edios 和 idea 变成了"理式"[6]。

既然这样,那还是让我们来看看与柏拉图最接近的亚里士多德到底是怎么说的:

> 在上述各派哲学之后,出现了柏拉图的哲学。他在很多方面继承了那些古代哲学家的看法,但是他有自己的特点,与意大利学派不一样。他在青年时期就认识克拉底洛(把赫拉克利特学说体系化的智者。——引者注),熟悉了赫拉克利特的学说,即一切感性事物都在永恒的流变中,是不可认识的。这个看法他一直坚持到晚年。然而,苏格拉底却专门研究伦理问题,不管那作为整体的自然界,而在伦理问题中寻求普遍的东西,是第一个把注意力放在下定义上的人。柏拉图也接受了这种说法,但他主张定义的对象不是感性事物,而是另外一类东西,任何感官对象都不能有一个普遍的定义,因为他们都是变化无常的。他把这另外一类的东西称为理念,认为感性事物都是按理念来命名的,因理念而得名的,因为众多的事物之所以存在,是靠"分有"与它们同名的理念。这个"分有"只是新名词,因为毕泰戈拉派(即毕达哥拉斯派。——引者注)说事物之所以存在是靠"模仿"数,柏拉图换了一个名词,说是靠"分有"理念。至于这个"分有"或"模仿"到底是什么意思,他们都没说清[7]。

只要认真阅读这里的文字,我们就会发现里面的信息是十分丰富的：首先，它指出了柏拉图哲学是一个特定历史阶段的产物，毕达哥拉斯、赫拉克利特和苏格拉底以及其他希腊前驱哲学家的学说对他都有影响；其次，有说服力地阐明了柏拉图理式理论是怎样从苏格拉底关于伦理定义的理论发展而来，以及“定义”与“理式”的差别在一个是感性事物，而另一个不是；最后就柏拉图的“分有”和毕达哥拉斯派的“模仿”[8]之区别作了说明（“分有”对柏拉图而言是“摹仿”的具体方式）。亚里士多德的文字是令人信服而科学的。

前面我们已经说过，柏拉图的时代氛围和个人特质决定了他对奥林匹斯人格化神祇谱系的漫不经心。他有一种更高更深邃的追求。俄耳甫斯教的肉身灵魂二分论和灵魂轮回说以及教仪的迷狂性质，赫拉克利特的“一切皆流”和克塞诺芬尼、巴门尼德哲学的“一”神观，毕达哥拉斯学说的神秘气息，苏格拉底的美善统一论等等，特别是柏拉图自身的理想国抱负，都导致了柏拉图哲学思想的最终形成。苏格拉底以前的哲学家关心的是“自然”，而苏格拉底关心的是“人事”。到了柏拉图那里，他把两者结合起来，从不证自明的终极角度，形成了对宇宙的一种总的态度，创建了自己的哲学——普遍存在（不是观念或概念）的哲学——“理式”说。这是一种交融着精神上的神学意味和实践上的贵族政体抱负的复杂哲学体系。

《国家篇》系统论述了柏拉图的理式理论，其核心是两个世界的区分：他认为在可感世界之上，还有一个理式世界。“凡是若干个体有着一个共同名字的，它们就有着一个共同的‘理念’或‘形式’”[9]。理式是可感事物的摹本，可感事物是摹本的影子，可感事物通过“分有”理式来实现这种联系，因而可感事物是不可靠的。“我们所说的‘猫’这个字是什么意思呢？”哲学家罗素接过柏拉图的理式理论分析说:“显然那是与每一个个体的猫不同的东西。一个动物是一只猫,看来是因为它分享了一切的猫所共有的一般性质。没有‘猫’这样一般的字,则语言就无法通行,所以这些字显然并不是没有意义的。但是如果‘猫’这个字有任何意义的话,那末它的意义就不是这只猫或那只猫,而是某种普遍的猫性。这种猫性既不随个体的猫出生而出生,而当个体的猫死去的时候,它也并不随之而死去。”罗素总结“理式”的特性说:“事实上,它在空间和时间中是没有定位的,它是‘永恒的’。”[10]

为了具体说明自己两个世界的理论,柏拉图又用了一系列的形象比喻来加以说明,它们包括:太阳与视觉及可见事物之间关系的比喻、四线段的比喻、洞穴火光的比喻。这些比喻充满了想象和玄思,但是其逻辑和语言又常常显得过于稚拙或令人难以捉摸。

柏拉图在提出理式理论的同时还提出了“哲学王”的主张,其主要意思是:正义的人和事都是对“正义”理式的分有,而最高的理式是“善”,它也是一切理式的源泉。因此,正义就是善。只有哲学家——真正知道理式世界的人——才会知道正义的好处,并且按照善和正义的理式来治国,从而出现正义的国家。要使具有哲学才能的人成为哲学家,并使智慧和权力相结合,造就哲学王,只有通过一种精心设计的、符合理式世界秩序的教育制度和方法。柏拉图进而还对“意见”和“知识”的含义作了区分:意见属于感官所接触的世界,而知识则属于超感觉的永恒的理式世界,例如,“意见是涉及个别的美的事物的,但知识只涉及美的自身的。”[11]而一心一意思考事物本质的人就被称为“哲学家”。

相对于早期希腊哲学家提出的宇宙“基质”说(如水、火、土、气等等),柏拉图的“理式”说有两个根本的区别:第一,理式理论不再把注意的焦点放在自然界,而是引向了对人以及终极存在问题的探索；第二，理式理论不再关注具体的东西，而是确立起一个无需证明的、高高在上的、与可见的感性世界对立的绝对存在。

在论述柏拉图理式理论的时候，笔者很自然地想到了两个有联系的问题：(1)客观事物的只能被发现而不能被创造的“规律”与“理式”的关系，(2)“理式”理论与中国老子的“道”之哲学观的关系。第一个问题中的“规律”之探寻，在古代和当代是完全不同的。今日世界之科学手段的探寻且不去说，在古代，无论东方西方，先哲们都会竭尽想象、竭尽努力去思索宇宙的最初状态。有意思的是，直到今天为止，事实上人类所能做的只是对局部规律的苦苦探寻，宇宙的最初状态对我们依然是一个巨大的谜。难怪科学家如爱因斯坦者也会说：在宇宙之最初的推动力被清楚解释以前，他只能相信神的存在。

第二个问题是对以上这种早期探寻过程的探寻，即东西宇宙观思维的异同及其意义。中国先秦的哲学思想大多谈论人生、伦理，惟独老子将更加辽远的宇宙观与人生、伦理问题结合起来，提出了“道”的学说，从而展开了一幅更为深邃的宇宙图景。将“道”的学说与柏拉图的“理式”理论相比较，似乎可以看出如下的同和异：

(1)“理式”与“道”都是第一存在和终极意义的东西。柏拉图认为事物的原因是“理式”，它是最高的“善”(在后期的《巴门尼德篇》中对这种说法的矛盾性有不同的认识)，它走出了苏格拉底的伦理主义和感性个体定义的圈子。而老子的“道”，同样不是孔子等人的“先王之道”、“君子之道”，而是不“可道”、非“可名”的绝对抽象，是不可拆解分析的纯粹的“有”或“无”。两者都是本体性的、先一切事物而存在的。

(2)“理式”与“道”都是难以捉摸的东西。正如理式世界之玄妙不可及,“道之为物”,也是“惟恍惟惚”。但是,理式世界可以观照,而“道”却是“无状之状”、“无物之象”。

(3)“理式”与“道”的创生问题。“理式”自身是如何产生的?柏拉图对之缄默不语。可是老子却说:“人法地、地法天、天法道,道法自然。”对“道法自然”之说,有人以为是另有所法,故与“理式”不同。其实,通观《老子》全篇就会知道,这里的“自然”是“自然而然”之意,而非另有之实体。

(4)“理式”与“道”同具体事物的关系问题。按柏拉图的理论,“理式”之下是一类相关的具体事物,具体事物靠“分有”、“理式”来保持与“理式”的关系,复数“理式”之和就是“理式”世界。可是老子却说:“道生一,一生二,二生三,三生万物。”也就是说:“道”不是“一”,“道”是“无”和“有”的统一,“道”是“无”向“有”的转化。这里的“一、二、三……”是“道”创造万物的历程。所以“理式”的集合体可以称为“世界”,而“道”无复数,亦不能称为“世界”。

(5)“求知”与“闻道”之别。柏拉图认为,惟有哲人可通过凝神观照或迷狂状态而“求”得“理式”世界之“知”;而老子则强调通过“玄鉴”(即心灵深处超越感性认识的生命体验和感悟)来“闻道”。

“理式”与“道”的深层异同,实际上从宏观角度潜在影响了东西方诗学思维的走向。

第二节 “理式”笼罩下的多重表述

这里让我们稍稍偏离一点“诗”的言说,来看看柏拉图究竟如何将自己独创的理式理论应用于有关艺术和美的分析的。有趣的是，柏拉图的这些分析竟然可以完全分割开来作不同的解释。

第一，艺术与真理隔着三层(《国家篇》的论述)。前面我们已经解释过柏拉图关于感性世界与理式世界的关系，这里柏拉图又引入了一个界面，那就是艺术。这样一来，整个世界就变得复杂起来了。柏拉图在《国家篇》中举例说："床"有三种，第一是床之为床的理式，其次是木匠按照床的理式制作出来的个别的床，最后是画家摹仿个别的床所画出来的床。这里只有床的理式，即床之所以为床的道理是永恒不变的，是真实的。木匠制作的床虽以床的理式为依据，但是受到时间、空间、材料和用途的种种限制，只能分有床的理式的某些方面，因此这种床没有永恒性和普遍性，不是真实的，是理式的"摹本"和"影子"。而画家所画的床，只是从某个角度对木匠之床的摹仿，而且只是对其外形的摹仿，并不是床的实体。所以画家画的床更不真实，是"摹本的摹本"、"影子的影子"、"和真理隔着三层"[12]。在这种理论之下，艺术家处于最底层，离理式和真理最远，自然也就没有什么"美"可言。

这里的"层"数到底是二还是三，我国的翻译界和研究者有不同的看法。下面是这种理论的图示：

3. 理式之床(神的创造)

2. 木匠之床(木匠制造)

1. 画家之床(画家摹仿)

笔者认为：很明显的，这里所有床的"存在"层面是三层；而画家的床"之上"的层面是两层(即"木匠之床"和"理式之床")；至于画家之床与理式之床"相隔"的层面则只有一层，也就是说，如果拿走"木匠之床"这一层，那么"画家之床"与"理式之床"之间的关系就是直接的了。

第二，通过回忆与迷狂见出“理式”（《斐多篇》和《斐德若篇》的论述）。在《斐多篇》（也译为《斐多》[13]）中，柏拉图笔下的苏格拉底完全同意对话者辛弥亚的意见：“既然我们已经发现，用视觉、听觉或者其他感官能感觉到一件东西的时候，可以由这个感觉在心中唤起另一个已经忘了的、与这件东西有联系的东西，不管他们相似不相似，所以我说，要末是我们全都生下来就知道这些东西，并且终生知道，要末是那些所谓学习的人后来只不过在回忆，而学习只不过是回忆。”

可是在《斐德若篇》（也译为《斐德罗》[14]）中，柏拉图进一步把“回忆”与“迷狂”（也译为“癫狂”）结合起来了，他说：“人应当通过理性，把纷然杂陈的感官知觉集纳成一个统一体，从而认识理念。这就是一种回忆，回忆到我们的灵魂随着神灵游历时所见到的一切；那时它高瞻远瞩，超出我们误以为真实的东西，抬头望见了那真实的本体（指“理式”。——引者注）。因此我们有理由说，只有哲学家的心灵长着翅膀，因为他时时刻刻尽可能地通过回忆与那些使神成为神的东西保持联系。一个正确地运用这种回忆的人，不断地分享着真正的、完满的神秘；只有这样的人才成为真正完善的人。可是由于他漠视人间的利益，一心向往神圣的东西，不免受到世俗的非难，被目为癫狂，殊不知他是通灵的。”

第三，从形体的美上升到理式的美（《会饮篇》的论述）。但是在《会饮篇》[15]第俄提玛的启示里，柏拉图又认为，要达到理式世界最高的美，必须经历这样几个过程：第一步——“应从只爱某一个美形体开始”。第二步——“他就应学会了解此一形体或彼一形体的美与其他形体的美是贯通的。这就是要在许多个别美形体中见出形体美的形式”（即“理式”）。第三步——他就要学会“把心灵的美看得比形体的美更可珍贵”。再循此前进，就可以由“行为和制度的美”进到“各种学问知识”的美，最后达到理式世界的最高的美。“这种美是永恒的，无始无终，不生不灭、不增不减的。”

以上三种关于理式的说法只有一点是共同的，那就是理式世界的客观性和神秘性。除此以外，存在着诸多的矛盾：按第一种说法，艺术与理式的关系是三层，两者之间是“隔”的；按第二种说法，凭回忆和迷狂，就可以直接通灵、分享理式；而按第三种说法，则可以由个别到一般，逐级递升，最后达到理式世界。这些观点如何加以圆释呢？

同时，我们还可以提出这样一些问题：

(1) 为什么木匠的工作就比画家的工作离“理式”近？如果木匠换成雕刻家，他制作了一张摹仿理式的、既可以睡觉也可以欣赏的床，那么这张床与理式的关系如何？

(2) 为什么画家必须以实物为对象来进行描摹？如果画家凭脑海中的想象来绘画，是否就离真理或理式近了？

(3) 为什么在《会饮篇》里放弃了艺术不可能达致真理的陈述，而似乎任何人通过努力都可以见到理式世界最高的美？

(4) 柏拉图一方面说只有哲学家与神保持着联系，似乎他们是凌驾于木匠之类技艺匠人之上的，可是在同一部《斐德若篇》中，柏拉图又说，只要诗人的著作是根据真理的知识写成的，他们也可以被称为“爱智者”或“哲人”[16]。这样的话，是不是意味着诗与画有别、诗人与画家有别，诗人亦能通神（理式），而画家却永远不能？

以上这些悬念，笔者将在后面的有关章节里结合诗学问题努力加以探讨。

第三节　东西方不同维度的“三层说”

前面我们曾对柏拉图的“理式”和老子的“道”进行了哲学意义上的比较分析。那么，在解说柏拉图理式观与文艺的关系时，有没有可能把它与中国传统的儒家思想联系起来呢？“至圣先师”孔夫子没有柏拉图式的对诗歌的全方位的评论，也没有亚里士多德式的形式批评，但是儒家学说的人伦关怀往往与文艺思想有相通之处。《论语·为政》云：“子曰：‘视其所以，观其所由，察其所安，人焉瘦哉？人焉瘦哉？’”孔子的意思是：只要对一个人进行某种特殊的观察，就能认识一个人的道德品质和性格特征，这是无法藏匿的。孔子认为，首先应当观察一个行为的样态（“其所以”），然后考虑这个行为的动机或具体起因（“其所由”），最后再推断行为的发出者会“安”于什么样的状态（“其所安”）。美国著名汉学家宇文所安（Stephen Owen）独辟蹊径，在以往的传统研究之外，发掘出了中国的“三层说”，并把它与柏拉图的理式理论进行了比较。宇文所安指出：孔子提出的认识问题在许多方面与早期希腊思想所引发的认识论问题是两相对应的。然而，孔子所论的是在具体个案中识别善，而不是认识“善”这个概念。中国文学思想正是围绕这个“知”（knowledge）的问题发展起来的。这个“知”取决于多种层面的隐藏，它引发了一种特殊的解释学——意在揭示人的言行的种种复杂前提的解释学。这与西方的“诗学”（诗的制作之学）完全不同。宇文所安进一步分析说：《论语》的这段话提出了几个值得考察的基本假定。首先，存在两种“真实”，一在内，一在外；其次，虽然对外在真实的观察可能有误，但是它也假定，通过对外在真实的特殊关注，可以充分深入到内在真实之中。内在与外在存在着必然的联系。最后,还有一个微妙的假定,被表现的东西不是一个观念或一件事,而是一种情况,人的一种性情,及其两者间的关系。“被表现的东西处在进行之中,它完全属于‘Becoming’(变化)领域”。宇文所安比较说:与 Becoming 相对应的是西方的 Being(存在)的概念。对孔子而言,“存在”是一个不可想象的东西。虽然两种传统都处理欺骗性的外在与潜藏在表面之下的某种正确的东西之间的对立,但二者对这一对立给出了不同的解释——柏拉图关注的是具体现象的短暂性、变化性和偶然性,与此形成对照的是永恒的、不变的和自在的“理式”。而孔子指向了一个与此不同但有关的问题,它不关注外表与那个不变者是否相符,它关注的是内在的东西确实影响了外在的东西,即两者之间存在必然联系。在柏拉图看来,一个美人是“美”的理式的具体表象;而孔子注意到,“美”其实就在人的身上。以下这些话是十分精彩的:

> 柏拉图意义上的从“理念”到现象的过程(大体相当于中国的从内到外的过程)讲的是先有固定的模子再根据模子制作。由于这个原因,在柏拉图式的世界蓝图中,“Poiêma”即文学制作就变成了一个令人烦恼的第三等级。……在孔子那里,各种错综复杂的环境交织在一起,任何一种内在的真实都有可能被遮蔽,但只要你知道如何去观察,那么你就会发现,内在的真实其实就在(immanent)外在现象之中。……第三层是最有意思的,在第三层我们还可以看到人将“安”于何种状态。这就意味着,在那个纯外表的层面上,我们还可以推断出不受纷纭现世干扰的、稳定一贯的人性诸维度。在孔子看来,观人确实可以观到这一层;阅读一篇文本也可以读到这一层,它

提醒西方读者注意一个简单而又至关重要的事实——文永远是人写出来的[17]。

宇文所安从孔子的伦理态度及其识别方法和程序，引申出“文永远是人写出来的”这个意味深长的重要事实，的确是发人深省的。这里，可以顺着宇文所安的话题，从“文”（即艺术）这个角度出发来作一个比较：

其所安 3	理式的床 3
其所由 2	木匠的床 2
其所以 1	画家的床 1

这里的平行图示，展示了孔子的三层和柏拉图的三层之间的对应关系。但是，东西方两位先哲所表达的三层的维度指向是不同的，如果把人的样态（其所以，1）引申为艺术文本，经过对创作动机（其所由，2）的分析，最终看出的便是所画人物和艺术家的内心灵魂（其所安，3）。这是指向内部的挖掘，最表层与最里层，有着深刻的包容和勾连（见下左图）：

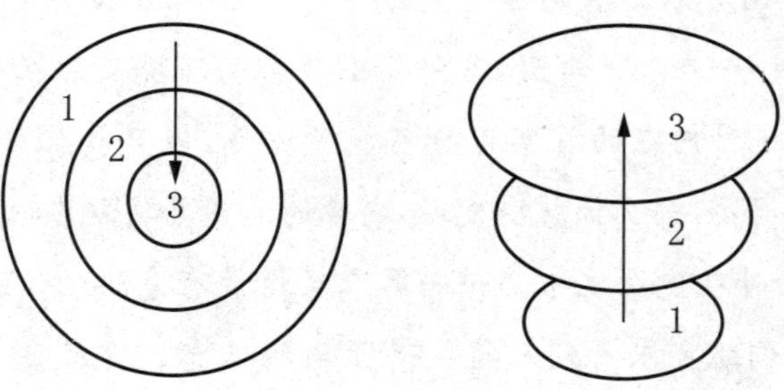

但是从“画家的床”（1）经由“木匠的床”（2）到“理式的床”（3），这是一个逐渐指向外部的维度，三者之间的关系不是包容关系（见上右图）。

第四节 《诗学》的"形式"和"互文"

文艺复兴时期的意大利画家拉斐尔的名画《雅典学派》，生动形象地揭示了后人眼中的柏拉图与亚里士多德：柏拉图手指蓝天，而亚里士多德手指大地。可是如果我们仔细思考亚氏的二元化"四因说"，就会发现更复杂的情况。所谓"四因"，就是指事物形成的四种基本原因。它们是：质料因（材料因）、形式因（最初因）、动力因（创造因）、终极因（目的因）。亚里士多德的传记作者W·D·罗斯说：在我们看来，这四因中只有"动力因"和"终极因"符合"原因"的本意，因为质料和形式并不涉及它们引起的事件，而是分析复杂事物时的静态因素。可是亚氏的观点是：对任何结果的产生来说，这四条都是必要的。他把分析变化时已经发现的两个内在因素或构成因素同两个自然表现出来的外在条件结合起来了[18]。

可以用一具雕像为例来解释这四个因：

(1) 它是由青铜制成的（质料因，提到质料）；

(2) 它塑造的是伯里克利（形式因，陈述有关这事物是什么的定义）；

(3) 一位雕塑家制造了它（动力因，提到使得这一雕像得以产生的过程的起源）；

(4) 它是为了纪念伯里克利（目的因，提到它被制造出来的目的）[19]。

这里的质料是被动的，形式才是主动的、能动的，所以形式因高于质料因，是构成一切事物的力量和"第一推动者"。同时，形式因也决定了动力因和目的因。亚氏的形式因，按有些学者的看法，虽然未采用理式世界与感性世界两相对立的说法，但实际上形式因的不可捉摸性与柏拉图的“理式”是相似的。就艺术而言，亚氏固然强调“创造”，可是这种创造的根源还是在“神”。如果我们跨越时空进入一种大视域的话，似乎可以在欧洲20世纪的“形式主义”文论与亚氏的诗学理论中，发现某种隐秘的一致性：就“形式”的狭义而言，形式主义文论对艺术形式的“细读”与亚氏对悲剧和史诗的高度逻辑化分析颇为相似；从“形式”的深层意味，即亚氏四因说中的意思而言，与形式主义的观点也有某种联系。形式主义理论家有一句名言：“完成了的内容即形式”（马克·肖勒，Mark Schorer）。这里的“形式”，不是与“内容”简单对立的概念，而被视作一种艺术的完整呈现，它是高于其他艺术因素的东西，这与亚氏的“形式”是否存在某种潜在的联系呢？这个问题应当引起注意。当然，形式主义文论从表面看，并没有“神”的意味。

亚氏认为，四因是不可分割的。它们的完满体现可以创造出美的、合目的性的“有机整体”。如果它们缺少合适的“尺度”，整体就会受到损害，从而失去其美、效用性与合目的性。四因的相互关系决定了事物的多样性，四因既可以出现在美的事物中，也可能出现在丑的事物中。如果将亚氏这种比较能动的观点与柏拉图的理式理论比较，就会理解柏拉图在后期的《巴门尼德篇》中的惶惑和自我检视——当巴门尼德问道：“那些很可笑的东西，例如头发、污泥、秽物以及最不足道、最无价值的东西……你是不是应当肯定这些东西各有一个分离的、与我们用手拿的东西不同的理念呢？”柏拉图借苏格拉底之口有些紧张地回答说：“当然不行。那些东西只不过是我们肉眼看到的，相信它们有它们的理念恐怕太荒唐了。不过这件事情过去已经引起我的不安，心想也许任何东西都是同样有理念的。后来我一碰到这个问题就逃避，害怕自己掉进愚昧的深渊，毁了自己。”[20]而亚里士多德却没有这种矛盾和惶惑。

这里我们来看一下《诗学》，就会发现这种亚氏“尺度”理论的具体运用。

(1) 首先是关于艺术的属和种差问题——摹仿是“属”，根据“摹仿的媒介”、“摹仿的对象”和“摹仿的方法”划分的具体样式是“种差”(第三章)。《诗学》的开篇就显示了亚氏的逻辑学家形象。

(2) 悲剧类型的发展和进化问题——“经过许多演变，悲剧才具有了它自身的性质，此后就不再发展了”(第四章)。亚里士多德的意思是：一个有机体的生长过程，就像小马到老马，就像希腊戏剧从临时口占到索福克勒斯的悲剧，此后便停止了。

(3) 悲剧的元素应当是规定好了的、和谐的——①关于戏剧内容的(情节、性格、思想)，②关于戏剧媒介的(言词、音乐)，③关于戏剧视觉效果的(形象或戏景)(第六章)。

(4) 戏剧的长度问题——悲剧是对一个完整而有一定长度的行动的摹仿。所谓“完整”，是指有头、有身、有尾。“头”指事之不必上承他事，“身”指事之承前启后者，“尾”指事之按照必然律或常规自然的上承某事者。所谓“一定长度”，即既不能非常大，也不能非常小，只要能容许事件相继出现，按照可然律或必然律能由逆境转入顺境，或由顺境转入逆境，就算适当了(第七章)。

(5) “简单行动”与“复杂行动”——简单行动指按照规定的限度连续进行，整一不变，不通过“突转”与“发现”而到达结局的行动；复杂行动指通过“发现”或“突转”，或通过此二者而达到结局的行动(第十章)。

以上几点均明确体现了亚氏的“尺度”意识。而他给悲剧下的定义，充分体现了“四因”的要求：

> 悲剧是对于一个严肃、完整、有一定长度的行动的摹仿；它的媒介是语言，具有各种悦耳之音，分别在剧的各部分使用；摹仿方式是借人物的动作来表达，而不是采用叙述法；借引起怜悯与恐惧来使这种情感得到陶冶[21]。

在这里，“质料因”是指语言和行动乃至音乐，“形式因”是指完整严肃的神圣主题的实现（希腊悲剧的主题多由神话演变而来），“动力因”（创造因）是指悲剧诗人的动机和天才，“终极因”是指使“情感得到陶冶”。

亚里士多德的有机整体观对理解亚氏的诗学思想有重要意义。同时，亚氏虽然不冒犯老师，但是也决不提在感性世界之外还存在一个理式世界，只强调艺术是对感性世界的摹仿。基于这种重要的区别，有哲学家认为，柏拉图的世界比亚里士多德的世界“多一倍”，虽复杂，却意蕴无穷。然而，说“柏拉图是数学的，亚里士多德是生物的”，固然有一定道理，但是在不少情形下，这种对立性更多地表现为混融性。一个有意思的例子是，被后人津津乐道的这种整体观，在亚里士多德的老师柏拉图那里，早就被以相似的话语叙说过了。《斐德若篇》中，苏格拉底在评论智者的修辞术时对斐德若说：“你至少要承认：每篇文章的结构应该像一个有生命的东西，有它所特有的那种身体，有头，有中段，有四肢，部分和部分，部分和全体，都要各得其所，完全调和。”[22]在柏拉图和亚里士多德的诗学论述中，经常存在这种“互文”现象，这是一个极有意义的学术研究话题。

从总的来说，尽管两人都生活在神学氛围中，但柏拉图的理式说之文艺观重“形而上”，具有极为浓重的神秘因素；而亚里士多德的四因说之文艺观重“形而下”，关注案例分析和实际操作的指导。从两人的学术体系之条理化而言，可以说：柏拉图是先验型神学理性主义者，而亚里士多德是经验型理性主义者[23]。

至此而言，我们无法认定柏拉图的“理式”与生物学的“基因”有何种联系。

注 释

［1］笔者在行文中采用“理式”的汉译，因为它最准确地反映了柏拉图强调的感性形式之外的客观性质。但由于各种译法颇多，引用时不求统一。

［2］这里的数据参见凌继尧：《我国西方美学史研究的若干问题》，载《文学评论丛刊》第1卷第2期，江苏文艺出版社1998年版。

［3］叶知秋：《柏拉图的“理式”与生物遗传基因——为柏拉图的“理式论”两千多年来的冤案昭雪》，载《甘肃教育学院学报》2002年第4期，转引自《高等学校文科学术文摘》2003年第1期。

［4］〔苏〕列夫·舍斯托夫：《在约伯的天平上》，三联书店1989年版，第184—185页。

［5］〔奥〕Th·龚珀茨：《希腊思想家》，载《苏格拉底传》，商务印书馆1999年版，第130页。

［6］参见叶秀山：《苏格拉底及其哲学思想》，人民出版社1986年版，第105—107页。

［7］亚里士多德：《形而上学》，载《西方哲学原著选读》上卷，商务印书馆1981年版，第71—72页。

［8］笔者在行文中用“摹仿”一词，而对引文中的用法不作统一的要求。

［9］参见〔英〕罗素：《西方哲学史》上卷，商务印书馆1963年版，第163页。

［10］参见同上。

［11］参见同上书，第162页。

［12］参见柏拉图：《理想国》第10卷，载《文艺对话集》，人民文学出版社1963

年版。

[13] 柏拉图:《斐多》,载《西方哲学原著选读》上卷,商务印书馆 1981 年版,第 81 页。

[14] 柏拉图:《斐德罗》,载《西方哲学原著选读》上卷,商务印书馆 1981 年版,第 75 页。也可参阅朱光潜译的柏拉图:《文艺对话集》,译文略有不同。

[15] 参见柏拉图:《会饮篇》,载《文艺对话集》,人民文学出版社 1963 年版。

[16] 参见柏拉图:《斐德若篇》,载《文艺对话集》,人民文学出版社 1963 年版。

[17] 〔美〕宇文所安:《中国文论:英译与评论》,上海社会科学院出版社 2003 年版,第 17—19 页。

[18] 参见〔英〕W·D·罗斯:《亚里士多德》,商务印书馆 1997 年版,第 81 页。

[19] 参见〔美〕特伦斯·欧文:《古典思想》,辽宁教育出版社、牛津大学出版社 1998 年版,第 154 页。

[20] 柏拉图:《巴门尼德篇》,载《西方哲学原著选读》上卷,商务印书馆 1981 年版,第 94 页。

[21] 亚理斯多德:《诗学》,人民文学出版社 2002 年版,第 16 页。

[22] 柏拉图:《文艺对话集》,人民文学出版社 1963 年版,第 150 页。

[23] 最后一种说法参见范明生:《西方美学通史·古希腊罗马美学》,上海文艺出版社 1999 年版,第 61 页。

第三章
“在场”与“缺席”
——柏拉图、亚里士多德诗学著述文体论

世界上还没有任何终结了的东西；世界的最后结论和关于世界的最后结论，还没有说出来；世界是敞开着的，是自由的，一切都在前面。

巴赫金

选择思想的表达方式是一个人的基本人生态度之一。在希腊的古典时期，由于纸张、书写、复制和识字等还处在一个十分初级的阶段，观剧、谈话、辩论等活动型的行为方式是民间的主要交流手段。伟大的哲学家们相信，小范围的当面交谈是最好的交流思想的方式。至于这种思想的表达是终止于交谈本身，还是以文字的形式保存下来，则有不同的看法。苏格拉底选择了“述而不作”，也就是说，如果没有后人的记载，我们可能根本就不知道苏格拉底的思想甚至他这个人的存在。苏格拉底的选择有他的理由，他的名言就是：自己是世界上最聪明的人，原因就在于自己承认自己的无知，而其他人却自以为有知识。抱着这种“无知”的态度，他自然不愿意将对话中的思想凝固下来，作一种单向度的、有可能被误解

的呈现。而这，恰恰就是他的“聪明”。

苏格拉底有两个著名的学生，一个是色诺芬(Xenophon)，一个是柏拉图。色诺芬在《回忆苏格拉底》中，用叙事体(其中也在引征的意义上保留了不少对话)记录了自己老师的言行，而在作者一栏写上了自己的名字[1]。这项记录保存了老师的言行，也明确表达了作者自己的倾向和态度，作者因此而出了名。柏拉图同样记录了老师的言行，可是他选择的是“对话体”。他同时郑重地声称：“没有、也永远不会有任何柏拉图自己写的作品。那些被说成他的作品的东西，乃是经过修饰和润色的苏格拉底的作品。”[2]他只是一个纯粹的抄写员，也就是说，这里的文字都是苏格拉底和同时代人对话的真实笔录。虽然都是记录，差异却是巨大的：《回忆苏格拉底》只是色诺芬生活的一部分。这里，苏格拉底的言行严格区别于色诺芬自己在别的场合的言行，这是两回事。可是对柏拉图来说，柏拉图记录的苏格拉底的对话几乎就是柏拉图展现在世人面前的全部资料，这里不存在两人思想的明晰区分，这里是一回事[3]。柏拉图对话写作的这种合二为一状态，使得学者们不得不对柏拉图的所有对话录作出早期、中期和晚期的甄别，以基本确认哪些思想是属于苏格拉底的，哪些思想是属于柏拉图本人的。

从某种角度而言，柏拉图的这种文体选择是颇为悲壮而震撼人心的：他的教学是口头言说——他强调这一点——这与老师完全相同。为了保存老师的思想，又不至于太违背老师的信条，他竟然作出了终身只使用一种文体——对话录的选择。柏拉图将这种文体实践贯穿到底——一辈子，连缀了一长串巨大的梦幻：老师依旧活着的梦幻，同时在其中悄悄地、隐秘地传递着自己的言语。这种选择是完全不同于当时以及以后任何一个时代的一般的对话录的。说柏拉图的对话是“拟剧体”，是“文学艺术作品”，或者认为可以直接把它看成戏剧，这都没有错，从这层意义上我们还可以说：它自身就深含着艺术作品的诗学。但这还只是单纯就其形式而言的，只有看到这里的哲学——或者进一步——和生命的意义，我们才能真正理解柏拉图的文体。

柏拉图想在老师面前隐蔽自己、缩小自己，结果却在给后人留下一个又一个悬念的同时，使自己成为一个了不起的预言家。

作为历史链条第三环的亚里士多德，也面临着文体的选择问题。他深受柏拉图言行的浸染，以至于在早期的时候，也选择了"对话录"的方式，甚至有些对话的题目也是柏拉图式的，如《智者篇》、《米纳仁纳篇》、《会饮篇》等。据考证，亚氏的另一篇对话《欧德穆斯篇》仔细摹仿了柏拉图的《斐多篇》，完全接受了预先存在、轮回和回忆等柏拉图的学说[4]。在《诗学》中，亚氏明确提到了早期写的、而后来失传的对话录《诗人篇》和《修辞篇》。可是，他并没有把这种叙写方式继续下去并贯穿到底——他很快就放弃了。这里并不存在要扩张自我、低视老师的目的。除了受到亚氏个人的逻辑思维特征和他的话语表述主题的制约以外，实在是他心中不具备老师柏拉图对先师苏格拉底的那种深切感受：企图通过对话文字来恢复一个巨大梦想的切肤之痛。互相师承的三位希腊先贤的思想表达方式体现了逐层发展的、有关联的三环：述而不作——对话体——论文体。这是递进还是远离真实，我们无法作出确切的判断[5]。

对于希腊的诗学问题，《诗学》表述的集中、全面和精粹，有点类似我国古代刘勰的《文心雕龙》(无独有偶，有人把《诗学》称为"诗学指导"或"悲剧写作指南"，也有人把《文心雕龙》称为"写作学教程")，因其结构体系颇为完整而弥足珍贵。而柏拉图的诗学论述则散见于多篇对话，其中尤以《国家篇》、《伊安篇》、《斐多篇》、

《会饮篇》、《斐德若篇》、《大希庇阿斯篇》和《法律篇》等为甚。就其诗学言论散布于各种篇章而言，与我国传统文论的表达方式大致相当；就其对话的表述形式而言，则与我国春秋时期孔子的《论语》近似。

柏拉图和亚里士多德诗学著述文体的最大特点和区别是："在场"和"缺席"。

第一节　文字媒介的意义

在希腊的古典时代，还存在一个相对于哲学家的、很有声势的知识者群体，那就是"智者"(亦译为"诡辩家"或"修辞学家")。智者大都轻视哲学探讨，注重实际功用(收费教授演说、申辩等语言本领)，公开表示了对神的怀疑。柏拉图秉承了老师的一贯态度，对智者持一种蔑视的姿态。这是因为，首先柏拉图无法容忍智者对神的辱谩；其次，在柏拉图看来，智者的所谓工作只是外在于真理的文字游戏。他们教人辩论的技术，但这种辩论不是叙说真理，而是怎样做到大事化小、小事化大、旧事化新、新事化旧、重复套话、放言无束。在主要论述修辞问题的《斐德若篇》中，柏拉图借苏格拉底之口区分了口头语言和书面文字——纸上的文字只是静态的，唯一的功用就是告诉读者已知的事情，是一种娱乐，是帮助记忆衰退的人回忆往事的工具；而口吐的语言才是充满活力的辩证话语，它是透入心田的、能自我辩护的语言。柏拉图笔下的苏格拉底用一个自编的埃及传说，告诉斐德若：国王拒绝古神图提的文字发明是明智之举，因为它毫无用处[6]。苏格拉底解释说：

文字写作有一个坏处在这里，斐德若，在这一点上它很像图画。图画所描写的人物站在你面前，好像是活的，但是等到人们向他们提出问题，他们却板着尊严的面孔，一言不发。写的文章也是如此。你可以相信文字好像有知觉在说话，但是等你想向它们请教，请它们把某句所说的话解释明白一点，它们却只能复述原来的那同一套话。还有一层，一篇文章写出来之后，就一手传一手，传到能懂的人们，也传到不能懂的人们，它自己不知道它的话应该向谁说，和不应向谁说。如果它遭到误解或虐待，总得要它的作者来救援；它自己一个人却无力辩护自己，也无力保护自己。

苏格拉底接着解释了另一种“语言”：

我说的是写在学习者心灵中的那种有理解的文章，它是有利保卫自己的，而且知道哪时宜于说话，哪时宜于缄默[7]。

基于这样一种态度，柏拉图在《高尔吉亚篇》、《克拉底鲁篇》和《欧绪德谟篇》等篇章中都说明了这样的意思：要发现真理和表达真理，语言的精确和变化都没有什么帮助。他甚至认为，诵诗人的吟诵也只是企图感动听众，而并不给听众以问答的机会。

柏拉图的心中有三种传达思想的方式：第一，心灵感悟；第二，自然之声（口语的自然对答）；第三，强调修辞的文字书写（及写成以后的单向演讲和申辩）。他最看低的是第三种，于是出于一种保持生命和思想原生态的目的，确立了对话录的写作方式。伽达默尔在《真理与方法》中说：我们可以看到“柏拉图如何通过对话来克服逻各斯——特别是写成文字的逻各斯——的弱点。对话使语言和概念回到原来流动着的谈话中。这就使所说的话不至于被教条式的乱用”。可是，柏拉图这种对待散文文体的态度与他对待诗歌文体的态度却是完全不同的。柏拉图认为，在诗歌文体中，摹仿对话的文体——悲剧——是最要不得的，它们摹仿了不同人的个性和情感，特别是不好的人的个性和情感，在城邦的教育中起了坏的作用。其实，从形式上讲，柏拉图的对话录与戏剧摹仿是类似的，只不过柏拉图摹仿的主要对象（苏格拉底）几乎是始终不变的。除了前面所讲的以外，笔者觉得柏拉图选择对话录的写作方式还有以下两个原因：(1)起因于自己的天生诗人气质；(2)用自己的“悲剧”来较量于诗人的悲剧。

亚里士多德与柏拉图有很大的不同。他认为修辞学和辩证法（即能动的对话之意）是可以共存的，两者都处理具体的知识问题，不属于特定的学科。亚氏力图在修辞学和表达真理之间找到一条连接的道路。于是他与当时著名的修辞家伊索克雷第斯（也译为“伊索格拉底”）展开了竞争：伊氏强调语言的畅快感人，认为修辞是人类文明的表现，是智慧的工具，是人区别于兽的标志；而亚氏则尽力将真理同说话的技巧联系起来，并且写出了《修辞学》这样的著作。据说，正是由于亚氏的这种努力被马其顿王菲力普知道了，故被延聘为王储亚历山大的家庭教师[8]。

第二节　倾听和参与

柏拉图的文体是对话，而亚里士多德的文体是论文。我们在阅读《诗学》时，仿佛时刻都在面对一位精心备课的老师。由于是授课提纲，亚氏的论述分门别类、条分缕析，从种到属，从个别到一般，从诗到历史，从艺术到伦理和心理（跨学科），层层道来，贯通着一股谨严的逻辑力量。《诗学》是掌握大量资料以后的归纳、分类、判断和推理，是一种逐层论证的表述法。可以说，亚里士多德是西方用科学方法研究文艺问题的鼻祖，他开创了西方现代诗学理论的先河。可是在阅读柏拉图的对话时，由于柏拉图并不出面，所以我们听到的只是别人的发言，要揣摩柏拉图的真实意图，必须十分小心。与亚里士多德不同，柏拉图的诗论大多采用的是一种直观演绎的、印象式的、有时是艺术化的表达方式。更重要的是：因为《诗学》是授课提纲，我们的感觉是不容置疑、只需倾听，就像一个学生一样。然而，对读者来说，在阅读的当下，亚里士多德实际上是缺席的：他无法当面应答、解释任何阅读瞬间提出的问题。可是柏拉图的对话却是开放性的众声喧哗，它有一种感召的魔力，让我们在阅读之际有一种情不自禁的参与感。

公元3世纪的希腊学者第欧根尼·拉尔修在其著名的《名哲言行录》中认为：柏拉图是把"对话"这种写作形式发展至完善境地的人。对话是一种关于某个哲学或政治主题的、由问和答构成的谈话，并适当涉及所引介的人物角色以及措辞的选择。辩证法则是谈话的技艺，依靠这种技艺，我们借助谈话者各自的问答，要么驳倒某个命题，要么确立某个命题。他介绍说：柏拉图的对话有些是戏剧性的，有些是叙述性的[9]。

由于柏拉图不仅没有自己出场，而且他所选择的对话主人公苏格拉底也常常并未将自己全盘托出，所以作者的观点存在着"双重的伪装"。然而通过仔细分辨，我们发现柏拉图的诗学对话录不同于其他人的一般对话录，它有自己的几个鲜明特色：

（1）反讽意味。反讽者原为古希腊戏剧中的一种角色类型，即"佯作无知者"。他们在自以为高明的对手面前说傻话，但是最后证明这些傻话却是真理，从而使对手服输。柏拉图的对话在这方面是最得心应手的。比如在《伊安篇》中，苏格拉底为了让伊安相信诗人和诵诗人是没有技艺的，他故意说：

> 哲人不是我，是你们，伊安，是你们诵诗人，演戏人，和你们所诵所演的作家们；我只是一个平常人，只会说老实话。你看我刚才说的话是多么平凡，谁也会懂，我说的是：如果一个人把技艺当作全体来看，判别好和判别坏就是一回事[10]。

由于伊安做不到对所有诗的同样领悟和激情状态，苏格拉底便顺水推舟，诱使伊安相信他们是只凭灵感的。当然，柏拉图的反讽有时候也会"令人恼怒"，因为"他总是提问而拒绝作出回答"。正如18世纪德国诗人歌德（他本人也是一位反讽大师）所说的："谁能告诉我们像柏拉图这样的人什么时候是在严肃地说话，什么时候是在开玩笑，那么他将对人类的教育有极大的贡献。"[11]

（2）辩证展开过程。所谓"辩证"，就柏拉图而言，其实就是一种逐层展开的、对答讨论式的谈话方式，而不是单向作出结论（如演讲）。色诺芬回忆说，苏格拉底的对话艺术有两个大的特征：一是当别人的观点与他不同或有争论时，他往往回到源头和一些原则性的问题上去，提出一连串"什么是……"的问题，对讨论的主题进行追问，并一步步给予回答。二是当他和人讨论某一问题已有所进展的时候，他总是从已取得一致的论点逐步前进。所以他始终是最容易获得听众同意的人[12]。这种特征在柏拉图的对话中有丰富的例证。

特征一举例：

当阿德曼特还是不明白苏格拉底对于三种叙述方法的解释时，苏格拉底说：

> 我显然是一个很可笑的教师……荷马说起克律塞斯向阿伽门农请求赎回他的女儿，阿伽门农很傲慢地拒绝了，于是克律塞斯就向神作祷告，祈求神让希腊人遭殃。你记得不？
>
> 我还记得。
>
> 你记得，一直到……整部《奥德赛》也是这样写的。
>
> 的确如此。
>
> 无论是诗人在说话，还是当事人自己在说话，都要算叙述，是不是？
>
> 不错。
>
> 诗人站在当事人的地位说话时，是否要尽量使那话的风格口吻恰符合那当事人的身份？
>
> 当然。
>
> 一个人使自己在音容笑貌上象另一个人，他是不是在摹仿那个人？
>
> 当然。
>
> 所以在这些事例中荷马和其他诗人用摹仿来叙述？
>
> 不错。……[13]

特征二举例：

当格罗康在苏格拉底的分析下也意识到荷马似乎并没有什么实际的本领，并说："传说荷马在世时就没有得到很好的照顾，身后的事就更不用说了。"苏格拉底马上接过去说：

> 不错,他们是那么说。格罗康,你想一想,如果荷马真正能给人教育,使人得益,如果他对于这类事情有真知识,而不是在摹仿,他不会有许多敬爱他的门徒追随他的左右吗?阿布德拉人普罗塔哥拉以及克奥斯人普若第库斯之流,都能在私人谈论中使当时人相信……他们的智慧大受爱戴,所以门徒们几乎要把他高举到头上游行。如果荷马也能增长人的品德,当时人会让他和赫西俄德到处奔走行吟吗?人们不会把他们当宝贝看待,抓住他们不放,……等到教育受够了,才肯放手吗?[14]

(3) 多声部话语层面。柏拉图的对话录是一个多层面的结构。它在不经意中保存了一些历史背景资料。比如,我们在对话中可以知道游吟诗人(如伊安)在当时的社会地位和经济收入情况;从对话中的引述,可以了解当时流行的神话传说和盛行的会饮究竟如何,等等。另外,对话录以苏格拉底的观点为主,但同时也保存了许多不同意见和反面资料。在《斐德若篇》和《会饮篇》中,各种不同声音(对哲学、修辞、爱情等问题的热烈争论与探讨)此起彼伏,形象而生动地展示了富有古希腊特色的、宏大而辉煌的话语交际场面。在《大希庇阿斯篇》中,苏格拉底甚至告诉对话者:在与敌手辩论时"他身边也许碰巧带了一根棍子,如果我跑得不够快,他一定要打我"。这种包括自嘲在内的多声部展示,从表面看似乎会消解主旋律的指向性,但实际上它的客观性和真实性恰恰让读者在复杂和细微中辨认出真理的价值。

(4) 开放性的结论。柏拉图的对话常常并不作完全统一或肯定的结论,而是让这种开放的可能性继续留存下来,余音缭绕,意旨深远。比如在《伊安篇》中，苏格拉底要诵诗人伊安相信，诗人和诵诗人都是只凭灵感而非技艺。可是伊安到最后还是将信将疑，只能说："这两项差别倒很大，受灵感支配总比不诚实要好的多。"柏拉图把这种疑惑的状态真实地保存了下来，这就让读者有一种意犹未尽之感。在《大希庇阿斯篇》中，苏格拉底在与希庇阿斯的一大通讨论以后，还是没有找到什么是美的答案，于是在最后似乎回到了出发点似地说："从我和你的讨论中，希庇阿斯，我得到一个益处，那就是更清楚地了解了一句谚语：'美是难的'。"这种回归于新起点的结语，给人留下了力图参与进去辩论的醇厚的回味余地。

柏拉图著作的篇名主要采用参加对话者的人名，这样的情况有二十五篇之多。其次是以讨论的主题来命名的，共有七篇，如《国家篇》、《政治家篇》、《智者篇》和《申辩篇》（非对话）等。还有以对话的场合来命名的，如《会饮篇》等。说柏拉图的文体主要是对话，这只是一个笼统的说法，实际上，柏拉图的对话包含了较为复杂的内部层次。比如，在《会饮篇》中存在着柏拉图公开宣称的对别人作品文体的仿造和摹仿；在《斐德若篇》中显然内含着智者的文体和叙事逻辑。所以，这种多声部现象在阅读时一定要分辨清楚。柏拉图的对话并不是一律用直接对话的摹仿形式，在开始的时候他时常会用"叙述"加"主对话"的方式：除了主对话以外，还提供一种外在于主对话的观点。这说明他试图通过叙述来体现一种隐含的价值倾向（这与他一贯的道德态度是一致的）。在《泰阿泰德篇》的导言中，柏拉图说明了放弃间接叙述引出对话的努力而倾向于直接对话的理由，是为了避免因经常采用间接叙述而造成过于复杂的情况，从而令人生厌。A·E·泰勒指出：柏拉图早期的最伟大的对话录，如《普罗塔哥拉篇》、《会饮篇》、《斐多篇》和《国家篇》都是转述的对话录，其中的《会饮篇》更是间接转述。而《巴门尼德篇》的固定程式则是累赘的“安蒂丰告诉我们皮索佐鲁斯说巴门尼德说”。最初采用这种叙述方式是为了获得戏剧性的活力和色彩。它曾经允许对话富于魅力地在故事人物之间穿插附带动作的记载。但是要维持这种程式所需的努力是如此之繁重，以至于柏拉图弃之不用了[15]。

第三节　柏拉图的对话录和孔子的《论语》

如果把柏拉图的对话录与孔子的《论语》作个比较，则会有许多识见[16]。如前所述，苏格拉底（柏拉图）十分重视话语的听众，柏拉图对话所记录的就是一种活的、有对抗张力的语言。而孔子所关心的，同样是口头交谈而不是书面文字。孔子说：“可与言而不与之言，失人；不可与言而与之言，失言。”[17]这就意味着，如果不分青红皂白地把话语写成文字而不加选择地让每一个人来读，将会是一件多么愚蠢的事情。苏格拉底的话语和孔子的教导都是通过别人（学生或门人）之手流传下来的，而且文本也多以对话另一方的名字来命名。柏拉图对话录和《论语》在文体形态上有诸多值得比较的地方。

第一，对话体和语录体。

柏拉图的对话录主要以苏格拉底和别人的对话构成。有时苏格拉底的话占主体地位，有时别人的话篇幅很长；而《论语》——由于孔子和弟子地位的差异（这是中国传统意识问题）——一般只是孔子在作教导（具体来说就是：〈1〉“孔子直语式”，〈2〉“无主直语式”，〈3〉“问答式”，〈4〉“替言式”和〈5〉“叙述式”）。看似“对话”，实多为单向的“语录”体。

第二，多声部和一声部。

柏拉图的对话充满了不同的声音，甚至常常话中有话、文中有文（比如《斐德若篇》和《会饮篇》中的各种争论），成为一盘立体声磁带；而孔子的眼里则并无"他者"（一部《论语》中，特指孔子的"子"就出现了375次，"曰"字出现了755次，大多作"说"、"道"解；而别人的话一般都以"问"的形式出现）[18]，《论语》基本上是一个"好为人师者"的独白。

第三，开导式和教谕式。

柏拉图的对话是一种辩证文体，即逐渐展开话题的双向对答式探讨。这里常有争执和疑惑，甚至有苏格拉底的自我嘲讽。但最终往往是在苏格拉底循循善诱的开导下，对话者被征服（偶尔也有例外，如《高尔吉亚篇》，由于对象是智者，苏格拉底几乎放弃了"无知者"的谦逊态度）；《论语》的语调也是循循善诱的，有时甚至是温情脉脉的。可是在终极意义上，它依旧遵循"君臣父子"、"师道尊严"的"礼"之规范，是至圣先师的居高临下的谕示和教导。

第四，存疑型和定论型。

柏拉图的对话有一定的语言环境，结论有时是开放性的，或者说，允许疑问继续存在和延伸。保留这种对话的无结论状态（如《大希庇阿斯篇》对"美"的探讨等），实际上是柏拉图的一种策略：表明这是真实的动态话语过程的记录；而《论语》的孔子之道，一般没有具体的语言环境，没有争辩过程，是不证自明的。它们是儒家的至圣名言、精华所在，是万万不能有丝毫怀疑的。

第五，中性式和至高式。

柏拉图自己是杰出的哲学家，可是始终未亲自出现在对话录中，而苏格拉底的对话者又都不是可小视之辈，所以，柏拉图有可能站在某种中性立场上，保留许多与苏格拉底不同的观点甚至相反意见的资料。这就使得比较有了可能——苏格拉底（也就是柏拉图)的见解究竟是建立在何种基础之上的。而《论语》是藐予小子的集成,没有人敢于在记录时放进自己不同的见解,因为孔子是至上的。班固在《汉书·艺文志》中说:“论语者,孔子应答弟子,时人及弟子相与言而接闻于夫子之语也。”这“接闻”二字活画出了孔子至高无上的地位和形象。

第四节　反修辞的修辞学家

在某些西方学者的眼里,亚里士多德是可以被称为“修辞学和文体学之父”的。因为他的《修辞学》系统地论述了修辞学的方法、修辞学的用途、演讲的成分、听众与说话人的关系等等[19];而他的《诗学》则系统地研究和阐释了悲剧和史诗的文体。有意思的是,亚里士多德虽然研究修辞学,可是他的大部分论著自身文体的表述语言和形式却十分素朴、简洁。亚里士多德研究专家W·D·罗斯不喜欢亚氏《修辞学》的表述方式,可是认为:“与《修辞学》相反,《诗学》属于亚里士多德的最有生气的著作之列。”[20]尽管如此,《诗学》在文字表述上的最大的特点依旧只是逻辑性和有机性。

柏拉图十分蔑视希腊的智者,否认他们在词语上的努力和教授方式。可是一个奇怪的现象是:柏拉图本人的对话常常充斥着修辞。特别是在有关智者的篇章中,这种情形显得更加突出。有一种说法认为:柏拉图是在与修辞家们开玩笑,采用了一种以子之矛攻子之盾的作战方式。但是,只要仔细阅读柏拉图的对话文本,就会发现这种说法是站不住脚的。柏拉图在使用高度形象化的、富有色彩的语言时,是如此投入而专注,是如此细腻和讲究,完全是一种自我展示的架势。这里,我们可以根据事实来一一列出柏拉图有关诗学对话中的广义修辞方式。

第一，精致优雅的对话开场。

柏拉图对话录的开场都是精心设计的，往往显得精致优雅。它在修辞上也是一种情景设置——让读者在一种安谧的心境中进入阅读状态。

比如《国家篇》是这样开头的："昨天我和格老孔一起去了比雷埃夫斯，我去那里一是向女神们进行祈祷，同时也是为了看看他们是怎样庆祝节日的。完事之后，我们正要回城，玻勒马霍斯和其他几个刚才游行的人出现在我的面前。"他对苏格拉底说："留下来等着看今天晚上的火炬赛马吧。而且还有一个青年人的聚会，我们会有一个很好的机会进行交谈。"这里显示了希腊生活特有的随意和幽雅清闲。再如《斐德若篇》的开头——苏格拉底问斐德若："你要去什么地方?"年轻人回答说，他要去城外散步，因为他刚刚和一个修辞学者谈了一个上午，需要休息一会儿。他说："如果您能有时间来和我一起走一走，我会对你说说，我们都谈了些什么。"苏格拉底说："好吧。"因为他很想听到谈话的内容，他情愿陪着斐德若一起走到麦加拉，然后再自己走回来。结果他们谈啊谈啊，在柏拉图时代的雅典，两个人就这样度过了一个夏日的上午。这样的开头描画出了希腊是一个悠闲社会的图景，对读者也有很大的吸引力。

第二，充满色彩的比喻。

为了说理的生动起见，充满诗性的柏拉图笔下会时时蹦出各种各样的比喻。前面我们已经说过，为了具体说明自己两个世界的理论，柏拉图采用了一系列的形象比喻，它们包括：太阳与视觉及可见事物之间关系的比喻、四线段的比喻、洞穴火光的比喻。在行文中，柏拉图还常常信手拈来许多漂亮、形象的比喻，如：抒情诗人的心灵就像蜜蜂酿蜜，飞到诗神的花园里，从流蜜的源泉里吸取精英(《伊安篇》);如:“阿伽通的颂辞常使我想起高吉阿斯(也译为‘高尔吉亚’),诚惶诚恐的心情恰如荷马所写的,我深怕阿伽通在他收尾的字句中会把那位大雄辩家高吉阿斯的头捧给我,使我化成顽石,哑口无言”(这是《会饮篇》中的一个神话比喻)。当说到假使把借音乐所生的颜色洗去,只剩下原来简单的躯壳时,苏格拉底说:“它们象不象一个面孔,还有点新鲜气色,却说不上美,因为象花一样,青春的芳艳已经枯萎了。”(《国家篇》)

第三,生动的描写、打比方和举例。

在柏拉图的笔下,随处可见抒情性的描写、形象的打比方和举例。比如:“哈,我的后天娘娘,这真是一个休息的好地方!这棵榆树真高大,还有一棵贞淑,枝叶葱葱,下面真荫凉,而且花开得正盛,香得很。榆树下这条泉水也难得,他多清凉,脚踩下去就知道。从这些神像神龛看来,这一定是什么仙女河神的圣地哟!”(《斐德若篇》)再如:“所以只有城邦的保卫者可以说谎,来欺哄敌人或公民,目的是为着国家的幸福。此外一切人都不能说谎。我们以为如果普通公民说谎,比起病人欺哄医生,学生向体育教师隐瞒他的身体状况,或是水手不把船和船员的真相告诉船长,他所犯的罪在原则上虽相同,实际上还要严重得多。”(《国家篇》)至于柏拉图关于人分九等、迷狂分为四种的举例则是十分著名的。

第四,转述神话或自拟神话。

柏拉图的有关诗学的对话中,经常会出现证实自己观点的神话(如人类的爱就是对另一半的寻找的神话故事,女神阿佛洛狄忒和爱神厄洛斯的故事,灵魂的活动如一人驾驭两匹飞马的神话故事,我们能看见一个比地球上所看到的日月星辰美得多的真正的天堂的神话故事,英雄死后还生的故事,造物主关于有序世界的宇宙生成说的神话故事等等)。这些神话被托言为传说,而据学者考证，这些神话多为柏拉图自拟。在第一章里我们已经谈到过这些篇目，这里我们来看看其中一些令人震惊的段落：

> 羽翼的本性是带着沉重的物体向高飞升，升到神的境界的，所以在身体各部分之中，是最近于神灵的。所谓神灵就是美，智，善以及一切类似的品质。灵魂的羽翼要靠这些品质来培养生展，遇到丑，恶和类似的相反品质，就要遭损毁。……至于不朽者们到达绝顶时，还要进到天外，站在天的背上，随着天运行，观照天外的一切永恒的景象。(《斐德若篇》)
>
> 当初阿佛洛狄忒诞生时，神们设筵庆祝，在场的有丰富神，聪明神的儿子。他们饮宴刚完，贫乏神照例来行乞，在门口徘徊。丰富神多饮了几杯琼浆——当时还没有酒——喝醉了，走到宙斯的花园里，头昏沉沉地就睡下去了，贫乏神所缺乏的就是丰富，心里想和丰富神生一个孩子，于是就跑去睡在他的旁边，于是就怀了孕，怀的就是爱神。爱神成了阿佛洛狄忒的仆从，就是因为这个缘故，因为他是阿佛洛狄忒的生日投胎的，因为他生性爱美，而阿佛洛狄忒长得顶美。(《会饮篇》)

除了笔者指出的这些修辞现象以外，柏拉图对话录的修辞手法还包括使用证人和权威的言语来支持自己的观点，结论与引言遥相呼应，引用历史典故和谚语，采用对话中的长篇叙述，插入韵文以润色话语，使用对语和比较等[22]。

“在场”与“缺席”固然是柏拉图和亚里士多德诗学对话在文体

上的最大特点。可是深究起来，这种“在场”与“缺席”还只是问题的一面。因为“在场”实际上只对“对话”的在场者有效；而“缺席”也可以由当时和后代的大量典籍和资料来加以弥补。

注　释

[1]〔古希腊〕色诺芬：《回忆苏格拉底》，商务印书馆 1984 年版。

[2] 转引自张隆溪：《道与逻各斯》，四川人民出版社 1998 年版，第 60 页。

[3] 在柏拉图的早期对话录中，苏格拉底都是对话中心，可是在后期的对话录中情况发生了变化：在《斐莱布篇》中，苏格拉底是领导对话的人；在《智者篇》、《政治家篇》和《蒂迈欧篇》中，苏格拉底只是在场，观点是由别人陈述的；而在《法律篇》中，苏格拉底被完全省略了，“雅典人”成了对话的主人公。这体现了柏拉图从老师的影响中逐渐淡出的心路历程。

[4] 参见〔英〕W·D·罗斯：《亚里士多德》，商务印书馆 1997 年版，第 10—11 页。

[5] 关于柏拉图和亚里士多德的文体选择，还有一些有趣的说法：威廉·明托(William Minto)认为，柏拉图的对话其实就是当时雅典贵族喜爱的问答游戏的发展；而亚氏的逻辑学著作则如同古代的桥牌巨著，把这些游戏规则和战术都制定下来。布兰德·布兰沙德(Blanshard Brand)认为，雅典人在市场和神庙聚会时，喜欢对政治、道德、哲学、宗教和艺术趣味不倦地争论，雅典青年醉心于辩论就像我们看待下棋一样，而柏拉图的对话就产生在这样的环境中。参见朱狄：《美学问题》，陕西人民出版社 1982 年版，第 217—218 页。而泰勒主编的《劳特利奇哲学史》第 1 卷认为：柏拉图采用对话形式，是为了考虑比较广泛的阅读群。中国人民大学出版社 2003 年版，第 490 页。

[6] 当代法国哲学家雅克·德里达接过这个话题，讨论了影响西方世界甚巨的逻各斯中心主义问题。

[7] 这两段文字参见柏拉图：《文艺对话集》，第 170—171 页。

[8] 参见〔美〕卫姆塞特、布鲁克斯：《西洋文学批评史》，志文出版社 1984 年

版,第 67 页。

[9] 参见〔古希腊〕第欧根尼·拉尔修:《名哲言行录》上卷,吉林人民出版社 2003 年版,第 197—198 页。

[10] 柏拉图:《伊安篇》,载《文艺对话集》,第 6 页。

[11] 参见〔以〕塞缪尔·斯柯尼科夫:《如何读柏拉图的对话》,载《西方哲学讲演录》,商务印书馆 2000 年版,第 13 页。

[12] 参见〔古希腊〕色诺芬:《回忆苏格拉底》,商务印书馆 1984 年版,第 181—182 页。

[13] 柏拉图:《理想国》,载《文艺对话集》,第 47—49 页。

[14] 同上书,第 75—76 页。

[15] 参见〔英〕A·E·泰勒:《柏拉图——生平及其著作》,山东人民出版社 1990 年版,第 35 页。

[16] 对两人文体比较深入的探讨,可参考邹广胜:《柏拉图与孔子文体形态比较研究》,载《文学评论》2000 年第 6 期。

[17]《论语·卫灵公》。

[18] 参见杨伯峻:《论语译著》,中华书局 1988 年版,第 217、225、273 页。

[19] 参见亚理斯多德:《修辞学》,罗念生译,三联书店 1991 年版。

[20] W·D·罗斯:《亚里士多德》,商务印书馆 1997 年版,第 305 页。

[21] 本节未注明的柏拉图言论均参见《文艺对话集》,人民文学出版社 1963 年版。

[22] 参见刘润清等主编:《理论文体学》,外语教学与研究出版社 2000 年版,第 22 页。

第四章
诗人与诗歌
——柏拉图、亚里士多德诗学本体论

当某个天才的批评家从被认为是当时最有影响的文类出发去解释文学概念时，这个文化体系中系统、明确而具有创造性的诗学就应运而生了。

厄尔·迈纳

一个十分有意思的艺术现象是：无论哪个民族，最早出现的文学种类都是诗歌。这与今日的生活现状有很大的不同——我们总是先选择散文的形式表达思想，然后在某种特殊的情况下才有可能选择押韵、分行的形式。历史告诉我们：书面的文学形式都是诗歌在先、散文在后。这里的原因有许多，比如押韵的话语便于记忆、便于流传，比如诗歌的言语比较精炼，比如诗歌的吟诵有很大的感染力等等，但是这里最主要的原因——诚如维柯所言——是"诗性智慧"使然。也就是说，早期人类选择诗歌来表达思想，是一种由历史和环境决定的智慧所引导的。这种在后人看来很"艺术"、很"诗性"的东西，在当时是十分自然的。当然，东方和西方的诗人形貌是很不相同的，诗歌的类型也是各异和发展的。如果说，我们今天对这些问题已经有了比较明确的认识，那么在古代，人们却走过了一个相当漫长的时期。亚里士多德与他的老师柏拉图对此曾经有过不少隐性的抗争。

第一节 诗人:一个暧昧的称呼

尼采认为,希腊人之所以需要神话和雕塑,是为了美化人生,给人生罩上一层神的光辉,以抵抗人生的悲剧性质。他说:“希腊人知道并且感觉到生存的恐怖可怕,为了一般能够活下去,他必须在恐怖可怕之前安排奥林匹斯众神的光辉的梦的诞生。”[1]为了这种梦的诞生,有两类人是不可或缺的,那就是诗人和雕塑家[2]。

在希腊早期,“艺术”是一个范围很广的概念,它的确切含义是“技艺”的意思。除了自然物以外,似乎凡是能制作某个对象的,比如造一间房子、建一艘船、塑一尊雕像、绘一幅画、做一双鞋、打一张床,甚至统领一支军队,都可以被称为有“技艺”或“艺术”。在中国古代则有所谓的“六艺”之称——礼、乐、射、御、书、数。东西方之间,有同也有不同:同的是,它们都是指人的才能;不同的是,“六艺”在中国古代是有一定地位的人必须学习的东西。

从“诗人”一词(poiētēs)的词源上看,古希腊人并没有把做诗看作特殊的创造,而是把它也看作一个制作或生产的过程[3]。这里,应当十分注意“过程”这个概念。“过程”意味着做诗也是一种有程序的、逐渐形成的、讲究技艺的工作。喜剧家阿里斯托芬直截了当地说过:诗(指悲剧)是一种技艺。诗人巴库里得斯和品达不仅把诗人比作编织者和组合者,而且还把他们喻作木匠、建筑师和雕塑家[4]。当时的不少诗人都表示过写诗要靠训练、要掌握技巧之类的意思。

然而在古希腊的传说中,也有一种把诗人抬得很高的说法:人间最早的诗人是神的儿子，诗人是了不起的。荷马经常用“神一样的”这句话来形容诗人。而恩培多克勒认为，先知、诗人、医生和领袖人物是人群中的精英。在科学落后、神祇无处不在的希腊古代，也许是由于诗人的劳作与大众的生活和信仰息息相关，也许是诗人的作品就是全民的教材，以及城邦当局关于民众集会仪式和观剧的种种规定等原因，无论是史诗诗人还是戏剧诗人以及他们的作品，都有很大的社会影响，受到了人们广泛的尊敬。有一句流传的话甚至颠倒了两者关系的顺序，把“历史”的存在说成是为了可以让“诗”来咏叹：神使希腊人和特洛伊人受尽磨难，为的是让他们的业绩成为千古绝唱。这里分明传达出一种民间的期望：诗可以使衰朽的东西永生。正像把一切美妙而不可思议的东西都归于神的创造一样，希腊人很自然地也把优秀的诗篇看成是神灵凭附的结果——如此神奇、启人心智的妙语，怎么可能是人写出来的呢？对神的敬畏，使得民众将人工的诗作混同于神的恩赐；同样是对神的敬畏，使得早期的诗人也谦卑地相信，诗作不是出于自己之手，而是神的指引和谕示。随着这种思维成为全民的习惯，在不加探求的社会心理状态中，原本虔诚的祈求也逐渐带上了套话和行话的色彩。《奥德赛》中有一句话，具有代表性地反映了当时这两种今天看似矛盾的观点的融合：我的故事是神赐的，而我是“自学成材的”。也就是说：凭常识，创作诗要靠努力；凭直觉，美妙的诗只能是神的馈赠。

神祇时代中原本统一于民间和诗人的观念，在柏拉图那里常常被一颗聪慧的头脑出于某种更为别致的神学构想和政治目的，夸张和分裂成时而连接在一起、时而势不两立的两个世界：

柏拉图在早期的《申辩篇》中借苏格拉底的口说：“当我遍访了政治家后，我又去访问诗人、戏剧家、抒情诗人和其他各种人，相信在他们那里可以暴露我的无知。我在他们那里列举我所想到的他们的最好的作品,紧紧围绕他们写作的目的提问题,希望能借此机会扩充自己的知识。尊敬的陪审员们,我不愿把事实真相告诉你们,可我又必须告诉你们事实真相。毫不夸张地说,听了诗人们的回答,我感到,任何一个旁观者都能比诗的作者更好地解释这些作品。这样,我很快就对诗人做出了评判:并不是聪明才智,而是本能和灵感,使他们创作出了诗歌。就像你们所见到的,先知和预言家传达神谕时,一点儿都不知道他们所说的话的含义。在我看来,显然诗人们在写诗时也是这样。我还注意到这样一个事实,他们是诗人,所以就自以为无所不知,而实际上他们对其他学科完全无知。这样,我怀着在离开政治家们时同样的优越感放弃了对诗人们的拜访。"[5]柏拉图在这里把"诗人"和"先知"并列,肯定他们都只是神灵的俘虏,这其实只是一种古老的言说。但是在这儿,这种古老的言说被柏拉图挑出、夸张了。《伊安篇》中,柏拉图笔下的苏格拉底把荷马和伊安的工作与其他技艺(如驾车、捕鱼、指挥战争等)进行了比较,认为从事每一项职业的人只能凭技艺熟悉自己本行的东西。而诗人和诵诗人却能表现各种各样的事情,仿佛什么都知道。但实际上他们对诗中写到的这些技艺根本不熟悉。他指出,诗人和诵诗人的出色成果完全不是凭"技艺",而是凭"灵感",是一种"神灵的凭附"。也就说,这里不存在一种有程序的、逐渐形成的、讲究技艺的工作。至于平庸诗人(如廷尼克斯)的平庸诗作是否凭技艺,柏拉图则避而不谈。

可是,在《国家篇》中,柏拉图仿佛回到了传统观念的另一端:"技艺"观。他从玄奥的"理式"论出发,把画家的技艺性工作和木匠的技艺性工作进行了比较,认为画家的工作低于木匠,因为画家的技艺成果只是一种"摹仿"的"虚象",没有实用价值,离"真理"很远。他同时也指出，诗人的工作和画家的工作一样，都是一种“摹仿”。在这里，好像只存在“技艺”的概念了。《斐德若篇》中，柏拉图笔下的苏格拉底在论到文章的修辞如何做到完美时，又发表了一通似乎比较周全的看法。他说：“在修辞方面若想做到完美，也就象在其他方面要做到完美一样，或许——无宁说，必须——要有三个条件：第一是天生来就有语文的天才；其次是知识；第三是练习，你才可以成为出色的修辞家。这三个条件如果缺一个，你就不能做到完美。”[6]然而苏格拉底举出的在修辞术上到达最高成就的例子，并不是当时的修辞学家，而是雅典的统治者伯利克理斯。苏格拉底认为，伯利克理斯除了天才和本行的训练以外，还有自然科学方面的训练。当他把这些东西运用到修辞中去的时候，他自然取得了比别人大的成就。

问题在于对“天才”的理解。在柏拉图那里，“天才”与神附和灵感是同义词。因此在上述三种说法——神灵凭附说、理式说和三结合说中，其实都徘徊着柏拉图神学思想的幽灵。

亚里士多德对待诗的态度是不同于柏拉图的，他对于诗人的看法也始终是一致的。亚氏把他当时认识到的科学分为三类：一是理论性科学，包括数学、物理学和形而上学等；二是实践性科学，包括政治学和伦理学等；三是制作或制造性科学，包括诗学和修辞学。他认为诗学是有外在目的的，它是指导悲剧写作这种制作活动的制作性科学。（如前所述，“诗”的词源意义就是“制作”。古希腊人把自然界万物的生成称做“生长”，把人工的生产叫做“制作”或“制造”。前者遵循自然的规律，后者靠经验性技艺的指导。）亚氏在《诗学》中，多次赞美荷马在希腊文学中的无可替代的作用。他认为，荷马既是悲剧的鼻祖，也是喜剧的鼻祖；荷马与其他史诗诗人不同，十分注重摹仿的重要作用；荷马最懂得如何安排情节

(如《伊利亚特》集中描写了漫长战争结束前几十天发生的事,《奥德赛》中的俄底修斯在海上漂流了十年,然而故事展开的时间只有四十天);也只有荷马才是真正能把谎话(即虚构)说圆的人。亚里士多德闭口不谈理式问题或灵感对诗人的影响,但是他肯定了天赋才能(不同于“疯狂”)在写诗中的作用。在亚氏看来,优秀的诗篇是天才加技艺的结果。读过《诗学》的人都有一种强烈的感受:《诗学》不是一部形上之论,除了开头的几章和部分段落以外,它的确是一部论述写诗(特别是悲剧)技巧的书。这种认为写诗要靠技巧的看法,是亚氏对老师柏拉图的诗的摹仿不是真理或诗的写作是神灵凭附等神性诗学观念的隐性抗争。亚里士多德从来不把诗和哲学相提并论,他是在对诗和历史进行比较的时候,才指出诗比历史更富有哲学意味,因为诗克服了历史写实的局限性,体现了一种涵盖面更广的普遍性。

从柏拉图和亚里士多德的文本中保存的资料来看,诵诗人的生活状态是相当不错的:他们身临祭典或欢宴场所,身穿美丽的服装,戴着金冠。他们的听众有时达到两万之多,他们的报酬很丰厚[7]。据说,至迟从公元前5世纪初起,雅典就有了一种按照规定次序、公开朗诵荷马诗歌的习俗;这种习俗起源于一定的公共法令[8]。著名诵诗人伊安的自我感觉是相当不错的,他认为自己熟悉荷马的一切,受到尊敬是理应之事。他甚至认为,若自己不是厄费苏斯人,他可以成为希腊最好的将官。美国学者卫姆塞特和布鲁克斯认为,希腊时代的吟诗家(即诵诗人)大约相当于今日之演员和文学教授的双重身份,朗诵时还可以作批评或道德式的漫谈。他们常常感动大量的听众,使人热泪横流。他们是希腊早期尚无正规教育系统时的全民教育家,他们的教材全是文学作品[9]。至于戏剧,许多史料告诉我们:在古希腊,观剧是全民的功课,它受到城邦当局的热情鼓励和大力支持。

柏拉图在《国家篇》中讨伐了诗人的罪行，义愤填膺地批评荷马和埃斯库罗斯对神说出了许多不敬的话。但是他有时把诵诗人称作“教师”，他还告诉我们：当时的戏剧诗人自己当导演，而排演费用与合唱队是由城邦当局提供的。《国家篇》对话中的苏格拉底说：“如果有一位聪明人有本领摹仿任何事物，乔扮任何形状，如果他来到我们的城邦，提议向我们展览他的身姿和他的诗，我们要把它当作一位神奇而愉快的人物看待，向他鞠躬敬礼；但是我们也要告诉他：我们的城邦里没有像他这样的人，法律也不准许有像他这样的人，然后把他涂上香水，戴上毛冠，请他到旁的城邦去。”[10]《诗学史》“古代部分”的作者弗朗西斯柯·德拉克尔特和伊娃·科什纳认为：“诗人并非像罪犯那样被放逐，而是爱抚有加，被遗憾地送出境，并被陪伴到另一城邦。请注意这种礼遇，它完全改变了问题的实质内容。”[11]这也就是说，柏拉图这里的语言本身瓦解了他对待诗人表面看起来过于严厉措辞的意味。可是柏拉图对荷马状况的描述有时候的确是有些矛盾的：《国家篇》中，他笔下的苏格拉底在指出荷马并没有什么关于技艺和事业的贡献和发明以后，进一步说道：那么“我们是否听说过他生平做过那些私人的导师，这些人因为得到他的教益而爱戴他，把他的生活方式流传到后世，像毕达哥拉斯那样呢？”[12]格罗康回答说：“传说荷马在世时就没有得到很好的照顾，身后的事就更不用说了。”苏格拉底接着说：“如果荷马真正给人教育，使人得益，如果他对于这类事情有真知识，而不是只在摹仿，他不会有许多敬爱他的门徒追随他的左右吗？”“如果荷马也能增长人的品德，当时的人会让他和赫西俄德到处奔走行吟吗？”[13]然而在《会饮篇》中，第俄提玛启示苏格拉底说：“每个人都宁愿与其生育寻常肉体子女，倒不如生育这样心灵子女，如果他们放眼看一看荷马、赫西俄德以及其他大诗人，欣羡他们所留下的一群子女，自身既不朽，又替他们的父母留下不朽的荣名。”

柏拉图常常批评诗人，可是正像我们前面已经指出的，他自己实际上也是一个抒情意味很浓的人，他在早年的时候就写过酒神颂、抒情诗和悲剧剧本；他常常批评修辞学家，可是他自己的文字却充满了修辞。在《斐德若篇》中，他把人划分为九等，并在其中留下了一个千古之谜：似乎诗人可以分为两类——“爱智慧者，爱美者，或是诗神和爱神的顶礼者”属于第一等人，而“诗人或其他摹仿的艺术家”被列在第六等。我国有学者依此认为：这里的第一类诗人是无需创作艺术作品的，他们能到达最高的境界：“这时他凭临美的汪洋大海，凝神观照，心中起无限欣喜，于是孕育无数量的优美崇高的道理，得到丰富的哲学收获。如此精力弥满之后，他终于一旦豁然贯通唯一的涵盖一切的学问，以美为对象的学问。”（《会饮篇》）“那时隆重的入教典礼所揭开给我们看的那些景象全是完整的，单纯的，静穆的，欢喜的，沉浸在最纯洁的光辉之中让我们凝视。”（《斐德若篇》）而属于第六等的诗人和艺术家则是运用技巧知识从事生产劳动的“手艺人”。由此可见柏拉图是轻视劳苦大众、生产劳动和实践的[14]。但是，这样的结论留下的疑团更大：首先，如果柏拉图的意思的确是存在“两种诗人”，前面这些描述是指第一种诗人的状况，那么荷马属于哪一类？如果连荷马与赫西俄德也不能算第一类诗人，那么在希腊还有谁是第一类的诗人呢？其次，这里的“凝神观照”和“豁然贯通”是不是灵感状态的表现？如果是的话，那荷马曾被说成是靠灵感来创作的，为什么不算呢？再其次，这两类诗人可以在某种条件下转换吗？因为柏拉图笔下的苏格拉底在《伊安篇》中明明说过：平庸的诗人如廷尼克斯也会在灵感降临的时候写出杰出的诗章。

其实，无论从哪个角度分析，我们都只会得出这样的看法：在《斐德若篇》的语境中，“第一等人”并不是指“诗人”。这里的“爱智慧者，爱美者，或是诗神和爱神的顶礼者”（注意，是“顶礼者”而非诗神自身），指的就是浑身上下散发着神的气息的、富有诗人气质的哲学家或者“哲学王”——讲明白了就是——苏格拉底和柏拉图本人。柏拉图的“哲学王”自视和内心爱诗的本性在这儿显露无遗。

诗人，在柏拉图那里是一个暧昧的称呼。他经常把历史上的史诗诗人和同时代的悲剧诗人混为一谈。他尊荷马为师，把荷马说成伟大的人；但也正是他，严厉批评了荷马对神的态度。他一会儿说荷马写诗靠的是灵感，一会儿又说荷马和其他诗人写诗都是隔着三层的摹仿。他强烈反对悲剧诗人及其作品对城邦民众的不良教育和误导。有时候，他还把诗人和修辞学家（智者）、诗和演讲术并列（《高尔吉亚篇》）。出于建立正义国度的理想，他提出要把诗人驱逐出境。但是，这里有一个问题必须引起注意：由于柏拉图驱逐诗人的说法影响甚大，所以常常会形成一种诗人在古希腊景况不佳的错觉。其实，柏拉图笔下的诗人并不等于当时生活境况中的诗人。柏拉图想在未来“理想国”付诸实施的种种措施（包括驱逐诗人），终究只是“理想”而已。

在亚里士多德那里被视为天才加技艺的荷马和其他杰出诗人，在柏拉图那里往往被撕成许多难以弥合的碎片。我们发现，亚氏通过科学的分析和严密的论证，要求于诗人的是：摹仿及其具体艺术形式的完美体现。他既立足又凌驾于产生悲剧的土地之上，提出了一种适合于不同时空的戏剧理论；而柏拉图反反复复、甚至前后矛盾地要求于诗人的是：对神的礼赞，给人以美善享受和体现理想城邦的社会责任感。

诗为何物？诗是迷狂之中神的赐予，诗是努力和技巧的产儿，诗也是哲学的对手，诗以自身的魔力裹挟着柏拉图和亚里士多德艰难地走向真理的彼岸……

第二节　希腊艺术类型的难题

欧洲文学中的主要体裁如诗歌中的史诗、教谕诗、抒情诗、田园诗，戏剧中的悲剧和喜剧，散文中的历史、演说、哲学论文、对话录、文学评论、传记、传奇和寓言等等，莫不创始于希腊[15]。由此可见古希腊对欧洲后世文学和文学理论的巨大影响。

然而，这里的体裁分类是按照现代人的类型观来进行的。事实上，古希腊的诗歌是一个广义的概念，它基本上就等于希腊文学。它包括史诗、神谱（这是一个独立的、前无古人后无来者的诗歌类型）、教谕诗、抒情诗、田园诗、悲剧剧本和喜剧剧本等。它和随着历史的发展逐渐与抒情划上等号、与叙事形成对立的现代“诗歌”概念，具有完全不同的性质。这种现象的产生是艺术发生期的特征。柏拉图和亚里士多德曾经对希腊的诗歌和艺术类型提出过自己相当具体的看法，这些看法包含着多方面的意味，往往涉及许多不同的问题。这一节主要从形式的角度来加以论列。

柏拉图的主要身份是哲学家。我们也说过，一般说来他并没有十分系统的诗学论述。可是在《国家篇》中出现了一个意外，那就是柏拉图花了很长的篇幅来详尽说明他对希腊存在的文学类型的看法。柏拉图笔下的苏格拉底在《国家篇》第三卷中讨论了诗歌的内容以后，对阿德曼特说：“关于题材，话已经说够了。现在我想应该研究语文体裁问题，然后我们就算把‘说什么’和‘怎样说’两个问题都彻底讨论过了。”对于忽然如此有秩序地转到关于某种语文体系的讨论，对话者阿德曼特有点不适应。苏格拉底说："我要设法使你懂。也许这样去看，你就容易懂些，故事作者和诗人们所说的不都是对于过去，现在，和未来事情的叙述？""他们使用单纯叙述，摹仿叙述，还是两法兼用呢？"

这里，柏拉图明确指出了古希腊文学的两方面问题：其一，从叙述的时间上说，希腊文学涉及过去、现在和未来。这是一个带有普遍性质的问题，几乎所有的文学类型都会涉及这三个包罗万象的时间维度。可是，我们应当注意，这种带有秩序而且完整的表述，实际上隐含着"叙述"不仅可以是真实的，同时也可以是想象的意思。因为至少"未来"是还没有发生的时间。其二，从叙述的方式上说，希腊文学包括(1)单纯叙述，(2)摹仿叙述，(3)两法兼用。对阿德曼特来说，要马上理解这种相当专业化的表述是有不少困难的。于是柏拉图笔下的苏格拉底以《伊利亚特》为例对此进行了详细的解释。这里笔者将苏格拉底表达的意思归纳如下：

第一，无论是诗人在说话还是作品中的当事人在说话，这都是叙述。

第二，如果诗人永远不隐藏自己，不用旁人的名义说话，他的诗就是单纯叙述，不是摹仿。

第三，如果诗人站在作品中当事人的地位说话，并尽量使话的风格口吻符合当事人的身份，举止神态也像那个人，这就是摹仿叙述。

第四，而事实上，在荷马史诗中，荷马有时候以自己的身份说话，有时候以故事中当事人的身份说话，这就是单纯叙述和摹仿叙述的兼用。

最后，苏格拉底跳出了《伊利亚特》的范围，将分析上升到一般规律，总结说："凡是诗和故事可以分为三种：头一种是从头到尾都用摹仿，像你所提到的悲剧和喜剧；第二种是只有诗人在说话，最好的例也许是合唱队的颂歌；第三种是摹仿和单纯叙述掺杂在一起，史诗和另外几种诗都是如此。”这种有层次的分类意识和比较系统的论述，在某种意义上的确是开了后世叙述学的先河。

然而柏拉图的这种文类分析，最终是为他否定摹仿叙述的艺术——悲剧和喜剧服务的。他认为，人只能摹仿好的事情，而且只能摹仿一件事情，否则就是毫无价值而且是具有危害性的(关于悲剧的摹仿等问题我们留待下面的章节展开讨论)。所以，他把三种诗歌分了等级：单纯叙述列首位；混合体式位居第二；而摹仿叙述则排在末位。

可是，当阿德曼特顺着苏格拉底分析的思路提出：应当只准许诗人使用第一种方式，即单纯叙述的方式时，苏格拉底却没有接过他的话头，而是有些含糊其词地说，有时混合体式也“确有它的引人入胜之处”。对于这个问题，历来的理论家好像重视不够。笔者认为，这里的关键是：苏格拉底其实是无法把他的这种分类态度在实践中贯彻到底的。他一方面认为单纯叙述最好，可是另一方面，他在向阿德曼特解释时举出的例子，不是对“合唱队颂歌”(作为单独的形式，颂歌在当时已经过时；作为一个有机成分，颂歌只是悲剧的一个构成部分)的分析，而是对荷马史诗的篡改——他根本无法举出荷马使用过单纯叙述的例子，所以只能自己动手修改：“如果在这段之后，他不是变成克律塞斯在说话，而还是他荷马本人，那就不是摹仿而是单纯叙述了。”苏格拉底“伪造”荷马的文本来说明他的单纯叙述，说：“那司祭来了，祷告神们保佑希腊人攻下特洛亚城，平安回国；然后他向希腊人恳求，请他们看在阿波罗神的面子上，接受他的礼物，放回他的女儿。他的话说完了，旁的希腊人都尊敬他，表示可以准许他的恳求；只有阿伽门农在发怒，吩咐他走开，并且不准他再来，否则他的神杖和头巾保护不了他那条老命……”“这就是不用摹仿的单纯叙述”。

柏拉图假荷马的名义说明了荷马未曾使用过的方法，这是一种大胆的策略。柏拉图的单纯叙述实际上就是指始终用第三人称说话，将所有的对话一律改成间接引语的叙述方式。在他看来，只有采用这种叙述方式，诗人的正确态度和立场才最容易表达清楚。但在文学实践中，这种完全单纯的、从不采用人物直接对话的叙述方式几乎是难以存在的，所以柏拉图在理论的表述完结以后，便退而求其次，将注意力转移到了别的方面。

一般认为，亚里士多德的《诗学》这部偏重于形式分析的著作是对柏拉图诗学观念的反拨。笔者觉得，这里一个极其重要的反拨就是对希腊文类的不同意见。从表面看，亚里士多德好像沿着柏拉图的思路也是在谈希腊文学的三种分类情况，而实际上，学生的观点是一种高层次的超拔。

我国的《诗学》译本有多种[16]，可是这些译本第一章（全书的总纲）的译文，可能由于原文某些文字失落的原因，往往云遮雾障、句意繁复，给读者带来不少阅读的困难。下面是笔者综合多种译文并参照了著名亚氏研究专家布丘的英语译本[17]，按原文顺序对第一章主要意思的概括和解释：

（1）史诗和悲剧、喜剧和酒神颂（陈中梅音译成“狄苏朗勃斯”），大多数的箫乐和竖琴乐，这一切总的来说都是“摹仿”（亚氏在这里说到的体式都属于广义的“诗”，箫乐和竖琴乐是“诗”的伴奏）。

（2）可以按照摹仿的媒介、对象和方式的不同，来给以上这些诗的艺术分类。

（3）不仅以上这些诗的艺术是摹仿，别的艺术也是摹仿，也可以用摹仿的媒介、对象和方式来加以区分。比如就媒介而言,绘画和雕塑是用颜色和姿态作为媒介来摹仿的,而说唱表演是用声音作为媒介来摹仿的。

(4) 又回到开头提到的诗的艺术,指出它们的摹仿媒介包括节奏、语言和音调。就诗的艺术之每个具体体式来说,或用这三个媒介中的一种,或兼用这些媒介。在举例的时候,亚氏暂时没有提"诗"的语言摹仿,而是指出:与诗有关的音乐用音调和节奏作为媒介来摹仿,舞蹈则只用节奏作为媒介来摹仿。

(5) 指出有一种艺术仅以语言来摹仿,但至今为止尚没有名称(关于此句,各种译本均语焉不详。有的说这是指"史诗",可是前面已经说到了"史诗",可见文本显然有语句遗漏。这造成了表述上和理解上的许多困难)。

(6) "拟剧"和关于苏格拉底的对话缺少一个共同的名称(这里实际上把柏拉图关于苏格拉底的对话也看成是一种摹仿的艺术)。

(7) 诗人和非诗人的区别不在是否运用韵文,而在于是否"摹仿"。因此,荷马的作品是"诗",而恩培多克勒的作品属于自然哲学。

(8) 最后,再次回到开头提到的诗的艺术,可是这次却没有提"史诗",而是指出了酒神颂和日神颂是兼以节奏、唱段和韵文为摹仿的媒介,而悲剧和喜剧则在不同的部分运用这三种媒介。

从这里整理概括的情况可以看出,《诗学》第一章的表述虽然由于种种原因显得比较晦涩,但是亚氏超越其老师思想层面、站在一个更高的视角所论述的基本意思是明确的:第一,一切艺术都是摹仿,第二,艺术可以按照摹仿的媒介、对象和方式来加以分类。然而第一章在指出总的原则以后,仅仅举例说明了艺术分类的一个标准，即摹仿的媒介，而只有搞清楚亚氏的另外两个标准，我们才能准确理解他的艺术分类思想。

《诗学》第二章讨论摹仿的"对象"问题。有趣的是：这里不再迂回曲折，而且将最后的结论仅仅落在诗的两种相关类型上：悲剧摹仿比现实生活中好的人，而喜剧则摹仿比现实生活中差的人。笔者注意到，陈中梅译本用"表现"代替了这里的"摹仿"二字。而布丘英译本的原文是："The same distinction marks off Tragedy from Comedy; for Comedy aims at representing men as worse, Tragedy as better than in actual life."[18]

《诗学》第三章讨论摹仿的"方式"问题。正是在这一点上，我们可以把它与前面讨论的柏拉图关于文学的叙述问题结合起来。亚里士多德将"方式"的讨论局限在"诗"的范围之内，认为：如果用同样的媒介摹仿同样的对象，(1)既可以像荷马那样，时而用叙述手法，时而叫人物出场——或化身为人物，(2)也可以始终不变地用自己(诗人)的口吻来叙述，(3)还可以通过扮演来摹仿行动中的人。在这里，我们又一次看到了柏拉图和亚里士多德的"互文"现象。

然而，只要仔细辨别就会发现，两人的差别是巨大而实质性的：柏拉图只是着眼于"叙述"的方式，以此区别了希腊的三种文学类型，并认为"摹仿叙述"是其中最低的类型。而亚里士多德首先着眼于希腊的宏观艺术世界，并把整个艺术的基本性质定位在"摹仿"；然后逐渐缩小范围，只讨论诗歌内部的事情。在亚氏看来，摹仿所采用的"方式"只是艺术分类的标准之一。在《诗学》第二十四章，亚里士多德与柏拉图相反，认为诗人应当尽量少以自己的身份讲话，应当多摹仿，而荷马在这点上是值得赞扬的(比如，他"在简短的序诗之后，立即叫一个男人或女人或其他人物出场")。在亚氏的眼里，摹仿叙述的悲剧价值最高，两法兼用的荷马史诗次之，而以单纯叙述为主的诗人作品排在最末（亚氏不认为有完全单纯摹仿的诗歌，他也不欣赏那些老是喜欢自我表演的诗人。事实上，在后来的论述中，亚氏只以悲剧和史诗这两种文学类型作为主要分析对象），这正好与老师的排列次序相反。这里的本质区分可以图示如下：

柏拉图的文学类型观

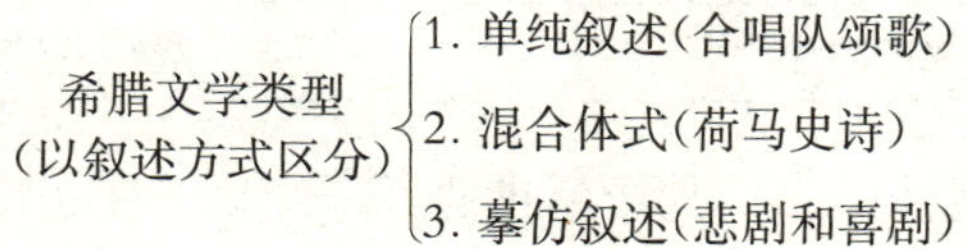

亚里士多德的艺术类型观

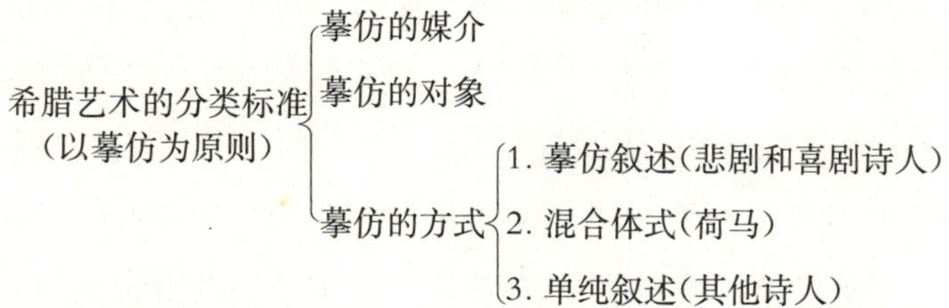

如果撇开其中的历史和政治因素，应当说，亚里士多德的艺术类型观是具有一定的现代意义的。它不仅展示了整个艺术的宏大图景，而且就像拉曼·塞尔登（Raman Selden）所说的："在发展柏拉图的观念时，他也勾勒出我们现在所说的虚构模式——可能的模式的范围包括：作者在场、缺场或纯粹戏剧性再现。"[19]（按照现代叙述学理论，这里的"作者"应当被置换成"叙述者"，这个问题后面还要讨论。）

在研究了柏拉图和亚里士多德的类型学思想以后，一个重要的诗学问题也就随之自然地浮现出来了：我们熟悉的西方文学类型的三分法(即抒情类、叙事类、戏剧类)是否导源于古希腊的类型理论特别是亚里士多德的《诗学》呢? 如果我们忽略其他因素,只抽出柏拉图和亚里士多德"叙述"理论中所包含的"表达"(请允许我暂时借用一下"表达"这个含混的术语)的意思,那么,它们与后世之文学三分法的确是非常相似的:

诗人的单独表达	抒情类(抒情诗)
诗人与诗中人物的交替表达	叙事类(史诗)
诗中人物的表达	戏剧类(剧体诗)

这种相似性作为一种逻辑的理路,不仅在西方导致了三分法的形成,而且使得我们一些当代翻译家和学者也相信的确是这么回事,因而在各种译本中缠绕着许多彼此矛盾的说法。比如:

罗念生先生在《诗学》译本第一章的注解中,言之凿凿地说:"'酒神颂'和'日神颂'属于抒情诗,《诗学》中只提及这两种抒情诗,而没有专论这两种抒情诗。此外,戏剧中的'合唱歌'也属于抒情诗。"[20]这里隐含着两层意思:第一,"酒神颂"和"日神颂"属于抒情诗,亚里士多德应该论述抒情诗,而实际上却没有论述;第二,"合唱歌"是抒情诗,柏拉图以前讨论过它,柏拉图也是把它当作抒情诗看待的。

伍蠡甫先生是这样解释《诗学》的:亚里士多德认为"所有的艺术都是摹仿。由于摹仿的媒介不同,而有不同种类的艺术;由于摹仿的对象不同,而有悲剧和喜剧;由于摹仿的方式不同,又有史诗、抒情诗和戏剧。"[21]

陈中梅先生在《诗学》译本第一章中,把 Dithurambos 音译为"狄苏朗勃斯"而不是意译为"酒神颂"。这是一个重要的举动,因为"酒神颂"的颂歌之意在中国语境中容易使人想当然地联想到抒情诗。可是陈中梅先生在解释亚氏为何没有论述抒情诗时只是说：(1)抒情诗和音乐的关系十分密切，亚氏既不讨论音乐问题，也就没必要讨论抒情诗问题；(2)抒情诗一般没有悲剧式的情节，而《诗学》主要是讨论情节的；(3)非合唱抒情诗在当时已不很时髦[22]。这样的解释还是难以说清问题。

那么，为什么会产生种种疑惑和纠缠呢？我们来梳理一下经典文本的某些表述，就会找出这里的原因。下面是两个典型的例子：

(1) 在《国家篇》第二卷中，柏拉图笔下的苏格拉底对阿德曼特说："规范是这样：无论写的是史诗，抒情诗，还是悲剧，神本来是什样，就应该描写成什样。"[23] John Llewelyn Davies 等的英译本原文是：I think they may be described as follow：it is right，I presume，always to represent god as he really is，whether the poet describe him in an epic or a lyrical or a dramatic poem.[24]由此可见，柏拉图在这里的确提到了抒情诗，这与他后来在第三卷中的按叙述方式分类的做法并不统一。

(2) 在《斐德若篇》中，柏拉图笔下的苏格拉底在诵读关于爱的篇章时，对斐德若说："别作声，听我说！这地方像是神圣的境界！所以在我诵读之中，若是我有时像有神灵凭附着，就别惊怪。我现在所诵的字句就激昂的差不多像酒神歌了。"他还说道："你没有看到我的声调已由酒神歌体转到史诗体了吗？"这里把"酒神歌"和激昂的情绪联系在一起，自然也会使人联想到抒情诗。

从以上的例子可以看出，由于古希腊存在抒情诗(萨福和品达的作品是最杰出的代表)类型，所以后人把"酒神颂"、"诵神歌"、"酒神歌"、"合唱歌"和"狄苏朗勃斯"(它们在本质上是一回事)混

同于抒情诗,从而达到某种类型学上的平衡,是情有可原的。但是,只要深究经典文本,我们会发现许多值得进一步深思的问题:

(1) 柏拉图的《国家篇》是分段写成的,时间跨度很大。他提到抒情诗,并不意味着他以后要以此来划分文学种类。另外,在英语中 lyrical 既可以解释"抒情诗的",也可以解释"竖琴的"或"七弦琴的"。按后一种解释,a lyrical poem 可以理解为有竖琴或七弦琴伴奏的诵唱艺术,但不一定等于抒情诗。

(2) 只要读一读《斐德若篇》中苏格拉底的所谓的类"酒神歌"——爱情诵词,你就会发现,它在形式上是十分接近单纯叙述的。

(3) 在《诗学》中,亚里士多德固然提到了"酒神颂"(即"狄苏朗勃斯"),可是在第二章里,亚氏把它和其他叙事类题材相提并论,认为酒神颂和日神颂也存在摹仿好人和坏人的区别。在《诗学》第四章中,亚氏更是再一次提起这个问题,并把颂神诗和赞美诗这两种柏拉图喜欢的诗体定为诗歌的原始形式。他同时认为悲剧起源于酒神颂("狄苏朗勃斯")的临时口占(或译为"即兴口诵")。

(4) 如果亚里士多德企图在《诗学》中归纳出后世的文学形态三分法,他为什么不用希腊著名抒情诗人的作品为例,来明确说明抒情诗呢?

由此可见,其实柏拉图和亚里士多德都没有讲到抒情诗。但是,如果借用"表达"这种在意味上含糊的词语,那么"诗人的单独表达"和抒情诗人的单独抒情的确是相似的。可是事实的真相是:柏拉图和亚里士多德都只说过诗人的"单独叙述"(即单纯叙述),而不是抒情诗。从他们所举的例子来看,我们还可以发现:(1)单纯叙述所采用的一般都是第三人称,而抒情诗采用的一般都是第一人称或缺位的第一人称;(2)在单纯叙述作品中,诗人(从现代叙述学角度来说应是"叙述者")不是所叙故事的参与者,诗人所表达的是自己对故事中的人物和事件的态度和看法,而在抒情诗中,诗人就是抒情主人公,表达的也是诗人自己的感情。

以上是我们对中国语境中存在的复杂现象的讨论。在西方,法国学者热拉尔·热奈特在《广义文本之导论》中,首次强有力地指出了西方历史上一次重大的理解和传播谬误:将文学三分法归之于柏拉图和亚里士多德的名下。热奈特清晰地指出:

> 在柏拉图那里,基本分类的形态很明确,旗帜鲜明地以文本的陈述方式(即"叙述方式"。——引者注)为准则;亚理士多德也坚持这一原则。如果真正意义上的体裁受到考察的话(柏拉图很少考察体裁,亚理士多德稍多一点),作者根据它们属于这种或那种陈述态度,而把它们分配到陈述方式中去:酒神赞美歌属于纯叙事,史诗属于混合叙述,悲剧和喜剧属于舞台摹仿[25]。

这里的意思十分明白:无论柏拉图还是亚里士多德,它们所谈论的都只是叙述性作品范围内的事情(虽然酒神颂等具有一定的抒情成分,但在本质上还是属于叙述类文学),他们无意为整个希腊的文学类型分类。笔者前面借用的含混词语"表达",一旦还原为"叙述",问题的实质——柏拉图和亚氏的类型理论与后世之三分法的非对应性——立即就暴露出来了。热奈特还正确地分析说:经验告诉我们,纯叙述诗歌只是一种理论上的可能,因此失传的所谓纯叙述的酒神赞美诗只能是"幻影体裁"[26]。亚里士多德在经验主义的指导下,从柏拉图的起点(三种叙述方式)出发,最后舍弃了并不存在的叙述形式(单纯叙述),将注意力只放在两种影响巨大的类型——史诗和戏剧身上。在摹仿的至高原则下,史诗成为亚氏眼中唯一重要的混合摹仿的类型,戏剧(主要是悲剧)成为亚氏眼中唯一重要的用行动来摹仿的类型。

这里还存在一个严峻然而却无法回避的问题,那就是:如果说,柏拉图讨论文学的叙述的方式并对之作出价值判断,是出于自己的政治、社会观需要,其意图不在为希腊文学分类,那么,亚里士多德为何也不对希腊的文学形式进行全面分类,从而遗漏了抒情文学这一块呢?

笔者认为:抒情诗在亚氏诗学体系中的缺失是有深刻原因的。这里除了抒情诗与音乐的紧密联系,抒情诗在亚氏的时代已不再兴盛,抒情诗不具备情节等因素以外,最重要的原因是——抒情诗不符合"摹仿"的原则,而这一原则是亚氏艺术分类的唯一依据。如果将抒情诗也纳入这个体系,所有的考量都将无法按照统一的标准进行。不过,这里仍有一个悬念无法解脱:如果抒情诗不是"摹仿",那也就势必意味着不是"艺术"。这个难题笔者在今后的研究中将继续探讨。

在研究希腊的文学类型时,联想到中国早期的文学分类思想是很自然的事情。亚里士多德在划分"诗"与非"诗"的界限时,提到了当时的一种情况:"其所以称他们为'诗人',不是因为他们会摹仿,而一概是因为他们采用某种格律;即便是医学或自然哲学的论著,如果用'韵文'写成,习惯也称这种论著的作者为'诗人',但是荷马和恩拍多克利(即恩培多克勒。——引者注)除所用格律之外,并无共同之处,称前者为'诗人'是合适的,至于后者,与其称为'诗人'毋宁称为'自然哲学家'。"[27] 在中国,也有过类似这种以语言特点来划分文学类型的做法，如南朝时期的刘勰在《文心雕龙》中绍介说："今之常言，有文有笔，以为无韵者笔也，有韵者文也。"这种早期的一致性，体现了简单的二分思想，显示了"韵"或"格律"在东西方文学中曾经有过的历史重要性。

亚里士多德不同意这种以格律划分诗人的做法，同时，他站在一个相当高的视点，主张用摹仿作为衡量整个艺术与非艺术的基本原则，然后用摹仿的媒介、摹仿的对象和摹仿的方式作为具体标准，来进一步区分不同的艺术类型。在中国古代，也有区分艺术类型的朦胧意识，最早的见于《尚书·尧典》：

> 诗言志，歌永言，声依永，律和声，八音克谐，无相夺伦，神人以和。

而《礼记·乐记》云：

> 诗，言其志也；歌，咏其声也；舞，动其容也。三者本于心，然后乐器从之。

汉代的《诗大序》云：

> 诗者，志之所之也。在心为志，发言为诗。情动于中而行于言；言之不足，故嗟叹之；嗟叹之不足，故永歌之；永歌之不足，不知手之舞之，足之蹈之也。情发于声，声成文谓之音。……故正得失，动天地，感鬼神，莫近于诗。先王以是经夫妇，成孝敬，厚人伦，美教化，移风俗。

这三段论述虽然出于我国不同时代的不同典籍，可是却蕴涵着惊人的一致性：诗歌、音乐、舞蹈的不可或缺，体现了早期艺术的三位一体性。朱自清说：《诗大序》的前半部分明明是从《尧典》的话脱胎而出的。其实，这里的三段话展示了我国古人对艺术认识的发展过程：《尧典》的话还只是对诗、歌、声、律的静态说明，《乐记》的话则动态描述了诗、歌、舞的表现形态；而《诗大序》的文字远为深刻地阐释了艺术与人类情志的关系，是中国传统文论言志表情说最早的经典论述：作者以朴素而生动的语言讲述了诗的起源，将"志"与"诗"、"情"与"言"的关系条分缕析，让人于形象之中见义理。特别重要的是，作者将诗与其他艺术形式的不同用情感的程度来分出层次：随着情感程度的升华，"言"转化为"嗟叹"，"嗟叹"转化为"永歌"，"永歌"转化为"手之舞之，足之蹈之"，文学、音乐、舞蹈统一在"情志"的旗帜下，一切变得如此澄明而单纯。可惜的是，在特定的时代里，作者将这些富有生命力的论述，最终导向了人伦教化的申说。

在希腊古代，以摹仿为原则来划分艺术；在中国古代，以情感为原则来划分艺术，这种差别是意味深长的。下面图示的对比是十分强烈的：

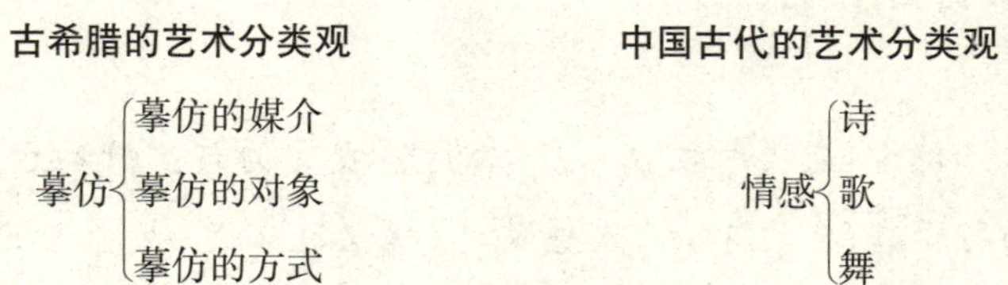

美国著名的比较文学专家厄尔·迈纳认为："一种原创性诗学不是在某一特定文化体系发轫之初就出现了，而是出现于紧随其后的某个时期，在诗人由无名氏变成公认的作者、诗被赋予独立性

存在之后。”他还指出：“当某个天才的批评家从被认为是当时最有影响的文类出发去解释文学概念时，这个文化体系中系统、明确而具有创造性的诗学就应运而生了。”迈纳说：亚里士多德的《诗学》是典型的例子，它在悲剧的基础上，诞生了西方的“摹仿”诗学；而对于中国的情形来说，诗学是在《诗大序》的基础上产生的。在抒情诗的直接背景中，中国产生了自己的非摹仿的原创性诗学——“情感—表现”诗学[28]。迈纳推翻了认为“摹仿”诗学是普遍真理的西方中心主义观点，建立起了从积极的文化相对主义立场去充分肯定异质诗学存在的合理性，全面反思传统文学理论的诗学体系。他的意见是有意义的。

最后，笔者还想谈一谈由古希腊文类研究引申出来的一些重要问题。这些问题的存在，使希腊诗学显得错综复杂和充满了矛盾。这些问题的实质，是发生学诗学思想与现代诗学理论之间的冲突。

第一，精神产品和物质产品不分，艺术和技艺不分。

在柏拉图的诗学论述中，我们经常能看到两种情况：其一，把诗人和其他艺术家的作品等同于工匠的作品，有时甚至认为前者的作品在实用性上、在与真理的关系上还不如后者。如果不考虑“理式”的观念，这种说法与古希腊盛行的广义“技艺”观是相符的。其二，在有的时候，柏拉图却认为：与一般工匠必须有技艺不同，优秀的诗作的诞生靠的不是技艺而是神灵凭附。对作品中描写到的其他人的那些技艺，诗人其实是完全不熟悉的。

当柏拉图遵循一种古老的观念进行言说时，他的思维停留在艺术诞生不久的时空中。这种精神产品和物质产品不分、艺术和技艺不分、看不到艺术自身特点的言说理路，随着经济和社会分工的发展，被逐渐抛弃了。但是只有认识到这种历史的原生态，今天的读者才会理解希腊诗学家的思想和表述。而当柏拉图用一种玄乎的语言绘声绘色地描述诗人灵感凭附的状态时，从某种意义上讲，他已经站在了现代科学艺术观的边缘。但是柏拉图所处的时代，他自身的政治理想、丰富深刻的神灵观念和十足的诗人气质，都使得他怎么也不可能像现代人那样认识到：灵感不是神赐的礼物，而只是积极强烈的艺术性精神劳作的自然回报。

第二，艺术分类之必要条件的缺失。

亚里士多德的确是最早制订艺术形态学分类基本原则的先驱。他的研究结果是：摹仿所利用的媒介的多样性，决定了音乐、舞蹈、戏剧、诗歌和其他艺术样式的区别；摹仿对象的特点造成了同一艺术样式内部的体裁差别，如悲剧和喜剧；摹仿方式的不同则导致了后来被称为文学的“种类”的划分。而现代艺术类型学原则的形成和确立走过了一个相当漫长的历程。概括各家学说，可以将现代艺术的几大分类原则表述如下[29]：

（1）艺术品的现实存在形态和性质。①从形态来说，艺术作品作为某种物质结构——声音、体积、颜色或词汇和动作的组合，它具有空间特征、时间特征或时空特征。同时，这种时间和空间特征又分别与静态和动态状况相联系，以此存在，并出现在知觉者面前。②从性质来说，艺术作品还有第一性和第二性的差别、直接性和间接性的差别。所谓第一性和第二性的差别，是指原创的文本性艺术（如做诗、谱曲、写剧本等）和建立在原创的文本性艺术基础之上的表演艺术（如朗诵、演奏、演出等）的差别。所谓直接性和间接性的差别，是指艺术形象作用于受众的情形。比如，视听艺术（雕塑、绘画、戏剧、舞蹈、音乐等）的形象是直接作用于接受者的；而文学形象的实现，却要通过想象在表象中对抽象的文字符号进行转换,这种转换往往要受到主体和客体多方面条件的制约。

(2) 艺术家创造艺术品所使用的特定手段和媒介。因为艺术作品是审美意识的物化形态,它们各自的形态差别自然要以物质手段和使用媒介的特点为转移。

(3) 艺术家感受、认识并转化到艺术品之中去的审美意识。由于艺术品本质上是主观和客观统一的产物,所以艺术家的不同审美意识必然会反映到作品中去。这种审美意识表现为:偏重于再现,偏重于表现和再现表现兼而有之。

那么,亚里士多德的艺术形态理论与现代艺术分类标准之间的关系是什么呢?比较一下会很有意思:

亚氏划分艺术和非艺术的基本原则是"摹仿",这是由希腊时代的文化特征所决定的。这条原则随着历史的发展,逐渐转化为现代艺术分类标准中富有多元性质的第三条,即"艺术家感受、认识并转化到艺术品之中去的审美意识",一项(摹仿)变成了三项(偏重于再现,偏重于表现和再现、表现兼而有之)。而亚氏的摹仿"媒介"和摹仿"方式"这两条,在现代艺术分类标准中合并成了一条,即"艺术家创造艺术品所使用的特定手段和媒介"。问题是:亚氏的理论中缺少了现代艺术分类标准中极其重要的一条——"艺术品的现实存在形态和性质"。正是因为缺少了这一条,亚氏(包括柏拉图)在为艺术分类的时候经常会陷入一种混沌的、有时甚至是不符合逻辑的状况。例如,(1)希腊"悲剧"这个概念包括悲剧剧本(第一性)和悲剧演出(第二性)两个层面,"史诗"这个概念同样包括荷马的创作(第一性)和伊安的吟诵(第二性)两个层面;(2)希腊的诗歌文本是间接性艺术,而雕塑、绘画、戏剧、舞蹈、音乐等等是直接性艺术;(3)希腊的雕塑、绘画是静态、空间的艺术,希腊的诗歌文本是静态、时间的艺术,希腊的音乐是动态、时间的艺术,希腊的戏剧和舞蹈是动态、时空结合的艺术等等。古希腊经典艺术形态理论忽略了这条标准是有其历史原因的，但是它带来的负面影响也是巨大的，以至于有研究者认为，亚里士多德的戏剧理论只是一种局限性极大的文本理论，他对古希腊的戏剧实践实际上是不熟悉的（亚氏的确赞扬过希腊诗人开瑞蒙所写的只供人阅读的悲剧作品）。所以，亚氏的戏剧理论应当称为"摹仿"（取其象形意味，即是用"手"写的）理论，而不是"模仿"（即舞台表演之意）的理论[30]。

第三，叙述者和作者角色的混同。

"叙述者"（narrator）角色的设置，是现代叙述学理论的重要贡献。西方对于这个问题的持续关注是从亨利·詹姆斯（Henry James）开始的，这种关注随着小说的出现而获得了全面的研究[31]。在叙述性作品中，由于设置了叙述者，作者便可以从单一的"自我"中脱身出来，获得多样的视点和叙述角度（point of view）；同时，因为叙述者的观点不等同于作者的观点，所以叙述者的观点往往可能与接受者的观点发生错位，从而形成接受者的参与意识：他可以赞成叙述者的观点，也可以把叙述者的观点倒转过来从中找出真实的含义，还可以完全不同意叙述者的观点。人称（person）是辨别叙述者的标志——作品如果用第三人称，叙述者便是一个不参与故事的、面目不清的旁观者；作品如果用第一人称，叙述者便是一个参与故事的人物。然而在柏拉图和亚里士多德的诗学理论中，虽然也有对叙述方式和摹仿方式的分类，但都还没有考虑到叙述者的问题。无论在分析混合叙述（史诗）时，还是在分析摹仿叙述（戏剧）时，他们对"作者"和"叙述者"基本上都不加以区分：荷马就是荷马史诗中的叙述者，悲剧作品中人物的思想和性格常常就等同于悲剧诗人的思想和性格。这样就为——主要是柏拉图——随时批评和从道德立场贬低艺术家找到了依据。假如叙述者果真等同于作者，那么从现代叙述学的角度看，事情就显得过于简单和荒谬了：史诗诗人和戏剧诗人永远只能“直接”倾诉自己的个人态度和立场（而且按照柏拉图的说法，这种个人的态度和立场必须是“善”的，而摹仿了“丑”的诗人必须被赶出理想国）。这种混淆叙述艺术和抒情艺术（抒情作品的作者一般就是作品中的抒情主人公）界限的做法，实际上取消了叙述艺术存在的前提：叙述艺术必须是充满对立因素的。当然，柏拉图实际上不可能把自己的政治道德理论付之于艺术实践——“理想国”毕竟只是“理想”而已。然而，如果我们抛弃这种现代理论过于严格的要求，不去考虑作者和叙述者的区别，也不计较柏拉图的取舍立场，只看其形式，正如拉曼·塞尔登说的，我们的确也能在他们的理论中看到现代叙述学的影子——在场、缺场或纯粹戏剧性再现的观念。

第三节　古代诗歌：自我和参照系

虽然由于种种原因，柏拉图和亚里士多德没有把注意力放在抒情类的诗歌上，但这并不意味着古希腊不存在抒情诗。文学史家和历史学家一般认为：在希腊，公元前 9 世纪至前 7 世纪是史诗的时代，公元前 6 世纪是抒情诗的时代，而公元前 5 世纪主要是戏剧的时代。流传至今的独唱琴歌的著名作者萨福和合唱琴歌的著名作者品达的优美诗篇，是希腊存在抒情诗的有力证据。前面我们已经说过，酒神颂属于叙述体，但是它的确含有抒情的成分；史诗中也有大量的抒情内容；即使就悲剧而言，它的起源也充溢着浓浓的抒情氛围。然而，作为一种纯粹的抒情文体（诗人始终以第一人称或潜在的第一人称，直抒胸臆，不承担叙事任务）的抒情诗没有进入柏拉图和亚里士多德的视野，这是一个无法否认的事实。这里的原因，除了前文分析过的抒情诗不属于摹仿的范畴以外，还有历史变迁的因素。抒情诗的兴盛，缘起于氏族社会解体引起的个人情怀：集体的意志和感情瓦解为个人的孤军奋战，个人的遭际引发了种种复杂的情感，当个人被迫面对现实时，抒情诗就产生了。然而当城邦的力量逐渐壮大，一种更有大众影响、也更受到当局支持的艺术形式——戏剧出现时，抒情诗就自然渐渐隐去了——不是完全消失，而是淡化为私人的咏唱而非城邦的集体仪式。另外有一种解释是：希腊文学史上三种类型（即 1.史诗 2.抒情诗 3.戏剧）是先后承接的，它们一直发展到古典主义时代。“决定这种演变的，是个人主义的不断发展。”[32]

事实上，柏拉图和亚里士多德只谈史诗和戏剧，因为它们具有巨大的社会影响。但是相对来说，柏拉图喜好的是史诗，而他的学生亚里士多德喜好的是悲剧。在古希腊，作为一个整体的艺术类型的“诗”被切分成了两大块，《诗学》是学生与老师隐性抗争的证明。

从自我的理想出发，柏拉图曾经表示，自己最喜欢的文学类型是单纯叙述的诗歌。但是他几乎无法举出文学作品中完全单纯叙述的例子，所以便说：有时混合体（史诗）也“确有它的引人入胜之处”。他的意思是：荷马史诗的影响毕竟是广泛的，其中摹仿的也大多是好人；史诗诗人虽然不能自始至终表达自己的立场和态度，但是聊胜于无，总比完全靠行为摹仿、无法表达诗人态度和立场的戏剧要好得多。所以，他在说了上面那句话以后，马上接下去说：“至于与你所选的那种正相反的体裁——摹仿——却最受儿童们，保姆们，尤其是一般群众的欢迎。”[33]这里的“摹仿”，指的就是戏剧。柏拉图不能容忍“一个人骑两头马”，他认为一个人只能做自己本分内的事情。一个演员不可能既摹仿好人又摹仿坏人，因为这会损坏一个人的性格的完整性。他强调艺术的社会教育功能，把诗歌和音乐都分成美的、善的，及其对立面——丑的、恶的。他坚决反对摹仿后者："性格愈卑劣，他也就愈能无所不摹仿，看不到什么可以降低他的身份的事情，所以他会在大庭广众之中，故作正经地摹仿我们在前面所说的一切，打雷吹风下冰雹的声音，轮盘滑车的声音，号角箫笛以及各种乐器的声音，乃至于鸡鸣狗吠羊叫的声音。所以他的叙述几乎全是声音姿势的摹仿，很少用单纯叙述。"[34]按照柏拉图笔下的苏格拉底的设想，理想的国度应当监督诗人们，"强迫他们在诗里只描写善的东西和美的东西的影象，否则就不准他们在我们的城邦里做诗"。还要监督其他的艺术家，"不准他们在生物图画，建筑物以及任何制作品之中，摹仿罪恶，放荡，卑鄙，和淫秽，如果犯禁，也就不准他们在我们的城邦里行业"。苏格拉底用抒情诗一般的语言说道："应该寻找一些有本领的艺术家，把自然的优美方面描绘出来，使我们的青年们象住在风和日暖的地带一样，四围一切都对健康有益，天天耳濡目染于优美的作品，象从一种清幽境界呼吸一阵清风，来呼吸它们的好影响，使他们不知不觉地从小就培养起对于美的爱好，并且培养起融美于心灵的习惯。"[35]

亚里士多德的类型学观点是渐进式的。在《诗学》中，他避开了老师主要讨论戏剧对人的影响这个角度，而从两者的形式入手来比较史诗和戏剧的异同。他认为：

(1) 史诗和悲剧都具有"突转"、"发现"和"苦难"的成分，也都讲究"思想"和"言词"的作用。但是史诗不具备"歌曲"和"形象"("形象"也译为"戏景"；早期的史诗是由竖琴伴奏的诵唱艺术，到亚里士多德的时候可能已经少有伴奏)。

(2) 史诗都用韵文,而戏剧则部分用韵文。

(3) 史诗的叙述性质适宜讲述许多事情,故长度可以分外增加。而戏剧只能摹仿舞台上可以表演的事,所以时间有较大的限制。

(4) 史诗的材料繁多,而悲剧的材料集中。虽然如此,荷马却凭着他的才能,只写故事的一部分,而把其他许多东西作为穿插,点缀在诗中。这样一来,既保持了故事的完整性,又不至于太长而不能一览而尽。

(5) 悲剧中的“惊奇”应当意外地发生,而又有因果联系。史诗中的“惊奇”则能容纳不近情理的事情,这是因为我们并不亲眼看见人物的动作[36]。

在这些富有睿智的比较之余,亚里士多德逐渐提出了自己不同于老师的看法。他说:其实荷马就是希腊戏剧的祖先——他的《马耳癸忒斯》是喜剧的源头,他的《伊利亚特》和《奥德赛》是悲剧的源头。荷马值得称赞的理由很多,其中最主要的就是,荷马懂得史诗诗人应当怎样做。亚里士多德加重语气说:“史诗诗人应尽量少用自己的身份说话;否则就不是摹仿者了。其他的史诗诗人却一直是亲自出场,很少摹仿,或者偶尔摹仿。荷马却在简短的序诗之后,立即叫一个男人或女人或其他人物出场,他们各具有‘性格’,没有一个不具有特殊的‘性格’。”[37]亚氏在这里强化、突出了史诗的摹仿成分。《诗学》第二十六章的开头有一句话:“很明显,摹仿一切的则总是非常庸俗的艺术。”有一些研究者以为这是亚氏的态度,从而认为亚氏是反对行动摹仿的[38]。其实从全文的逻辑和语气来看,这只是一种嘲讽和自设靶子的策略——为下面的反驳建立基础。在这句话之后,亚里士多德严正地指出:指责悲剧的摹仿过火,不是对悲剧艺术的指责,而是对演出者的指责。因为史诗朗诵者如果手舞足蹈,也可能做得过火。只有摹仿下贱人物的动作的才会通不过审查。亚氏还站在悲剧的立场上说:“悲剧跟史诗一样,不依靠动作也能发挥它的力量;因为只是读读,也可以看出它的性质。”亚里士多德最终得出结论——因为悲剧具备史诗所有的成分,此外还具备史诗不具有的成分:音乐和形象(或称“戏景”),因此它最能加强我们的快感;其次,不论阅读还是看戏,悲剧都能给我们很鲜明的印象;最后,悲剧能在较短的时间内达到摹仿的目的。所以,悲剧比史诗优越。

之所以说亚里士多德的观点是渐进的,是因为他既客观地分析了史诗和悲剧的各自特点,又巧妙地找出了两者之间的共同点。他认为,史诗和悲剧并不是对立的东西,批评悲剧的人也并不是批评悲剧本身。史诗和悲剧有一个极大的相似点:都重视摹仿。荷马因为懂得摹仿而比别的史诗诗人优越;悲剧因为摹仿的程度更强而能快速把人带入情境,所以比史诗优越。这样,亚氏就在并未直接违逆老师的情况下,提出了自己实际上完全不同于老师的观点:戏剧摹仿不仅是可行的,而且是最优越的艺术类型。亚里士多德的智慧,表现在绕过了硝烟弥漫的政治战场,将问题放到了一个具有永恒意味的制高点——艺术形式——的探讨上。

概括一下亚氏的这种比较,可以图示如下:

	悲　剧	**史　诗**
韵文	部分韵文	全部韵文
摹仿方式	行动摹仿	混合体式
时间	以太阳一周为限	无明确限制
情节、言词、性格、思想	有	有
音乐、形象(戏景)	有	无

从这里的图示看,虽然两者的异同是清楚的。但是从我们前面已经论述过的现代艺术理论角度来看,也确实存在一些表述不清以至会引起误解的不足,这主要表现为:

(1) 没有说明讨论对象的客观存在形态;

(2) 没有说明作品的叙述者和所用人称的情况;

(3) 没有说明艺术作用于受众的方式和演员的情况。

经过这些内容的补充,可以重新图示如下:

悲剧和史诗的文本状态
(第一性艺术)

	悲　剧	史　诗
§韵文	部分韵文	全部韵文
§摹仿方式	行动摹仿(文字描述)	混合体式(文字描述)
§事件时间	相对集中	无明确限制
·情节、言词、性格、思想	有	有
·音乐、形象(戏景)	有(文字描述)	无
∮时间和空间	时间	时间
∮静态和动态	静态	静态
*终极叙述者	非参与的不可知者	非参与的不可知者
*人称	第一人称	第一人称、第三人称
#作用于受众的方式	语言引起的想象	语言引起的想象

悲剧和史诗的演出状态
(第二性艺术)

	悲　剧	史　诗
§韵文	部分韵文	全部韵文
§摹仿方式	行动摹仿	混合体式
§事件时间	相对集中	无明确限制

续 表

	悲　剧	史　诗
§演出时间	以太阳一周为限	无明确限制
·情节、言词、性格、思想	有	有
·音乐、形象(戏景)	有	无
∮时间和空间	时间、空间	时间、空间
∮静态和动态	动态	动态
*终极叙述者	非参与的不可知者	非参与的不可知者
*人称	第一人称	第一人称、第三人称
*作用于受众的方式	听觉、视觉	听觉
♯演员	多人	一人

从文本状态来看,史诗中有叙述,这是串联整个作品、表达叙述者态度的唯一手段;而在悲剧剧本中,我们看到的除了对话,就是场景布置、歌队设计和种种道具的安排等等,没有带指导性的叙述可以提供。就文本的发展而言,史诗的适宜阅读性和多文体兼容性(如可以内含叙事文体、抒情文体和议论文体等)在西方最终导致了小说的产生;而悲剧剧本除了在内容上有所变化外,不可能导致新文体的形成。

从演出状态来看,史诗是一种口述行为,主要作用于受众的听觉。诵诗者可以使叙述时间不断发生变化。他一会儿跳进去,用神态和动作扮演角色;一会儿又跳出来,用叙述者的口吻对人物和事件加以评说。这里的吟诵既以文本为基础,又有即兴的添加。古希腊荷马史诗的吟诵者有一套循环使用的语言,以此来支撑长篇叙事诗的构架。这套习语被称为"口头诗人的工具箱"[39]。德布林用十分专业化的语言评说道:史诗艺术的两个根本特性,是想象力和口头艺术的绝对权威。“在史诗作品中,行动成粘着状一段一段进行,这就是史诗的同位语。它与戏剧中由某一点开始的呈示、发展相反……”[40]而悲剧在演出过程中,由于综合艺术的作用,其冲突情节和其他因素会呈现出再现事件本身的强烈幻觉,所以对观众的现场吸引力往往更大。

亚里士多德《诗学》中被人引用极多的一段话是:

显而易见,诗人的职责不在于描述已发生的事,而在于描述可能发生的事,即按照可然律或必然律可能发生的事。历史家与诗人的差别不在于一用散文,一用“韵文”……两者的差别在于一叙述已发生的事,一描述可能发生的事。因此,写诗这种活动比写历史更富于哲学意味,更受到严肃的对待;因为诗所描述的事带有普遍性,历史则叙述个别的事。

在这段著名的话里,亚氏提到了三个知识范畴:诗、历史和哲学。但是这三个范畴的地位不是并列的。在亚氏看来,哲学居于最高的地位:富于哲学意味的东西,具有普遍的性质,因而才会受到严肃的对待。因为诗比历史更带有普遍性,所以写诗这种活动比历史更富有哲学意味。亚里士多德为什么会把历史作为参照系,从而把诗与历史这两个在今天看来是不同学科的东西加以比较呢?希腊是一个重视历史的民族,他们采用过许多方法来记载发生的事情,比如(1)家谱或家族史、(2)编年史、(3)地方志、(4)民族志、(5)传记、(6)历史(不同于编年史的地方在于,它是一种多方面的综合记述)。特别是希罗多德的《历史》,在当时有很大的影响,它甚至包括了人种学、民俗学等方面的知识,还为研究政治学和战争史的人提供了大量宝贵的资料[41]。尽管希腊哲学家经常随手引用许多历史资料,但是他们对历史著作的评价却并不高。苏格拉底和柏拉图从来没有劝说过青年人去做历史学家,在柏拉图的人分九等的列表中,根本就没有历史学家的位置;在亚氏的眼光里,历史的地位明显低于诗。亚氏是古希腊一位具有"跨学科比较"意识的先驱,他明白地列出了诗和历史的三大区别:

(1) 历史记载已经发生过的事情,而诗则描述可能发生的事情;

(2) 历史记载具体事件,而诗则意在反映事物的普遍性;

(3) 历史叙述一个时期发生的所有事情,而诗则强调摹仿完整的行动。

这些区别是性质分明、意义十分重大的。但是除此以外,笔者觉得,亚氏之所以看重诗的地位,还存在以下这些可能性:

(1) 由于历史记载的是过去时态的东西,因此历史的文本性工作是被动的行为。而诗(史诗和戏剧诗)是行动的摹仿,是活的、主动的东西,对人的影响和教育更大。

(2) 历史只是文字性的死材料,是哑口的、无法交流的。历史著作中,往往可靠性的东西和不可靠性的东西混杂在一起,难以辨认。而诗的性质就是虚构,这就决定了它想象的多样性和合法性,这是一个可以自由驾驭的世界。

(3) 影响甚大的希罗多德的《历史》,名为"历史的记载",而实际上依旧缠绕着浓重的神话迷雾,亚氏作为一个重逻辑和理性思维的人,对它的重要性表示了怀疑。

在柏拉图那里,诗与历史似乎并没有展开过斗争。相反,诗与哲学却在柏拉图的思想领地中时而为友,时而为敌。在《国家篇》中,作为哲学家和政治家的柏拉图,借苏格拉底之口说:“因为诗的本质既如我们所说的,理性使我们不得不驱逐她。如果诗要怪我们粗暴无礼,我们也可以告诉她说,哲学与诗的官司已打得很久了。像‘恶犬吠主’,‘蠢人队伍里昂首称霸’,‘一批把自己抬得比宙斯还高的圣贤’,‘思想刁巧的人们毕竟是些穷乞丐’,以及许多类似的谩骂都可以证明这场老官司的存在。”[42]柏拉图在这里不同寻常地引用了一些当时或以前骂人的话来证明哲学与诗的宿怨,给人留下深刻的印象。但是我们要从历史现场的角度来看待这场争论和“官司”。所谓诗歌与哲学之争,正如我们在第一章已经指出过的,其实也就是传统的神话思维和逐渐趋于科学的理性思维之争。在这一点上,柏拉图站在与当时许多自然哲学家一致的立场上,反对用神话来解释一切(尽管不少自然哲学家也喜欢用韵文来写作)。但与其他哲学家的寻找结果——以自然基质来解释世界的本原——不同,柏拉图在自己的脑海和文字中建构了一个特立独行的、充满正义和美善的理式世界。这个虚幻的理式世界在人间的投影,就是“理想国”。在《国家篇》的语境中,柏拉图出于对城邦现状的担忧和对于未来理想国的展望,提出了“驱逐诗人”的主张。这是一种政治性质的主张。在这个语境中提出的哲学高于诗歌的主张,总的来说体现了两方面的来由:一是进化意识——神话思维终究要被理性思维所代替,二是政治意识——建立“理想国”不需要那些所谓诗人的介入。

然而柏拉图始终是一个充满了动态思维的人。他不仅是一位哲学家,更是一位诗化哲学家。他有时候又有意识地淡化了诗人和哲学家的界限:承认早期的诗人是神的儿子;在谈到四种“迷狂”时,对诗的迷狂作了极为生动的描述;在把人分为九等的时候,

会饮图(费尔巴赫)

又模棱两可地将哲学家和“诗神的顶礼者”混为一谈;他批评荷马,可是他又用热情的语言赞扬荷马;他在激动的时候甚至会说:“我们也是悲剧诗人!”特别有趣的是,柏拉图的文字常常比诗人的文字更充溢着诗的激情。所有这一切都说明了,柏拉图心目中的真正伟者,是怀有政治抱负、富有灵感和诗人智慧的哲学家,也只有这样的人才配称为理想国度的“哲学王”。

在古希腊,虽然哲学、宗教、历史、神话、诗歌、音乐等等,经常是你中有我,我中有你,不能作简单的划分,但是从今天的眼光来看,亚里士多德比较了诗与历史,这是学科之间的比较,柏拉图比较了诗与哲学,这是宇宙观和具体学科的比较。再说,被柏拉图和亚里士多德所津津乐道的诗歌、历史和哲学的关系,不正是我们今天一直在谈论的、互有关联的“文、史、哲”么?这真可谓:古贤今人,其心相通;古道今论,其意深幽。

注　释

[1]〔德〕尼采:《悲剧的诞生》,三联书店 1986 年版,第 11 页。

[2] 笔者这里“诗人”和“雕塑家”的含义,是指广义的语言艺术家和造型艺术家。

[3] 参见陈中梅译:《诗学》,商务印书馆 1996 年版,第 29 页注 2。

[4] 参见同上书,第 285 页。

[5] 参见柏拉图:《申辩篇》,载余灵灵等译:《苏格拉底的最后日子》,上海三联书店 1988 年版,第 46—47 页。

[6] 本节未注明的柏拉图言论均参见《文艺对话集》,人民文学出版社 1963 年版。

[7] 参见柏拉图:《伊安篇》,载《文艺对话集》,人民文学出版社 1963 年版,第 10—11 页。

[8] 参见 1.〔英〕默雷:《古希腊文学史》,上海译文出版社 1988 年版,第 14 页;

2.〔意〕维柯:《新科学》,人民文学出版社 1986 年版,第 436 页。

[9]〔美〕卫姆塞特、布鲁克斯:《西洋文学批评史》,志文出版社 1984 年版,第 3 页。

[10] 参见柏拉图:《理想国》,载《文艺对话集》,人民文学出版社 1963 年版,第 56 页。

[11]〔法〕让·贝西埃等主编:《诗学史》上册,百花文艺出版社 2002 年版,第 18 页。

[12] 这段话也可以看出毕达哥拉斯授课方式对柏拉图的影响。

[13] 参见柏拉图:《理想国》,载《文艺对话集》,人民文学出版社 1963 年版,第 74—75 页。

[14] 参见朱光潜译的柏拉图《文艺对话集》的译后记,人民文学出版社 1963 年版。

[15] 参见杨周翰等主编:《欧洲文学史》上册,人民文学出版社 1979 年版,第 13 页。

[16]《诗学》比较重要的中译本有三种:罗念生译本、陈中梅译本和缪灵珠译本。

[17] 参见 *English Classics 1000*, CD-ROM, Fu Dan University Publishing House, 2000。

[18] 参见同上。这里的"representing"一词,在一般意义上既可以译为"表现"也可以译为"再现"。但是在文学理论的特定语境中,只能译为"再现",它与"表现"理论(expression theory)是相对的。

[19]〔美〕拉曼·塞尔登编:《文学批评理论——从柏拉图到现在》,北京大学出版社 2000 年版,第 36 页。

[20] 罗念生译:《诗学》,人民文学出版社 2002 年版,第 6 页。

[21] 伍蠡甫主编:《西方文论选》上册,上海译文出版社 1979 年版,第 49 页。

[22] 陈中梅译:《诗学》,商务印书馆 1996 年版,第 31 页。

[23] 朱光潜译柏拉图:《文艺对话集》,人民文学出版社 1963 年版,第 25 页。

[24] 参见 Plato *Republic* translated by John Llewelyn Davies & David James-Vaughan, Wordsworth Editions Limited 1997, p.63。

[25]〔法〕热拉尔·热奈特:《广义文本之导论》,载《热奈特论文集》,百花文艺

出版社 2001 年版,第 47 页。

[26] 同上书,第 17 页。

[27] 罗念生译:《诗学》,人民文学出版社 2002 年版,第 5 页。

[28] 参见〔美〕厄尔·迈纳:《比较诗学》,中央编译出版社 1998 年版,第 32—33 页。

[29] 关于艺术分类标准的历史探讨,可以参考王朝闻主编的《美学概论》第 5 章,人民出版社 1981 年版。

[30] 参见孙柏:《丑角的复活——对西方戏剧文化的价值重估》,学林出版社 2002 年版,第 6—29 页。

[31] 参见〔美〕厄尔·迈纳:《比较诗学》,中央编译出版社 1998 年版,第 257 页。

[32] 参见〔俄〕维谢洛夫斯基:《历史诗学》,百花文艺出版社 2003 年版,第 105 页。

[33] 柏拉图:《理想国》第 3 卷,载柏拉图:《文艺对话集》,人民文学出版社 1963 年版,第 55 页。

[34] 同上书,第 54 页。

[35] 同上书,第 62 页。

[36] 这个问题可以参考贺拉斯《诗艺》的分析,载伍蠡甫主编:《西方文论选》上册,上海译文出版社 1979 年版,第 106 页。

[37] 参见罗念生译:《诗学》第 24 章,人民文学出版社 2002 年版,第 74—75 页。

[38] 参见孙柏:《丑角的复活——对西方戏剧文化的价值重估》,学林出版社 2002 年版,第 27 页。

[39] 参见〔美〕约翰·迈尔斯·弗里:《口头诗学:帕里—洛德理论》,社会科学文献出版社 2000 年版,第 3 页。

[40] 参见〔法〕托多罗夫:《批评的批评》,三联书店 1988 年版,第 26 页。

[41] 参见陈中梅译:《诗学》,商务印书馆 1996 年版,第 255—256 页。

[42] 参见柏拉图:《理想国》第 10 卷,载《文艺对话集》,人民文学出版社 1963 年版,第 87—88 页。

第五章
“摹仿”与“灵感”的指称滑移
——柏拉图、亚里士多德诗学创作论

> 说来说去，也许还有一件事使我们感到奇怪。我们认为，希腊艺术与我们不同的地方在于，它在某种特殊的意义上具有理想性，而且既不错误地追求幻觉，也同样不追求细节所带来的合理的愉快。可是，希腊当时的有识之士却竟然说那种艺术是一种模仿，即单纯的再现。
>
> 鲍桑葵

在今天人们的眼里，“摹仿”与“灵感”是两个既对立又可以解释清楚的概念，它们各自的含义是单纯而明晰的。然而，如果你对一个不熟悉古希腊诗学的人说：在古希腊，“摹仿”和“灵感”这两个概念常常因“诗”的创作而紧紧联系在一起，他一定会十分惊讶于这种将现实的逼真性与主观的超然性合为一体的混乱描述，因为这两者之间的排斥是常识性的，也是不容置疑的。不错，倘若我们在当代的知识谱系背景中阅读柏拉图和亚里士多德的诗学著述，就会时时碰到“违背逻辑”的论述和自相矛盾的话语。有一些中国学者在这个问题面前采取了消极的态度：不是避而不谈，就是只指出矛盾而不解决矛盾。情况在西方也差不多，看一看我们前引的英国著名美学家鲍桑葵的话[1]，和美国学者卫姆塞特、布鲁克斯在《西洋文学批评史》中说的话："诗歌理论史处理完整成型的思想体系，思想家的零碎论调是难以兼顾的。这就是说，如何调和柏拉图的观点上的矛盾，不是本书的责任。"[2]就会明白，这也是现代某些西方学者的困惑。

但是，今人想象中的这些冲突在古希腊实际上并没有发生，所谓的对立也不是历史的真实。古希腊的"摹仿"和"灵感"概念在创作上的真实含义和关系，实在是一个极其复杂而又具有历史深度的问题。

第一节　模糊的古代观念及其历史衍变

如果以苏格拉底为一条分界线，那么我们就会发现，无论是先前的哲学家还是后来的思想家，都运用过一个术语来说明自己的观点，那就是"摹仿"。从当下一般的意义上来理解，"摹仿"似乎只是一个相当简单的词。但实际上，在希腊的历史上这个概念有过十分复杂的衍变过程。一旦对之作简单化处理，许多事实就会变得模棱两可，本可以言说阐释的东西也会迷雾丛生。我们发现一个值得关注的现象：柏拉图和亚里士多德在谈论摹仿的时候大多只谈"诗"（史诗和戏剧）或者与之有关的音乐，很少谈到希腊的造型艺术。这与我们的习惯性思维是不一致的。因为希腊的造型艺术是如此之辉煌，古典思想家自然对此应有所论说。但事实就是如此，以至于著名的意大利美术史家L·文杜里在《西方艺术批评史》中，一方面企图证实柏拉图和亚里士多德是西方艺术（美术）批评的源头和先驱，可是另一方面又几乎举不出任何具体的言论来支持自己的观点。他好不容易找到了亚氏的一段话："就像绘画里的情形一样，尽管用最鲜艳的颜色随便涂抹而成画，反而不如在白底子上勾出来的素描轮廓那样可爱。”[3]而这段话在亚氏，其本意却是为了说明悲剧问题的。A·W·施莱格尔在研究了希腊神话中缪斯的职能以后，也揭示了同样的现象，他说：“无一缪斯司绘画，许多缪斯司音乐”[4]。

大多数后世的艺术家和理论家都认为，在古希腊，诗与造型艺术是有区别的：前者重“灵感”而后者重“摹仿”。因为诗是重内容、吟唱的，而造型艺术不仅重技术，而且一定要注意视觉形象，摹仿是最重要的。可是波兰学者塔塔科维兹（也译为塔塔科维奇、塔特尔凯维奇等）却提出了一个相反的看法。他认为，在古代希腊，所谓的“摹仿”主要指音乐（包括诗）、舞蹈。他以古代的典籍为依据，指出早期的摹仿与原始舞蹈（诗歌、音乐和舞蹈的三合一形式。——笔者注）有密切关系，其目的是宣泄和净化。这也就是说，“摹仿”在古代希腊人的心中，并不是一个机械的概念，而是活动、活力的表现，它最初并不是指静止地描画一个对象，而是指摹仿一种“活动”和“动作”，是重在过程而不是结果的。被摹仿的活动主体可以有人和动物，但主要是想象中的“神”——“神”的言行。这些摹仿带有相当浓厚的宗教色彩[5]。塔塔科维兹的分析或许正是一把解开悬念的钥匙：古代希腊的“摹仿”是一个不同于今日的概念[6]。

苏格拉底以前的哲学家们热衷于探讨宇宙万物的本原，他们关注的是自然哲学，然而他们摹仿观的差别也是明显的。

毕达哥拉斯学派是一个带有浓厚宗教色彩的盟会组织。这个学派通过对数学的深入研究，得出了“数是万物的本原”的哲学观。他们强调通过理性的学习来完成对神性的体悟，其方法就是摹仿宇宙万物的神性知识。他们认为：数相对于万物，是“更高一级的实在”,数本身是静止不动的。对世界的认识可以归结为对支配世界的数的认识。万物与数的关系可以概括为:万物由数派生,数是万物的基本范型,数的元素就是万物的元素。因此也可以说,万物是对数的摹仿。毕达哥拉斯学派强调万物是由各种对立的数的关系的和谐统一。他们特别注意到了这种数的和谐关系在音乐中的体现,并由此推定,我们生活的宇宙是一个巨大的、和谐的、秩序井然的天体。由于对音乐的研究,以及自身的神秘性质,毕达哥拉斯学派还探讨了音乐对灵魂的净化作用。这个古老学派的摹仿观,从一开始就显出了其自身的复杂性和多面性:它的强调万物基始的摹仿观与灵魂转世、灵肉分离等宗教神秘观念紧密地结合在一起。毕达哥拉斯学派和此前的俄耳甫斯教对后来的柏拉图思想有深刻的影响。

赫拉克利特的哲学比较晦涩,但是在艺术与自然的关系上,他一直主张艺术是对自然的摹仿。然而他的这种看似相当直截了当的说法,经常被误解为艺术就是对个别孤立事物的简单复制。其实,赫拉克利特的原初思想是这样的:我们生活于其中的宇宙是各种对立事物的结合,自然是由联合对立物而不是联合同类的东西造成最初的和谐。比如,自然把雌与雄配合起来,而不是将雌与雌配,雄与雄配。而艺术也是这样造成和谐的,比如,在绘画中,混合着白色、黑色、黄色和红色;在音乐中,混合着不同音调的高音和低音、长音和短音。正是在这个意义上,赫拉克利特认为艺术是对自然的摹仿。也就是说,艺术的生产过程或创造过程是对宇宙构成的摹仿。这种人类活动与宇宙活动相似性的理论,使得希腊哲学在本体论意义上将人与自然合为一体[7]。

德谟克利特被誉为古希腊第一位百科全书式的学者。他的哲学特点体现在从自然哲学向以人和社会为中心的哲学的转变。德谟克利特的摹仿观十分类似于近代科学的仿生学。他曾经说过："在许多重要的事情上，人类是动物的学生：从蜘蛛我们学会了纺织和缝纫，从燕子学会了造房子，从天鹅和夜莺等鸣鸟学会了歌唱，都是摹仿它们的。"然而仿佛是一种约定俗成的传统似的，德谟克利特同时又十分强调灵感在艺术创作中的重要作用。据说，他讲过这样的话："一位诗人以热情并在神圣的灵感之下所作的一切诗句，当然是美的。""荷马，富有神圣的天才，曾作了惊人的一大堆各色各样的诗。"[8] 这种对立的悖谬性，使得朱光潜先生在评论德谟克利特时，怀疑那些关于灵感的论述是后人所加，而并非德谟克利特的原来思想。这种矛盾对于没有大量著作流传下来的德谟克利特，似乎可以说成是某个环节的脱落，然而在后来的柏拉图那里，我们看到了这种悖谬的更加激烈的场面。

苏格拉底本人没有留下片言只语。从他学生的记录中我们可以看到，苏格拉底摹仿观的注意力已经转向了人。与自己的石匠经验有关，苏格拉底认为"技艺"（包括艺术）的本质是摹仿。根据色诺芬的回忆，苏格拉底有一次对画家帕拉西阿斯说："绘画难道不是描绘我们所见到的事物吗？比如说，摹仿大自然，用各种颜色描绘出物体的凹凸、明暗、刚柔、不平滑与平滑、年轻的身体与年老的身体。"不过，苏格拉底没有停留在再现和复制的概念上，他接下去又说道：因为不容易遇到一个完美无缺的人，所以在画优美的人像时，就从各种不同的人身上取其最美的特征，把它们结合在一起，用这个方法达到使整个身体看上去都是美的。接着，苏格拉底甚至惊人地（在那个时代看来）认为："雕像应该通过形式表现心理活动"，艺术可以摹仿人的心境和精神特质[9]。

从以上的历史梳理中可以发现这样一些值得重视的问题：

（1）古希腊的"摹仿"从最早的时候起，就不是一个物对物的静止概念，它本身包含着后来的“表现”和“再现”的双重因素。这是一个依旧与发生学特征紧密相联的问题——先人的“活动”处于天真的混融状态，并不存在有意识的单纯“复制”或其对立面“想象”，对“神的摹仿”这样一种先人的自然行为本身，就把所有的可能性和悬念留给了善于区分这二者的后人（这种“复制”和“想象”的区分是后人随着社会和科技的发展，意识逐渐精细化的结果）。

（2）正如我们在第一章中已经指出过的，毕达哥拉斯的摹仿学说一方面是“科学”的，而另一方面，却是高度神化的。他的灵魂摹仿宇宙秩序的思想和赫拉克利特的艺术是对宇宙对立物的和谐统一的摹仿的观点，实际上指的是：艺术的过程类似于宇宙运行的过程。在这种过程对过程的摹仿中，人与自然和谐地统一起来了。

（3）一个重要的事实是：自德谟克利特起，“摹仿”与“灵感”这两个概念就交织在一起而自由滑动了。特别让人难以理解的就是：为何在古代的希腊，这两种看似十分矛盾的说法会毫无阻碍地盛行于人们的言说之中，无论哲学家还是艺术家，无论柏拉图还是亚里士多德，都没有把它们看成是矛盾的东西。以至于有中国学者从中国的知识背景出发，怀疑这里存在着伪作，或者指出了这种矛盾状态以后无法加以解释。

（4）苏格拉底关于艺术可以摹仿人的心境和灵魂的说法，明确揭示了古希腊摹仿观念的主观意味和艺术实践中的实际状况。

鲍桑葵认为：希腊的摹仿说包含着被人忽视的启示，“因为要把对象纳入到雕塑媒介中去，就牵涉到双重的要素，而不是单单一个要素——不仅仅要考虑到所要再现的对象，而且还要考虑到在另一媒介带来的新条件下使对象重新诞生的想象性创作行为。天赋的常识就在西方文献所记载的最早的一个审美判断里表达了这一真理。在描写阿喀琉斯的盾牌时，诗人荷马说：‘犁后面的大地一片黝黑，就像犁过的地面一样，虽然盾牌是用黄金制成的；这真是一件不可思议的作品’”。[10]所谓“不可思议”，鲍桑葵的理解是：“心灵可以使它自己所选择的媒介具有同它想要再现的事物非常相像的惟妙惟肖的形象。”鲍桑葵的话意在强调艺术媒介和技艺在创作中的作用，但是鲍桑葵忘了，这里的摹仿形象最初是由荷马用诗性语言建立起来的——盾牌摹仿的逼真性是以文字摹仿为基础的。这也就是说，鲍桑葵只停留在盾牌（实用艺术）对自然的摹仿上，忽视了史诗（语言艺术）对盾牌的摹仿。而后者是要通过想象中的表象，凭经验和诗性智慧来加以实现的。在希腊，这才是真正意味深长的。

与西方不同，在中国古代的文艺创作论中，很难发现类似“摹仿”的概念，这里的原因我们在分析艺术类型的时候已经说过了。然而有趣的是，尽管东方诗心强调的是“情”和“志”，可是先人们也看到了引发情志的往往是“物”。先于亚里士多德一个世纪的我国战国时代的《乐记·乐本篇》云：

> 凡音之起，由人心生也，人心之动，物使之然也。感于物而动，故形于声；声相应，故生变；变成方，谓之音；比音而乐之，及干戚羽旄，谓之乐。乐者，音由所生也，其本在人心之感于物也。

孤立地看起来，“凡音之起，由人心生也”，似乎“乐”是人心所固有的，但是从整个表述来看，“物”却是“乐”的基础，离开了“物”，“人心”就不能“动”，“乐”也就不能产生了。“人心之动，物使之然也”，是我国古代心物之论的著名论断。与之一脉相承的，还有陆机(西晋)在《文赋》里把创作冲动归因于客观事物之触发,刘勰(南朝)在《文心雕龙》里指出物对心的导引作用,以及胡寅(宋代)在《斐然集》里把"物"、"情"和"赋比兴"结合的观点:

遵四时以叹逝,瞻万物而思纷。(陆机)

物色之动,心亦摇焉。(刘勰)

索物以托情,谓之比;触物以起情,谓之兴;叙物以言情,谓之赋。(胡寅)

在中国古代文论中,与希腊诗学的"灵感"说相对应的,是"兴会"、"神来"、"顿悟"、"天机"等思维现象的概念表述。但是这几个概念范畴源于不同的思想体系,各有自己的侧重:"兴会"说强调勃发于中的情绪体验,源于儒家思想的影响;"神来"说强调妙手偶得,与道家思想有关;"顿悟"说十分强调认识活动中的瞬时感悟,来自禅宗学说;"天机"说则意味着敏妙通灵的艺术思维,也与道家有干系[11]。

第二节 柏拉图、亚里士多德的摹仿观和灵感论

在柏拉图的艺术创作理论中,"摹仿"是一个十分重要的概念。在他的眼里,有时候仿佛一切事物均是摹仿。集中表述了柏拉图艺术摹仿观的著作是《国家篇》的第二、第三卷和第十卷,而集中表述了柏拉图灵感论的著作是《申辩篇》、《伊安篇》和《斐德若篇》。这里,我们先来看一看柏拉图的《国家篇》诗论的顺序[12]。从总的来说,这里的顺序是:(1)谈诗的内容,(2)谈诗的形式,(3)谈理式

与诗的关系。他在这里通过对诗的创作“秘密”的揭示，一步进一步地彻底否定了诗歌在“理想国”存在的必要性。

在《国家篇》第二、第三卷关于诗歌内容部分的探讨上，柏拉图首先预设了两种文学：写真的文学和虚构的文学。他认为：当时说给儿童听的故事大多数是虚构的，而这些“大故事”正是荷马和赫西俄德做的。神在本质上是善的，所谓“虚构”就是指把神和英雄的性格描写得不正确，就像画家把所画的东西完全画得不像一样。荷马写过一些好诗，但如果诗人谩神，那就是在说谎。荷马的有些诗是“美”的，但是愈美却愈不适宜说给儿童和城邦的保卫者听。埃斯库罗斯说：“神要想把一家人灭绝，先在那人家种下祸根。”对于这种情况，当局就不应当给戏剧诗人合唱队。

在转到讨论诗的形式时，柏拉图全面论述了诗的摹仿问题。我们在第四章已经详细论述过柏拉图的艺术分类观。正是在这里，他提出了三种文学叙述手法的高低之论：单纯叙述排第一，混合体式排第二，摹仿叙述排最末。柏拉图由此引出了批评艺术摹仿的理由：一个人不能同时摹仿许多事。他笔下的苏格拉底说：“更不能一方面担任一件重要任务，一方面又做一个摹仿者摹仿许多事情；因为同一个人从事于很相近的两种摹仿形式，也不能成功，比如说悲剧和喜剧。”他还说：“一个人同时作诵诗人和演戏人，也不能成功。”“我们甚至于发见同一个演员不能演悲剧又演喜剧。”柏拉图还进一步认为，任何人都只能摹仿一件自己专心致志的事情，而且必须是好的事情。决不能允许长大要成为好人的男人们去摹仿女人（无论是老是少，和丈夫吵嘴、咒天骂神、快活得发狂，或是遭点灾祸便伤心流泪），特别是不能摹仿女人生病、恋爱或临产。不能摹仿奴隶做的事情，也不能摹仿坏人、懦夫，或是行为与规定相反的人、疯人；自己不操此类行业，也不能摹仿铁匠、手艺人、船夫、船长;也不能摹仿动物的叫声和自然界的声音。一句话,不能摹仿善的自我以外的东西。否则的话,摹仿坏的东西成了习惯,就会成为人的第二天性,从而影响到人的身体、声音和心理等。从这里,我们可以窥见柏拉图十足的大男子主义和贵族的人生态度。然而作为戏剧,必然会有不同的人物,这可怎么办呢?柏拉图笔下的苏格拉底认为:一个好人摹仿一个好人的言行,应不以为耻;可是遇到一个坏人,就应只摹仿他做好事的瞬间,否则就应以此为可耻,因为这会降低摹仿者的身份。在这个意义上,苏格拉底赞美了荷马诗歌的混合叙述方式:荷马可以一部分用单纯叙述,一部分用摹仿叙述;而主要用单纯叙述表达,只是小部分用摹仿叙述。(这里的说法并不符合荷马史诗的实际。前面已经说过,荷马往往在短小的诗序以后,很快就让人物上场,摹仿他们的言行。)柏拉图在论说了诗以后,认为音乐也是如此:乐调的美要和语文的美以及节奏的美一样,表现人的"好性情","心灵真正的尽善尽美"。他甚至认为,为了"理想国"教育的需要,乐器也可以大大简化。

在《国家篇》第十卷中,柏拉图在前面反对艺术摹仿的基础上,以著名的三张"床"为例子,从艺术与真理的关系角度,把摹仿的虚幻性再次置于自己系统的理式观之下。在这里,他又一次论到了荷马,他称荷马为"悲剧大师"。但是与第二、三卷的说法(荷马"虚构"、"说谎")不同,他认为荷马的诗作完全是"摹仿",而且对于摹仿的东西荷马实际上是毫无知识的。"他如果对于所摹仿的事物有真知识,他就不愿摹仿它们,宁愿制造他们,留下许多丰功伟绩,供后世人纪念。他会宁愿做世人所歌颂的英雄,不愿做歌颂英雄的诗人"。

这里,我们发现柏拉图的"摹仿"可以分为两类:一是狭义的摹仿——诗人作品中对人物言行的摹仿;二是广义的摹仿——诗人所有的工作都是摹仿(有时推而广之,认为所有人的工作都是摹仿)。在第十卷中,柏拉图的摹仿意味已经由狭义滑向了广义:"所以我们可以说,从荷马起,一切诗人都只是摹仿者,无论是摹仿德行,或是摹仿他们所写的一切题材,都只得到影象,并不曾抓住真理。"诗人尽管对于每件东西的美丑没有知识,"可他还是摹仿;很显然地,他只能根据普通无知群众所认为美的来摹仿"。

柏拉图笔下的苏格拉底总结说:"我们现在可以得到这两个结论:头一层,摹仿者对于摹仿题材没有什么有价值的知识;摹仿只是一种玩艺,并不是什么正经事;其次,从事于悲剧的诗人们,无论是用短长格还是用英雄格,都不过是高度的摹仿者。"因而,"一切摹仿的产品都和真理相隔甚远,和它们打交道的那种心理作用也和理智相隔甚远,而他们的目的也不是健康的或真实的,我的意思就是要你得到这样一个结论"。最后,苏格拉底还讨论了悲剧对人的心理影响。从他的政治伦理观念出发,柏拉图对艺术持否定的态度,因为艺术不仅对真理没有多大的价值,而且培养与发展人性中的低劣部分,摧残理性部分,所以是有害的。柏拉图的摹仿论,可以称为"否定论的摹仿论"。

一个极为突出的难解现象是,柏拉图在阐释诗歌摹仿论的前后又竭力申论了诗歌创作的灵感说(即优秀的诗篇是神灵凭附以后产生了创作迷狂的结果,诗人是神的代言人)。论述这些理论的著作主要是《申辩篇》、《伊安篇》和《斐德若篇》。《申辩篇》和《伊安篇》从否定的角度论证了诗人的写作靠的是神灵的凭附;《斐德若篇》则从肯定的角度阐释了属于四种迷狂之一的诗的迷狂。这里所谓的"否定"和"肯定",是指柏拉图对诗歌创作本质的态度。"否定",意味着柏拉图看低诗人的能力,认为做诗本身没有什么本领;"肯定",意味着柏拉图视诗人的创作为神圣之举。前面,我们已经提到过《申辩篇》对诗人能力的非难:苏格拉底认为诗人是没有知识的,他们甚至对自己的诗歌都无法作出解释。他们写诗靠的是灵感,在灵感袭来时他们的迷狂与先知的迷狂相同。在被称为西方文论史上第一部专门论诗和诗人的文章《伊安篇》中,柏拉图笔下的苏格拉底通过反反复复的解说,终于使伊安勉强地相信:诗人和诵诗人的工作其实都是神灵的凭附。苏格拉底是循着这样的逻辑顺序解说的:

首先,缪斯(即诗神)是灵感的源泉,她就像一块原始磁石,她是其他金属环得到磁力的原因[13];

其次,受到诗神灵感磁力的诗人是最初的一环,他把灵感磁力传递给诵诗人和演员,诵诗人和演员是受到灵感磁力的第二环;

最后,诵诗人和演员再把灵感磁力传递给听众和观众,听众和观众是受到灵感磁力的第三环。

诗神对诗人的磁化其实就是神灵凭附的比喻。柏拉图笔下的苏格拉底用一种非同寻常的语言一气呵成地说道:“凡是高明的诗人……都不是凭技艺来做成他们的优美的诗歌,而是因为他们得到灵感,有神力凭附着。科里班特巫师们在舞蹈时,心理都受一种迷狂的支配;抒情诗人们在做诗时也是如此。他们一旦受到音乐和韵节力量的支配,就感到酒神的狂欢,由于这种灵感的影响,他们正如酒神的女信徒们受酒神凭附,可以从河水中汲取乳蜜,这是她们在神志清醒时所不能做的事。抒情诗人的心灵也正象这样,他们自己也说他们象酿蜜,飞到诗神的园里,从流蜜的泉源吸取精英,来酿成他们的诗歌……诗人是一种轻飘的长着羽翼的神明的东西,不得到灵感,不失去平常理智而陷入迷狂,就没有能力创造,就不能做诗或代神说话……”。“神对于诗人象对于占卜家和预言家一样,夺去他们平常理智,用他们作代言人,正因为要使听众知道，诗人并非借自己的力量在无知无觉中说出那些珍贵的辞句，而由神灵凭附着来向人说话。”回顾我们在第一章中的论述，就会发现，柏拉图的这些语言洋溢着酒神崇拜传说和俄耳甫斯教的神秘气味。这是柏拉图内心本质的不自觉流露。从现代诗学理论来看，把诗人被神灵凭附时的创作状态称为“灵感”是可以的，把诵诗人诵诗时的再创作激情称为“灵感”也尚过得去，但是把听众和观众的共鸣状态称为“灵感”就偏离了“灵感”的现代意味。这个翻译上的问题应当加以解决。

《斐德若篇》的主要话题是修辞。这篇对话的前半部分讨论什么是真正的爱情，也提到了灵魂的不朽问题。它包含三篇文章——一篇是智者教修辞的范文，一篇是苏格拉底按照智者的主题戏拟的在艺术上比较好的文章，第三篇完全是苏格拉底自己的文章。在第三篇文章中，柏拉图笔下的苏格拉底推翻了前两篇文章的立论，指出：真正的爱情不是利害的考虑或肉欲的满足，而是神灵凭附的迷狂。这种迷狂可以使人从人世间的美的摹本窥见美的本体。由此产生的爱慕，是灵魂借以滋长的营养品。因此，真正的爱情与哲学是一体的（这也是希腊哲学中的一个重要问题）。这篇对话的后半部分，以这三篇文章为例，从修辞学的角度讨论了文章怎样才能写得好的问题。虽然柏拉图在对话录中也曾说过，写文章要有三个条件：(1)生来就有的语文天才、(2)知识、(3)训练，但实际上他最重视的是第一条——天才。而这种天才，也就是神灵愿意光顾的意思。

在戏拟文章思路喷涌的时候，柏拉图笔下的苏格拉底忽然停下来问斐德若：“亲爱的斐德若，我暂且停一霎来问你一句话，我觉得有神灵凭附着我，你听我诵读时是否也有这样感觉？”不等斐德若把话讲完，苏格拉底马上又说：“别作声，听我说！这地方像是神圣的境界！所以在我诵读之中，若是我有时象有神灵凭附着，就别惊怪。我现在所诵的字句就激昂的差不多象酒神歌了。"苏格拉底甚至明确感觉到神灵凭附的踪迹，他说："也许我感觉要来凭附的那阵迷狂可以过去，不过一切都由神灵决定……"

在多次申说自己被神灵凭附以后，柏拉图正式提出了著名的四大迷狂的说法：第一种迷狂是古老预言术的迷狂，第二种迷狂是巫术和宗教的迷狂，第三种迷狂是诗神凭附的迷狂，第四种迷狂就是爱情（哲学）的迷狂。在讲到第三种迷狂时，苏格拉底说：

> ……第三种迷狂，是由诗神凭附而来的。它凭附到一个温柔贞洁的心灵，感发它，引它到兴高采烈神飞色舞的境界，流露于各种诗歌，赞颂古代英雄的丰功伟绩，垂为后世的教训。若是没有这种诗神的迷狂，无论谁去敲诗歌的门，他和他的作品都永远站在诗歌的门外，尽管他自己妄想单凭诗的艺术就可以成为一个诗人。他的神志清醒的诗遇到迷狂的诗就黯然无光了。

《斐德若篇》本不是谈诗论剧的对话，可是在论说爱情的时候，柏拉图情不自禁地把诗的迷狂作为四大迷狂之一提了出来。从他对自己被神灵凭附时的感觉的生动描述，和他所用的词语——"温柔贞洁的心灵"、"兴高采烈神飞色舞的境界"、"赞颂古代英雄的丰功伟绩"、"垂为后世的教训"来看，柏拉图对诗神凭附的创作状态是十分欣赏和赞美的。在接下来的人分九等的说法中，只有第一等的人——"爱智慧者，爱美者，或是诗神和爱神的顶礼者"，才能被神灵凭附，才能真正追随于神的左右。柏拉图在这里存心采用了含混不清的说法，他没有说第一等人就是优秀的诗人，而是设置了一种与神的关系模式：只要是神的真正拥戴者，就可以成为第一等人。可是荷马明明因为谩神被柏拉图严厉批评过，《伊安篇》的灵感说也是在看低诗人的意义上使用的，而这里的第三种“迷狂”又完全是一种神往的境界，那么“第一等人”就只能是苏格拉底和柏拉图本人了，因为他们既是诗神的顶礼者（柏拉图的诗性本质十分明显），又是爱神的顶礼者（爱情迷狂就是哲学迷狂，而他们就是最伟大的哲学家）。当然也可以把这里的描述称为柏拉图心中理想诗人的境界。

“灵感”一词在古希腊由“神”和“气息”两部分意思组成，加起来可以理解为“神的灵气”。其中的“气息”还有微风轻吹的意思。据说一些澳洲的土著妇女能够像听见一阵微风那样听见神的降落[14]。这其实也就是“灵感”的原始意味：缪斯女神或其他神把音乐和诗或别的类似的东西吹进了艺术家的灵魂中去，让艺术家记录下来。一旦获得灵感，诗人就会进入迷狂的状态。英国学者奥斯本说：“有趣的是柏拉图追随德谟克里特，把他的灵感理论仅仅局限于文学……柏拉图深信，各种由于对神性着魔而产生的迷狂形式有一个共同点，这就是只要一个人处在这种情况下他就不能从理性上控制自己的行动，不再能依赖于自己的知识和技巧上的熟练，而是受某种强烈情绪支配，被一种外在的力量所引导……柏拉图的‘神赐的迷狂状态’这一学说，在希腊文化的时代就被公认为是正统的，并且在罗马的文学理论中仍然保留着。”[15]在柏拉图的笔下，如果说《伊安篇》中诗人的迷狂还只是与其他技艺相比之后的一种超自然状态，那么《斐德若篇》中诗人的迷狂则几乎成了令柏拉图心向神往的完全的疯狂。

一个有趣的问题是：是神的赐予导致了迷狂，还是迷狂迎来了神的赐予？或者说，是神使诗人迷狂的，还是诗人自己迷狂的？柏拉图从来没有谈过这个问题。但是古希腊经典文本自身的信息和后人的研究都证实了这里存在两种可能性:(1)灵感的自然光顾——即不期然中抵达的神思妙悟。尽管古代希腊人认为这是神的恩赐,但今天我们可以从现代心理学理论中找到明确的说明:灵感作为一种心理现象,是长期思维劳动对主体的犒赏和回报;而这种灵感导致的迷狂是无法由人掌控的。(2)酒精的激发作用——饮酒在先,然后导致了迷狂。赫拉克利特说:"为了酒神,人们如痴如醉,举行祭赛。"克塞诺芬尼说:"中央是祭坛,……首先聪明的人们必须用神圣的歌词和纯洁的言语颂赞神明。然后奠酒并且祈请神明赐予力量,……在人们中间,要赞美那个饮酒之后仍然清醒、心里仍然不忘记美德的人。"英国人类学家弗雷泽说:那种被误认为是神灵附体的失神的癫狂,都起源于野蛮时代的巫术仪式。这种仪式目的在于倡导灵魂与神交通而永远得救。"而在祭祀酒神的仪式中,饮酒不是放纵的行为而是严肃的圣礼"。[16]维柯说:"在悲剧里,合唱队起初是唯一的演员,而最早的悲剧诗人是埃斯库罗斯。据泡沙尼阿斯的叙述,命令埃斯库罗斯写悲剧的是酒神巴库斯……"[17]《诗学史》古代部分的作者弗朗西斯柯·德拉克尔特和伊娃·科什纳指出:"俘获唱诗者的'激情'不是感官的解放,而是幻觉的强化。阿尔基洛克斯如果没有'酒力上心头'的经验,缘何能够写出酒神赞美诗呢?他之陶醉颇有寓意……很久以后的拉伯雷,其实也是这种情况。"他们还说:"在灵感说的影响下,诗学史上很早就提出了艺术气质问题。索福克勒斯承认埃斯库罗斯写出了许多毋庸置疑的艺术悲剧,但是他是在酒醉后或完全无意识的状态下写出这些悲剧的。对此,索福克勒斯半是嫉妒,半是欣赏。"[18]无独有偶,这种醉酒与诗歌创作迷狂状态的紧密联系,在我国唐代诗仙李白等人的身上也有生动的体现。可见这并不是什么超自然的神奇现象。

我们在第四章说过，古代希腊人有一种广义的技艺观，诗歌的写作也不例外。但是西方早期人类对梦境中的“另一个自我”迷惑不解，由此产生了“灵魂”与“肉体”的双重概念[19]。于是也就有了灵魂与神相遇的思想。特别是大诗人荷马和赫西俄德本人在自己的诗篇中，信誓旦旦地保证：他们的诗歌创作都是缪斯神灵凭附的结果。这种典籍和信念的交织，让人毫不怀疑：优秀的诗篇是“神的诏语”。这就说明，诗歌灵感说的来源是对神的信仰和对希腊早期神话诗人现身说法的深信不疑。

那么，柏拉图的诗歌写作摹仿论同诗歌创作灵感论存在矛盾吗？在我们回顾古希腊的诗人观和摹仿说的历史时就已经发现，这种对立统一的现象在民间、在德谟克利特身上早就存在着，似乎并不成为什么问题。可是对于后人而言，这是一个至今没有解决的大问题。有人试图简单地用天才加努力的说法来解说这里的矛盾；有人在自己理解的基础上，认为柏拉图的意思是诗歌创作分为两种——一种是通过技艺来摹仿，这是简单的临摹，匠人的作品；另一种是通过灵感来摹仿，这是大诗人的诗篇。因此“柏拉图对摹仿的歌颂和攻击是不矛盾的。他歌颂的是神灵凭附的灵感，他攻击的是根据技巧对一般对象的临摹”[20]。然而这两种说法都是难以成立的。就第一种说法而言，虽然柏拉图也说过文辞上的努力等等，但是在描述灵感降临时，他根本未提及努力的作用和存在，这也正是他的神灵凭附说难以让人信服的地方：诗神不可能将“古代英雄的丰功伟绩”凭空注入诗人的灵魂；诗人不掌握高度的写作技巧和语言，也无法去赞颂古代英雄的丰功伟绩[21]。就第二种说法而言，柏拉图从来没有把灵感和摹仿混为一谈：灵感是不由自主的，而摹仿是有意识的行为。如果有“通过灵感来摹仿”一说，那是指的什么人呢?荷马不是,那还有谁是这样的摹仿者呢?

法国学者弗朗西斯柯·德拉克尔特和伊娃·科什纳提出了一个值得重视的意见:希腊的话语艺术存在着两个渠道,一个是诗人话语的渠道,而诗的话语本质超越了创造这种话语的人的能力;第二个渠道是修辞学的渠道,这是以种种方法严格控制、服务于具体社会目的,承担教育职责的话语渠道。"然而,为了发挥自己的效力,第二个渠道经常需要借助幻想的刺激;反之,即使从定义上讲,诗本身是不可驯服的,作为诗的元语言的诗学却应该运用修辞学,以期使诗进入人类的知识学科"。他们认为,当柏拉图翩然降临人间时,尽管还没有命名,希腊上述两种学科(诗学与修辞学)已经相当发达,柏拉图的论述实际上回应了德谟克利特关于灵感和迷狂的说法[22]。这就是说,我们不能忘记智者(大部分是修辞学家)在当时的历史作用以及他们对柏拉图思想的影响。值得注意的是:在谈灵感时,柏拉图一般只把它和诗歌相联,并没有涉及其他艺术种类。在大多数场合,柏拉图欣赏、赞叹神灵凭附的诗歌创作状态,但出于对智者的态度,他不愿意谈后续的词语加工问题;他明白艺术摹仿的不可或缺,但他认为大多数诗人的摹仿是"虚构"(不符合理式神界的绝对完满性);他也知道摹仿可以持续,而灵感不可能长久,所以对于不违背神意的摹仿,他也默认。或许柏拉图自身的创作实践就是一个将矛盾状况统一起来的绝好例子:他的"对话录"表明他是"摹仿"大师,他的"理想国"艺术蓝图表明他最善于"虚构",他在创作时又经常感觉到"神灵"的光顾。

我们曾经多次说过:柏拉图的思想和人格构成有三个基本元素——政治抱负、神灵观念(主要是俄耳甫斯教的影响)和诗人气质。就诗学思想而言,当前面两个元素(政治抱负和神灵观念)紧密结合时,柏拉图会主张艺术是摹仿的观点。由于诗人的摹仿往往导致不良的结果(对神不敬),柏拉图便提出应当把他们从理想的国度驱逐出去。可是当后两个元素(神灵观念和诗人气质)紧密结合时,柏拉图便会用诗一般的语言描绘神灵依凭时的迷狂状态,语言充满了修辞。这里的描述有时以看低诗人的面目出现,有时以赞美诗人的语调出现。在这两对组合中,神灵观念都是不可或缺的。荷马作为希腊诗歌的主要象征,在柏拉图那里失去了统一的完整性:他的诗既是神灵凭附的结果,也是摹仿的产物。这就是说,荷马似乎可以是第一等的人,也可以是第六等的人——荷马被柏拉图分割成了多个可以自由挪移的棋子:一切走动视需要(有时是建立"理想国"的要求,有时是肯定神灵凭附的要求)而定。

前面我们说过,在柏拉图那里,"摹仿"是一个大概念:他的理式说将整个世界的关系说成是层层摹仿:艺术摹仿现实,现实摹仿理式。可是在柏拉图的艺术类型理论中,"摹仿"只处于"叙述"之下的一个不重要的地位:它低于单纯叙述(如酒神颂),也低于"兼而有之"的类型(如史诗)。而亚里士多德《诗学》对老师柏拉图的反拨,正是以此为起点展开的——《诗学》的基本理论就是关于摹仿的学说。亚里士多德将柏拉图的摹仿论缩小,或者说系统化于诗学的研究,成为将"摹仿"的概念真正运用于艺术研究领域的第一人。他在《诗学》中,不提柏拉图的"理式"世界、"神灵凭附",而是把"摹仿"作为诗学的"首要原理"来考察:一切艺术都是摹仿;可以通过对摹仿的媒介、摹仿的对象和摹仿的方式的辨认和考察,来区别各种不同的艺术类型。他同时还认为:摹仿出于人的天性,人在摹仿中会因为求知(断定"这就是那个事物")而得到快感。因此亚里士多德的诗学理论可以被称为"肯定论的摹仿论"。与柏拉图的印象式、不重具体创作过程的分析不同,亚氏在诗学理论中,贯穿着一种逻辑的理性思维:一般的技艺不再与诗的艺术混淆,文学的创作成为一个可以详加分析和科学操作的过程。

然而，把所有的艺术都说成是摹仿，在理论上有许多难点要加以说明。首先，亚里士多德的摹仿说，并不是机械论的刻板摹仿，而是一个带有多种意义的理论概念，明确包含了我们今天所说的"再现"和"表现"的双重意思。其次，不同的艺术类型在摹仿时，其机理和内在过程是大不相同的。比如，绘画的摹仿可以与现实事物十分毕肖，但只能是一个瞬间；文学的摹仿将图画转换成了约定俗成的语言或文字符号，但可以展现流动的时空；音乐的摹仿则是一个受到广泛质疑的说法。因为自然之音可以摹仿的成分极其有限，而情感和思绪转换成音乐的节奏和旋律是一个难以言说的过程，很难用"摹仿"来规范。对于这些艺术创作规律之间的转换关系，亚氏还没有分辨清楚（亚氏只根据当时的情况主要辨析了史诗和悲剧的异同）。另外，亚里士多德的摹仿学说由于强调诗的普遍性和必然性，从某种意义上说，也是对柏拉图诗歌要体现理式（本质、理想）要求的思想中合理部分的继承。然而这种关于诗的基本观点，也常被误解为："诗应该表现一般类型的性格，这些性格失去了现实人物和虚构人物的那些令人奇异和兴奋的个性。"亚氏研究专家罗斯针对这一点说：亚里士多德没有摆脱"摹仿"一词的传统影响，否则的话，他大概会选择另一个词来表达自己的想法[23]。收入洛布古典丛书的《诗学》译者法伊夫主张把亚里士多德笔下的mimēsis 翻译为 representation（再现）[24]，也是出于要反映亚氏"摹仿"意味多元性的目的。

《诗学》是亚里士多德与老师柏拉图的诗学理论作隐性抗争的代表作。在摹仿与灵感等诗学创作论问题上，我们会发现一系列观点针锋相对的"互文"[25]：

第一，关于感性世界的问题。

柏拉图认为，一般来说艺术摹仿的是非真实的感性世界，是一种表象（如果忽略理式之神学意味，这里也的确道出了艺术的精神性特征。马克思说过："植物、动物、石头、空气、光等等，部分地作为自然科学的对象，部分地作为艺术的对象。"[26]很显然，自然物能作为艺术对象的只是事物的外观形态），但是出于某种目的，也可以直接根据"真实"的理想模型——"理式"来创作（就像"理想国"在现实中没有摹本一样）；而亚氏认为，感性世界是可靠的，但是诗歌的摹仿还要超越"历史"的局限，通过个别表现一般（如表现"应当有的样子"）。

第二，关于灵感问题。

如前所述，柏拉图经常强调神秘灵感的作用，而《诗学》中一次也没有出现过"灵感"这个词。亚氏在《诗学》第十七章中说道："诗人在安排情节、用言词把它写出来的时候，……还应竭力用各种语言方式把它传达出来。被情感支配的人最能使人们相信他们的情感是真实的，因为人们都具有同样的天然倾向，惟有最真实的生气或忧愁的人，才能激起人们的忿怒和忧郁。（因此诗的艺术与其说是疯狂人的事业，毋宁说是有天才的人的事业；因为前者不正常，后者很灵敏。）"这里的"天才"是与今日的概念接近的词，已经祛除了神秘的意味。亚氏将它与"摹仿"有机结合在一起，成为优秀的诗歌创作的不可或缺的两翼。

第三，关于摹仿的天性和本能。

《国家篇》第十卷中，柏拉图出于建立理想国度和教育年轻人的目的，反对"摹仿"的艺术，认为"摹仿这玩艺如果从小就开始，一直继续下去，就会变成习惯，成为第二天性，影响到身体，声音，和心理方面"。而亚氏在《诗学》第四章里明确提出了相反的观点："一般说来，诗的起源仿佛有两个原因，都是出于人的天性。人从孩提的时候起就有摹仿的本能，……人对于摹仿的作品总感到快感。”这里表面看起来是在说“摹仿”问题，而实际上背后埋伏着一个尖锐的诗歌创作方法的取舍问题：到底单纯叙述的诗好，还是摹仿叙述的诗(悲剧)好。

第四，关于摹仿的对象。

柏拉图在《国家篇》第十卷中说：“诗的摹仿对象是在行动中的人，这行动或是由于强迫，或是由于自愿，人看到这些行动的结果是好是坏，因而感到欢喜或悲哀。此外还有什么呢?”亚氏在《诗学》第二章中似乎重复了老师的话：“摹仿者所摹仿的对象既然是行动中的人，而这种人又必然是好人或坏人，——只有这种人才具有品格，——因此他们所摹仿的人物不是比一般人好，就是比一般人坏……”(这里把人分成“好人”和“坏人”，体现了柏拉图道德主义的影响)。然而在第六章中，亚氏却把老师的话倒了过来，说道：“悲剧所摹仿的不是人，而是人的行动、生活、幸福；悲剧的目的不在于摹仿人的品质，而在于摹仿某个行动；剧中人物的品质是由他们的‘性格’决定的，而他们的幸福与不幸，则取决于他们的行动。他们不是为了表现‘性格’而行动，而是在行动的时候附带表现‘性格’。”

第五，关于希腊的艺术形式。

从反对摹仿的立场出发，柏拉图认为单纯叙述的诗最好，混合体式(荷马史诗)次之，摹仿叙述(戏剧)最末。而亚氏反其道而行之，认为悲剧的形式最好，“因为它比史诗更容易达到它的目的”。至于“过火”的表演，是演员的事情，而不是作为艺术形式的悲剧的责任。

第六，关于对荷马的态度。

柏拉图对于荷马的态度是因事而异的：在《伊安篇》论说诗人

的创作是神灵凭附时，柏拉图认为荷马没有技艺，全凭灵感；在《国家篇》反对摹仿的时候，柏拉图认为一切诗人和艺术家的工作都是摹仿，与真理隔着三层，荷马也不例外。他还批评荷马谩神，虚构了许多关于神的不好的故事；可是，在许多对话的字里行间，柏拉图又经常表现出对荷马的深深敬佩之情。而亚里士多德对荷马的态度是一贯的：他钦佩荷马，认为荷马可赞颂的地方很多。荷马史诗是摹仿叙述的典范，荷马也是悲剧和喜剧的鼻祖。荷马安排情节的方法和虚构的技巧对其他诗人有很大的教益。

当代英国文学理论家拉曼·塞尔登说："大部分文学批评家往往首先认定文学是对生活的某种再现。'再现'可以是指图画般的生动描绘或以象征表现外部客体，也可以指揭示人性的一般普遍特征，或呈现自然世界外部客体后面的理想形式。"他的这种说法不由得使我们联想到柏拉图和亚里士多德的诗学观念。塞尔登把"再现"的文学理论归纳为：

(1) 严格科学地再现自然客体和社会生活(自然主义)。

(2) 一般地再现自然或人的激情(古典主义)。

(3) 从主观角度一般地再现自然或人的激情(前浪漫主义文学批评)。

(4) 再现自然和精神中固有的理念形式(德国浪漫主义)。

(5) 再现超验的理念形式(新柏拉图唯心主义)。

(6) 再现艺术自己的世界("为艺术而艺术")。

塞尔登认为："简单地说，前三种不妨称为'模仿说'，可以上溯到亚里士多德。而后三种可称为'理念说'，可追溯到柏拉图。"[27]由此可见柏拉图和亚里士多德的诗学创作论对后世影响的多元性和复杂性。

第三节　希腊诗学中的“虚构”

在第一章里我们说过，“虚构”在古希腊是一个含糊而复杂的概念，荷马没有用过这个词；可是赫西俄德在《神谱》中认为，神使用过“虚构”的概念，但又绝不认为自己的诗歌本身是虚构。从总体来说，无论荷马还是赫西俄德，并没有今日之“虚构”的概念，他们的歌咏都是天然的、真实的、历史的。作为希腊艺术的宝库，后人只能取舍而不能将不属于荷马和赫西俄德的东西归之于他们。正是在这个意义上，笔者认为，柏拉图出于“理想国”的政治愿望，批评诗人甚至要把诗人驱逐出去，是犯了一个“扩大化”的错误——它可以批评“有意”虚构的悲剧诗人，但是不能批评率真天然的荷马。荷马就是历史，荷马就是真实。历史与真实本身是无所谓对错的[28]。这里笔者想指出一个译法问题——我国的柏拉图和亚里士多德著作翻译家经常把“虚构”的意思译成“说谎”或“把谎话说圆”。这其实是一个容易引起误解的译法。因为在汉语语境中，“说谎”是一个与“诚实”对立的日常生活的话语概念，它是贬义的。而“虚构”是一个艺术创作上的概念，是一个中性词。比如在英语中，fiction 一词既是指“虚构”，也是指“小说”，由此可见它与艺术的联系。“虚构”可以与“艺术真实”并列而与“生活真实”对立；而“说谎”只能与“诚实”对立。在谈论艺术创作时用“说谎”的概念，往往会使问题复杂化。

其实，“摹仿”与“虚构”在本质上并不是对立的概念。艺术的“摹仿”不是“复制”，艺术摹仿是对原型的离异，艺术的摹仿物必然不是原物本身，而只能是一种失真的外形的再现。对于语言艺术来说尤其如此：间接艺术需要想象的转换，它先天缺乏原物本身的现实性和精致性。“虚构”在希腊有多种含义，智者们认为：艺术的摹仿不是原物本身，因而艺术是没有实用目的的，是一种“幻象”和“虚构”。但是这种虚构（特别是语言的虚构）会引起灵魂的震动，从而达到影响甚至欺骗人的作用。高尔吉亚在《海伦颂》中，用富有理论色彩的话语为海伦辩护：“他们用虚构进行说服的事例是数不清的。因为如果每个人都记住过去、知道现在、预见将来，那么语言的力量就不会那么大了，但是实际上人们并不能记住过去、知道现在、预见将来，所以欺骗就容易了。”[29]他认为，海伦正是被作为韵律语言的诗歌所打动才被劫持的。可是有意思的是：海伦的故事本来就是传说，这就使得这个层面上的“虚构”意义十分扑朔迷离。

柏拉图的诗学理论虽然也看轻摹仿的艺术，认为它们与真理隔着三层，称之为“幻象”或“虚像”（柏拉图曾经用镜子反映万物的虚像来比喻艺术家的工作），但没有从艺术家主体的角度称之为有意识的创作“虚构”。对柏拉图来说，“虚构”常常是指史诗或者戏剧创作中对神的辱谩。这里的“虚构”，是指“虚构”了不同于理式世界中神的“真实”形象。柏拉图有时候甚至并不区分“虚构”和“摹仿”。由于神的非具体性，“摹仿”和“虚构”都成了难以捉摸的概念。

让我们先从柏拉图《国家篇》第二卷开始——[30]在正式谈论城邦保卫者的教育问题之前，柏拉图笔下的苏格拉底先预设了一个前提，即希腊的文学分为两种：写真的和虚构的。对话者阿德曼特显然并不完全明白苏格拉底的意思，苏格拉底解释说：城邦的教育实际上包括这两者，而希腊教育儿童的故事（指神话和英雄传说）虽然有一些是真实的，但大多数是虚构的。苏格拉底把故事分为“大故事”和“小故事”，指出荷马和赫西俄德的故事是大故事（这里的意思是：荷马和赫西俄德的故事是元故事，是其他故事的基础。——笔者注），但也是虚构的故事。这里所谓的“虚构”，就是指荷马和赫西俄德说谎：他们把神和英雄的性格描写得不正确，就像画家没有画出他所要画的对象一样。接下来，苏格拉底举了赫西俄德描述的天神故事，认为这些故事是不应当说的，“纵然是真的，我也以为不应该拿来讲给理智还没有发达的儿童听。最好是不讲，假如必得要讲，就得在一个严肃的宗教仪式中讲，听众愈少愈好”。当阿德曼特还是不太明白神的故事应当有什么规范时，苏格拉底回答说：“规范是这样的……神本来是什样，就应该描写成什样。”那神应该是什么样的呢？苏格拉底从信仰出发，不证自明地说：神在本质上是善的。神既是善的，就不是所有事物的因，而只是善的事物的因。所以荷马谩神的话就是不能接受的。接着，苏格拉底还提出：神以及一切有神性的东西都是最完善的，而一切事物无论是天生的还是人为的，若它本身是完善的，就不容易受外来的影响。所以，最不容易受外来影响而改变形状的就是神。可是荷马偏偏说道：“神们乔装异方的游客，取各种形状周游城市……”这就是最大的“虚构”。

在《国家篇》的第三卷，柏拉图笔下的苏格拉底又提出一个问题：如果我们要年轻人勇敢，“是不是应该让他们听一些故事使他们尽量不怕死呢？”“一个人心里怕死，还会勇敢吗？”他建议：“应该监督说这类故事的诗人们，告诉他们讲到阴间时，不要一味咒骂它，象他们所常做的那样，最好是把它写得好看一点；他们原先讲的那些故事既不真实，对于预备作战时的人们也不合宜。”柏拉图笔下的苏格拉底显然是一个博学的荷马专家，他举出了大量典型的荷马诗句，以此来说明这些描写对于年轻人都是不利的。苏格拉底甚至说：“我们不准诗人把一个好人写成轻易就发笑，尤其不能把神们写成这样。”像“神们都哄堂大笑不止，看见火神在宴会厅里跛来跛去”这样的诗句就是不能准许的。他认为，诗还要反映节制的精神，而荷马这样的诗句是值得赞赏的：“朋友，坐下息怒，来静听我的话”以及“希腊人鼓着勇气鸦雀无声地前进，他们的静默显出对他们将领的畏敬。”最后，苏格拉底总结道：只有把说谎当成一种医疗的方法，或者是城邦的保卫者为了国家的幸福必须这样做时，才允许说谎。

应当说，虽然柏拉图的“虚构”不是一个相对于客观现实的概念——神本身的非实在性就解构了所谓“真实”的参照系——可是这里的“虚构”和“真实”的对应，是符合柏拉图的宇宙观“理式”论的。在柏拉图看来，只有理式才是真实的，才是真理，而不符合他心目中理式要求的，自然就是“说谎”。然而，柏拉图的“虚构”概念也在另一个维度上启发我们去重新认识他的“摹仿”理论。在《国家篇》第十卷中，柏拉图在重点申说了理式与现实、艺术的三层关系以后，再一次检讨了诗歌问题。可这回他是这么说的：“想一想这个事实：听到荷马或其他悲剧诗人摹仿一个英雄遇到灾祸，说出一大段伤心话，捶着胸膛痛哭，我们中间最好的人也会感到快感，忘其所以地表同情，并且赞赏诗人有本领，能这样感动我们。”值得注意的是：这里被称为“摹仿”的例子，若放在第二和第三卷，是一定会被说成“虚构”或“说谎”的——这就意味着，在柏拉图眼里，实际上“摹仿”和“虚构”是没有什么差别的，或者至少可以说，“摹仿”是“虚构”的一种。这样，我们就不至于把柏拉图笔下的“摹仿”看成是完全机械的东西。

亚里士多德笔下的“虚构”，主要是“艺术想象”的意思，与今天的理解比较接近。但是“虚构”如何能成功，也有一个才能的问题。亚里士多德的《诗学》是艺术“摹仿”说大全，亚氏认为：诗可以摹仿

(1)过去有的或现在有的事情,(2)传说中的或人们相信的事情,(3)应当发生的事情(第二十五章)。他特别指出,诗高于历史的地方就是诗描写"可能发生的事情",这就意味着诗歌的摹仿不是对现实世界表面的描摹,而是揭示事物的内在本质和规律,因而诗(艺术)是具有认识作用的。这里的"摹仿"实际上已经隐含了"虚构"的成分。同时,《诗学》多次明确地提到了"虚构"的概念,但是与柏拉图相反,在亚氏的笔下这是一个积极的、褒义的概念;也与柏拉图因"虚构"而批评荷马相反,亚氏认为运用"虚构"这项技巧最成功的人就是荷马——他因此可以成为后人的老师。维柯指出:"亚里士多德在《诗学》里说,只有荷马才会制造诗性的谎言。因为荷马的诗性人物性格具有贺拉斯所称赞的无比崇高而妥帖的特征。他们的都是些想象性的共性……希腊各族人民把凡是属于同一类的各种不同的个别具体事物都归到这类想象性的共性上去。"[31]在《诗学》第九章里,亚氏将希腊悲剧中观众"熟悉"的人物同"虚构"的人物作了比较,指出:诗人在创作时不必专门采用那些作为悲剧题材的传统故事,可以自己虚构。亚氏在具体传授写作技巧说:"情节不论采用现成的,或是由自己编造,都应先把它简化成一个大纲,然后按上述法则加进穿插,把它拉长……"亚氏不断地夸奖荷马:荷马具有天赋的才能,他在安排情节上高人一等(第二十三章);荷马尽量少用自己的身份说话,最知道如何摹仿;荷马把"谎话说得圆的技巧"(或译为"以合宜的方式讲述虚假之事")教给了其他诗人——那就是利用似是而非的判断:"如果第一桩事成为事实或发生,第二桩即随之成为事实或发生,人们会以为第二桩既已成为事实,第一桩也必已成为事实或发生(其实是假的)……"在举了《奥德赛》的例子以后,亚里士多德说了一段著名的话:"不可能发生但却可信的事,比可能发生但却不可信的事更为可取”；荷马最懂得用优美的词藻将原本荒诞不经但又非写不可的事情掩饰过去（第二十四章）。在《诗学》第二十五章中，亚里士多德指出：诗人如果写了不可能发生的事情，但是这样写达到了艺术的目的，而且更加惊人，那么这是有理由为之辩护的。亚氏还直接回应了首先批评荷马的克塞诺芬尼（其实这也正是柏拉图的态度）：有些传说也许“不宜说，不真实”，但是“的确存在过”；诗中的有些描写也许“不比实际更理想”，“但是在当时却是事实”。对于亚氏说的“真实”、“存在过”、“实际”、“事实”、“理想”等概念都不能作简单化的解释，而应当在与柏拉图的相关论述比较中作出科学的判断。

这里，智者认为“虚构”架通了真实和幻觉的桥梁；柏拉图反对的“虚构”其实恰是对现象世界的真实摹仿，他所谓由于诗的迷狂而窥见的神界之“真实”，在我们看来才是真正的“虚构”；而亚氏的“虚构”则连接了艺术想象和现实的通途。由此可见，“虚构”在古希腊的确是一个值得回味的、有意思的概念。

注 释

[1]〔英〕鲍桑葵：《美学史》，商务印书馆 1985 年版，第 19 页。

[2]〔美〕卫姆塞特、布鲁克斯：《西洋文学批评史》，志文出版社 1984 年版，第 7 页。

[3]〔意〕L·文杜里：《西方艺术批评史》，海南出版社 1987 年版，第 40 页。

[4] 参见〔美〕巴利切里、吉鲍尔狄：《文学的众多内在关系》，美国现代语言学会，纽约，1985 年版，第 251 页。

[5] 参见 1.〔波兰〕塔塔科维兹：《古代美学》，中国社会科学出版社 1990 年版，第 121—122 页；2.叶秀山：《古代希腊之艺术观念和艺术精神》，载《外国美学》第 2 辑，商务印书馆 1986 年版。

[6] 罗念生先生在《诗学》第一章的“注释 3”里说：“亚理斯多德并不是认为史

诗、悲剧和喜剧都是摹仿，而是认为它们的创作过程是摹仿。”但他并没有解释这里“创作过程是摹仿”的意思，或许可以联系塔塔科维兹和赫拉克利特的说法来加以理解。

[7] 参见《西方哲学原著选读》上卷，商务印书馆 1981 年版，第 23—24 页。

[8] 参见《著作残篇》，载伍蠡甫主编:《西方文论选》上卷，上海译文出版社 1979 年版，第 4 页。

[9] 参见 1.色诺芬:《回忆苏格拉底》，第 3 卷第 10 章，商务印书馆 1984 年版；2.伍蠡甫主编:《西方文论选》上卷，上海译文出版社 1979 年版，第 9—10 页。

[10]〔英〕鲍桑葵:《美学史》，商务印书馆 1985 年版，第 18 页。

[11] 参见 1.《中国大百科全书·中国文学》，中国大百科全书出版社 1986 年版，第 434 页；2.孙学堂:《天机：一个被忽视的古文论概念》，载《文艺理论研究》2003 年第 1 期。

[12] 这一节《国家篇》(朱光潜译为《理想国》)、《伊安篇》和《斐德若篇》的引文均见柏拉图:《文艺对话集》，人民文学出版社 1963 年版。

[13] 泰勒斯最早说过：磁石有灵魂，因为它吸引铁。柏拉图这里虽然只提到欧里庇德斯，但显然也受到泰勒斯的影响。参见《劳特利奇哲学史》第 1 卷，中国人民大学出版社 2003 年版，第 435 页。

[14] 参见朱狄:《美学问题》，陕西人民出版社 1982 年版，第 168 页。

[15]〔英〕奥斯本:《论灵感》，载《外国文艺思潮》第 1 集，陕西人民出版社 1981 年版。

[16] 第二种可能性的说法和引文参见朱狄:《美学问题》，陕西人民出版社 1982 年版，第 182—183 页。

[17]〔意〕维柯:《新科学》，人民文学出版社 1986 年版，第 451 页。

[18] 参见〔法〕让·贝西埃等主编:《诗学史》上册，百花文艺出版社 2002 年版，第 12 页。

[19] 参见拉法格:《思想起源论》，三联书店 1963 年版，第 119—122 页。

[20] 参见朱志荣:《古近代西方文艺理论》，华东师范大学出版社 2002 年版，

第 14—15 页。

[21] 参见范明生:《西方美学通史·古希腊罗马美学》,上海文艺出版社 1999 年版,第 368 页。

[22] 参见〔法〕让·贝西埃等主编:《诗学史》上册,百花文艺出版社 2002 年版,第 16 页。

[23] 参见〔英〕W·D·罗斯:《亚里士多德》,商务印书馆 1997 年版,第 307—308 页。

[24] 参见范明生:《西方美学通史·古希腊罗马美学》,上海文艺出版社 1999 年版,第 477 页。

[25] 以下引文凡柏拉图的,均引自朱光潜译的《文艺对话集》,人民文学出版社 1963 年版;凡亚里士多德的,均引自罗念生译的《诗学》,人民文学出版社 2002 年版。

[26] 马克思:《1844 年经济学—哲学手稿》,人民出版社 1979 年版,第 49 页。

[27] 参见〔英〕拉曼·塞尔登编:《文学批评理论——从柏拉图到现在》,北京大学出版社 2000 年版,第 2 页。

[28] 首先批评荷马谩神的是公元前 6 世纪末叶的希腊哲学家克塞诺芬尼。

[29] 参见范明生:《西方美学通史·古希腊罗马美学》,上海文艺出版社 1999 年版,第 192 页。

[30] 以下引文未注明的,均见朱光潜译的《文艺对话集》,人民文学出版社 1963 年版。

[31] 〔意〕维柯:《新科学》,人民文学出版社 1986 年版,第 423 页。

第六章
"煽动"情感与"净化"情感
——柏拉图、亚里士多德诗学接受论

雅典的市民集合在一起，坐在帕台农神庙下面卫城上的狄奥尼索斯剧场观看演出。这里，狂野的神，全能的宙斯和底比斯人母亲生的儿子，主持着这场幻觉，俄狄浦斯的悲剧城市底比斯，雅典的这个宿敌，在他们眼前四分五裂。

玛丽·比尔德　约翰·汉德森

艺术的社会功用或者艺术造成的大众接受心理，历来是一个人们关注的问题。在古希腊，规模宏大的悲剧和喜剧演出几乎就是大众艺术的全部，戏剧造成的巨大幻觉和震撼力深刻影响了雅典人。观剧成了城邦市民的一种仪式、一种集会，也是一种宣泄、一种净化。这样一来，它的地位和作用就不得不引起有责任心的哲学家们的极大关注。早期的德谟克利特说：音乐是一种相对较年轻的艺术，其原因在于音乐产生的并不是必需，而是奢侈[1]。这里带有强烈的否定娱乐性艺术的意味，或者说，只看到了音乐的娱乐性一面。亚里士多德在作了较为全面的考察以后，委婉地然而也视点更高地指出：音乐对听众的作用其实有三个方面——教育、净化和精神享受[2]。这就为音乐(这在希腊是一个大概念)的发展清除了理论上的障碍。那么戏剧,特别是悲剧是不是希腊观众必需的东西呢?柏拉图出于自己的政治理念,批评了娱乐性艺术,他不能容忍剧场内男女老少的喧哗和自以为是的批评;不管悲剧所煽起的情感是否真的会影响日常生活,他都对之提出了警告。身为戏剧家的欧里庇德斯也借笔下人物之口,从不同的角度表达了自己的态度:"他们为祭祀神灵的节日和宴会编造了许多赞歌;为了取悦参加者而组织许多听唱会;然而,没有任何人懂得以诗和多变的唱段安抚一般人的极度痛苦。"[3]而亚里士多德在肯定闲暇的作用和娱乐艺术的同时,把悲剧的接受心理效应——净化,作为"终极因"融进了他庄严的悲剧定义。

第一节 剧场政体和贵族政体

一般而言,"剧场"和"贵族政体"似乎是两个互不相干的问题:一个是艺术概念,一个是政治概念。可是在雅典的特定时代,当"剧场"也变为"政体"时,"剧场政体"(theatrocracy)和"贵族政体"(aristocracy)这样的对立便出现了。这是因为,在雅典的民主政治逐渐高涨的时候,戏剧以它的成熟和独具的感染力正在越来越吸引市民的注意,越来越成为城邦生活的重要内容。玛丽·比尔德和约翰·汉德森在他们的名著《古典学》中写道:"戏剧对雅典有特殊的意义,它是公元前5世纪后期这个民主城市的固有的关键体制。传统的宗教意识游行、祭祀、祈祷在剧场中揭开戏剧的序幕。然后是一系列事先选好的表演,演出为该节日特别设计和写作的剧本,经费则强制由有钱的公民资助,作为向城市的捐献。整个事情采取了竞赛形式,由专门的裁判为参加竞赛的悲剧演出发奖。"

玛丽·比尔德和约翰·汉德森在描述当时的情形时说:"观众从曙光初现时就开始整天坐在那里,全神贯注,进行思考,这是他们作为雅典公民的义务。……他们也是民主议会的成员,他们的投票决定雅典该做些什么,该拥护什么;他们也是从一定数目的公民中抽签选出的法庭陪审员。在演出之前的其他仪式包括由城市出钱抚养的战争孤儿的介绍和雅典向它的盟邦或者臣民征收的贡银展示,这些贡银都存放在帕台农神庙的西殿里。向雅典人展示他们的城市的帝国地位和它的集体意识形态,使演出有了政治涵义。军人和法官,选民和父亲,都观看着雅典自己选择的表演形式。这个民主城市通过戏剧展示了自己。"[4]

尽管产生于民主制度的悲剧剧本的命运很长,但民主制度本身却受到了不少古代哲学家的批评:希罗多德的《历史》记载了"希腊的光荣",可是修昔底德的记载,却让人看到雅典的民主制度非但没有战胜敌手(斯巴达及其联盟),而且很容易就堕落为暴民的统治。"民主"的雅典,靠勒索维持,造成成批的希腊人遭受屠杀。在修昔底德的笔下,民主制度差不多就是令人头脑发昏的群众性狂癫病。一旦这个社会的领袖抛弃了政治家风度,而乐于蛊惑人心,那么这个社会就是自杀性的。但矛盾的是,修昔底德的著作又恰恰不自觉地体现了不畏神明的智力和分析能力的雅典式结合,这就使得雅典有可能进行把权力交给市民大众的大胆尝试。

然而柏拉图并不矛盾,他通过笔下的苏格拉底及其公元前5世纪的背景,"把反民主的封闭的反动与反保守的公开的思索掺合在一起,制造了一种具有爆炸性的不稳定的混合物"。[5]他多次明确表示:理想的国度的公民应当由三部分人组成:哲学家(贵族)、城邦的保卫者和农工商。而对应于三类人的情感分别是:理智、意志和欲望;对应于三类人的美德是智慧、勇敢和节制,而"正义"是三类人共有的。在这里，贵族居于最高的层位，理智是最应当普遍提倡的情感，这是毫无疑义的。如果谁要改变这种格局，就意味着与神灵世界的对抗。

希腊悲剧是希腊文明的产物。作为文本，它们可以被不断地重新解释和演绎；但是从本质上讲，它们最初是在酒神狄俄尼索斯的祭仪上演出的，它们与狂饮烂醉和放纵无度自然地结合在一起。从某种角度而言，“悲剧是暴力和喋喋不休的程式化辩论的奇怪混合。它们所表演的故事以骇人听闻的行为和痛苦为中心”。比如索福克勒斯关于俄狄浦斯家族故事的剧本，“随着每一个情节拧紧了螺丝钉，咄咄逼人的恐怖在舞台上爆发，合唱队的舞女们的歌，欢悦和恐惧的歌，颂赞和哀叹的歌与两三个主要角色之间的冲突交替出现。这些角色可能用冠冕堂皇的言词来陈述他们的立场；貌似谦恭而心怀叵测；或者言词交锋，你来我往，短兵相接。诗的语言，声调变化范围极广，每个剧本都有自己的调子，或者极端原始，或者自我嘲讽，或者罗曼蒂克，一切视情况而定”。[6] 如果说柏拉图对以前的悲剧尚可忍受，那么按英国著名的古典学研究者、柏拉图著作的权威翻译家乔义特（Jowett）的说法，到了柏拉图的时代，戏剧已经走向了“歧途”（除了埃斯库罗斯、索福克勒斯、欧里庇德斯和阿里斯托芬等著名人物以外，希腊时代的戏剧家还有许多，由于他们的剧作没有流传下来，我们常常忽略了他们的存在和可能的影响。——笔者注）。柏拉图喜欢的欧里庇德斯已经演完了最后一幕悲剧，老的喜剧几乎绝迹，而理想的新喜剧还未诞生。时兴的戏剧与其他希腊文学类型一样，都落入了修辞学的陷阱[7]。其实，只要想象一下就可以知道，希腊当时的戏剧状况一定是很繁荣的：老一代戏剧家的离去并不意味着他们的作品不再上演，新出现的戏剧肯定也很吸引观众，这从柏拉图“哲学与诗的官司”已久的说法中就可以窥见端倪——柏拉图决不会把一股无足轻重的势力放在眼里。所谓戏剧的“衰落”，只是一种精神性的说法，它所暗示的正是希腊戏剧规模上升的意思。

在《法律篇》里，柏拉图笔下的“雅典人”首先说道：“当初神们哀怜人类生来要忍受的辛苦劳作，曾定下节日欢庆的制度，使人可以时而劳动时而休息；并且把诗神们和诗神领袖阿波罗以及酒神狄俄尼索斯分派到人间参加人类的欢庆，使人们在跟神们一起欢庆之中，借神们的帮助，可以提高他们的教育。”[8]可是，事实上却并非如此。“雅典人”描述了希腊当时的情景：在雅典的节日献技欢庆会上，普通人都认为，谁给他们最大的快感和娱乐，谁就应当得到锦标。可是按这种标准，如果有傀儡戏的演出，孩子们一定会投傀儡戏的票；较大的孩子会拥护喜剧；受过教育的妇女和年轻人乃至一般人会投悲剧的票；而老年人感到最大乐趣的，是听诵诗人朗诵荷马或者赫西俄德的诗篇。然而“一个真正的裁判人不应凭剧场优势来决定，不应该因为群众的叫喊和自己的无能而丧失勇气；既然认识到真理，就不应由于怯懦而随便作出违背本心的裁判，用刚才向神发誓的那张嘴去说谎。他坐在裁判席上不是作为剧场听众的学生，而是作为他们的教师，他应该敌视一切迎合观众趣味的勾当。现在意大利和西西里还流行的希腊老规矩确实是让全体观众举手表决谁得胜。但是这种规矩已导致诗人的毁灭，因为诗人们现在养成了习惯，为迎合裁判人的低级趣味而写作，结果观众变成了诗人的教师，这种规矩也导致戏剧的衰败；人们本来应该看到比他们自己较好的人物性格，从而获得较高的快感，但是现在他们咎由自取，结果适得其反。从此应该推演出什么结论呢？”雅典人自问自答说：“就是我们已三番四次达到过的结论：教育就是要约束和引导青年人走向正确的道理……真正的立法者会劝导诗人们，如果劝导不行，就强迫诗人们在节奏，形象，曲调各方面都用美丽而高尚的文字，去表现有自制力和勇气并且在一切方面都很善良的人们的音乐。”“雅典人”在比较了“从前”的希腊艺术以后说道：“随着时代的推移，诗人们自己却引进来庸俗的漫无法纪的革新。他们诚然是些天才，却没有鉴别力，认不出在音乐中什么才是正当的合法的。于是象酒神信徒们一样如痴如癫，听从毫无节制的狂欢支配，把哀歌和颂歌，阿波罗颂歌和酒神颂歌都不分皂白地混在一起，在竖琴上摹仿笛音，这样就弄得一团糟；他们还狂妄无知地说，音乐里没有真理，是好是坏，都只凭听者的快感来判定。他们创造出一些淫靡的作品，又加上一些淫靡的歌词，这样就在群众中养成一种无法无天胆大妄为的习气，使他们自以为有能力去评判乐曲和歌的好坏。这样一来，剧场的听众就由静默变为爱发言，仿佛他们就有了能力去鉴别音乐和诗的好坏。一种邪恶的剧场政体就生长起来，代替了贵族政体。如果掌裁判权的民主政体所包括的成员都是些有教养的人，这种风气倒还不至于产生多大害处；但是在音乐里就产生一种谁都无所不知，漫无法纪的普遍的妄想；——自由就接踵而来，人们都自以为知道他们其实并不知道的东西，就不再有什么恐惧，随着恐惧的消失，无耻也就跟着来了。人们凭一种过分大胆的自由，鲁莽地拒绝尊重比他们高明的人们的意见，这就是邪恶无耻！”

笔者之所以引用柏拉图这段不太被人重视的话，是为了与柏拉图的艺术接受理论相对照，从而作出客观的分析。柏拉图正是在这样的自由主义的艺术氛围中，特别是使老师苏格拉底屈死的民主派掌权的环境下，提出了自己对希腊艺术的评价和消极的艺术接受论的。他奉一万年以前的埃及艺术传统为优良的楷模，要把传统的艺术法则固定下来，连“丝毫的改动”都不允许。

柏拉图的艺术接受理论与他的诗学创作论有联系也有区别。在诗学创作论中，他有时把诗歌（广义）看作摹仿的结果，认为艺术只是现象世界外形的“再现”，而与真理隔着三层；有时，他又把诗歌创作看成是神灵的凭附，是迷狂的产物，认为诗人其实是完全不清楚自己是如何写出优美诗篇的。在这层意义上，诗与神界之间没有隔碍，诗人是通灵的，或者说诗就是神的诏语，这样的诗是“非再现”的。对于史诗诗人和抒情诗人，柏拉图并不在乎这两种说法的交叉：他既说过荷马是摹仿的诗人，也说过荷马是通灵的；他还说过平庸的抒情诗人廷尼克斯在灵感降临的时候也会写出杰出的诗章。可是柏拉图从来没有说过剧作家也能通灵。除了对哲学情有独钟、尊敬哲学家的欧里庇德斯以外，出于以上的原因，柏拉图对希腊的戏剧诗人是鄙视的（虽然在把荷马视为“悲剧诗人领袖”的时候也作过批评，但柏拉图对荷马的态度始终是复杂的）。

在柏拉图看来，当时戏剧诗人的作品完全是一种远离“真实”的摹仿和再现的艺术，它的目的就是迎合、煽动观众的快感，达到娱乐的作用。在《国家篇》和《法律篇》里，柏拉图指出了这种娱乐活动在心理方面的有害性，它体现在多个方面：

第一，戏剧是行动对行动的摹仿，它所摹仿的对象无非是行动中的人，人的这些行动不是由于强迫，就是由于自愿。观众看了戏剧以后，会因为结果的好坏而感到欢喜或悲哀。整个过程无非如此。

第二，在日常生活中，我们被教育要注重理性。比如遇到了灾祸和哀伤的事情，要凭理性的指导行事，尽量不要影响当前迫切需要做的事情。可是悲剧却煽起观众的感伤癖和哀怜癖，任观众餍足这种本应受到抑制的自然倾向，并从中得到某种快感。这样一来，当人们在生活中真的碰到灾祸时，这种感情（感伤癖和哀怜癖）

就难以控制了。喜剧的情况也一样:观众在看喜剧表演时不会嫌平时不肯说的话、不肯做的事为羞耻和粗鄙,反而感到愉快,满足了诙谐的欲念。这样就在无意中染上了小丑的习气。

第三,那些跟着人们感觉走的欲念,比如性欲和忿恨等等,原本是应当枯竭的,可是摹仿的戏剧却浇灌它们、滋养它们,让它们反过来支配了人们。

第四,演员的职业化是一种人性的堕落。一个正常人在一生中不可能扮演许多角色,因为人除了“自我”以外,其他东西都不是真实的。扮演别人就会损坏自己的性格。

第五,对于戏剧诗人和演员来说,他们要讨好群众就不会费心思去摹仿人性中理性的部分,因为理性的部分最静、最难摹仿,就是摹仿了也不会受到大众的欣赏。而容易激动的情感和容易变动的性格最便于摹仿,也最受大众欢迎,因而受到诗人的青睐。

第六,这样的结果是:戏剧诗人奉迎人性中低劣的部分,并且培养发育它们;同时摧残了人性中的理性部分。他们在人心中种下恶因,甚至连大多数好人也会受到他们的坏影响。

在《国家篇》第十卷中,柏拉图笔下的苏格拉底在假设了几种可能性以后说道:“如果证明不出她有用,好朋友,我们就该象情人发见爱人无益有害一样,就要忍痛和她脱离关系了。我们受到良好政府的教育影响,自幼就和诗发生了爱情,当然希望她显出很好,很爱真理。可是在她还不能替自身作辩护以前,我们就不能随便听她,就要把我们的论证当作辟邪的符咒来反复唪诵,免得童年的爱情又被她的魔力煽动起来,象许多人被她煽动那样。我们应该象唪诵符咒一样来唪诵这几句话:这种诗用不着认真理睬,本来她和真理隔开;听她的人须警惕提防,怕他心灵中的城邦被她毁坏;我们要定下法律,不轻易放她进来。”

在《国家篇》第五卷中，柏拉图笔下的苏格拉底在论证建立理想国的正义标准时，说了一段研究者似乎不太留意的与艺术有关的话："……那是为了我们可以有一个样板。我们看着这些样板，是为了我们可以按照它们所体现的标准，判断我们的幸福或不幸的程度。我们的目的并不是要表明这些样板能成为在现实上存在的东西。"这段话十分清楚地说明了柏拉图对于建立"理想国"的真实看法：他知道这只是一个永远也无法真正达到的彼岸世界。在这段话之后，苏格拉底异乎寻常地用艺术的例子来证明自己的这个观点，他说："如果一个画家，画一个理想的美男子，一切的一切都已画得恰到好处，只是还不能证明这种美男子能实际存在，难道这个画家会因此成为一个最糟糕的画家吗？"[9]这段话的表述有一种很大的随机性，它与人们熟悉的第十卷中对"画家之床"的表述十分不同。但是放在这里讲，除了表明柏拉图对艺术的敏感之外，还体现了柏拉图思想中一个极为重要的理论勾连——理想国的蓝图在现实中是没有摹本的；理想的优美的艺术作品在现实中也是没有摹本的，因而是非再现的。这就意味着，理想国和好的艺术的摹本都只存在于"理式"之中。联系前面的分析，我们可以看到：柏拉图之所以反对一切煽动情感、挑逗欲望的娱乐性艺术，是因为它们都是摹仿（现象）的艺术、再现（现实）的艺术。从理式说的本质上讲，它们都是不真实的。

为了反对这种非真实的、摹仿再现性质的娱乐艺术，柏拉图缅怀起传统的巫术仪式及其对人的作用来了（有意味的是，在《斐德若篇》里，柏拉图曾把巫术的迷狂同非摹仿再现的诗的迷狂并列）。按照英国著名艺术理论家科林伍德的名著《艺术原理》中的说法："如果一件制造品的设计意在激起一种情感，并且不想使这种情感释放在日常生活的事物之中，而要作为本身有价值的某种东西加以享受，那么，这种制造品的功能就在于娱乐或消遣。巫术，就其所激起的情感在日常事务中具有实际作用而言，它是实用的；娱乐艺术并不实用而只能享受，因为在娱乐世界和日常事务之间存在着一堵滴水不漏的挡壁，娱乐所产生的情感就在这间不透水的隔离室里自行其道。”在柏拉图的眼里，娱乐艺术虽然是摹仿再现的，但它们满足的只是大众低俗的情感和欲望的需要，这些东西对维护社会的秩序和安宁是不利的，因而也是不实用的。科林伍德分析说：“柏拉图想做的事情是倒拨时钟，从希腊衰微时期的娱乐艺术复归到古代和公元前 5 世纪的巫术艺术。”而柏拉图的过错在于，把再现摹仿性的诗歌与娱乐性诗歌混为一谈，这样就造成了严重的混乱[10]。

科林伍德认为：柏拉图在《国家篇》中讨论娱乐性艺术，其实只是一个附带性的问题。《国家篇》涉及了各种各样的内容，然而事实上它只研究了一个重要的问题，其他内容是在有助于阐明这个主要问题时才被连带加以讨论的。这个问题就是——希腊世界的衰落及其症状、原因和可能的挽救办法。在这些衰落的症状中，柏拉图看到了“其中的一种是新的娱乐艺术取代了古老的巫术—宗教艺术。柏拉图对诗歌的讨论根源于他对现实的深切感受；他懂得，古老艺术和新艺术之间的差别就象奥林匹亚的山墙和普那克斯迪斯(公元前 4 世纪雅典的雕塑家。——引者注)之间的差别，他试图分析这种差别。他的分析是不完善的。他认为，衰落时期的新艺术是一种过度兴奋、过度纵情的世界的艺术……”[11]

在《会饮篇》中，柏拉图笔下的苏格拉底对第一部悲剧演出就获得成功的戏剧家阿伽通说：“就在前天，三万希腊人已经替你的智慧的表现作了见证。”阿伽通说：“苏格拉底，你在嘲笑人。关于我们的智慧问题，我们等一会儿请酒神狄俄尼索斯作判官，凭他判断我们谁优谁劣。”[12]从这里的对话可以看出，当时的戏剧家和他们所拥有的观众组成了一股巨大的社会力量。虽然让人们普遍感到极大兴趣的娱乐艺术尚未像希腊后期和罗马时代那样全方位地发展起来，但是柏拉图凭他的直觉，已经意识到这种变化对文化传统的“危害性”。面对处在感性快感和欲望沸腾的社会中的人们，联想到老师屈死于民主势力的惨烈事实，柏拉图感到了深深的担忧。

第二节　再往前走一步

然而柏拉图所担心的文明危机事实上并没有很快到来。尼采说：希腊人非悲观者，悲剧便是证明(《悲剧的诞生》)。这是很有深度的话语。柏拉图把悲剧作为娱乐性艺术严加批评，这恰恰同时包含着柏拉图对悲剧艺术具有巨大感染力的认识。他的忧患是政治性的。而亚里士多德对此却有不同的看法。在《政治学》第八卷中，他论述了“闲暇”在人们生活中的重要性，分析了它能给人带来的幸福和极度的快活，从而强调了艺术自身的快感作用。这就在理论上为肯定娱乐性艺术奠定了基础。《诗学》从一个当时代人对现实生活的真实体悟出发，以不同于柏拉图的另一代人的观察角度，对悲剧(柏拉图眼里影响最大的娱乐艺术)提出了自己更进一步的看法。

在《诗学》中，亚里士多德避而不谈柏拉图表示担忧的产生娱乐艺术的社会现场，回避了那种让柏拉图一开口就充满怀旧感伤之情的伦理话题。他把诗(主要是悲剧)的普遍性当作一个平台，暗中与老师展开了较量。《诗学》中多次谈到悲剧的心理效应问题。可是，亚氏并没有接续柏拉图关于悲剧满足人们的“哀怜癖”

和“感伤癖”从而导致不良社会效果的说法，而是独创性地提出了悲剧心理效应中长期被人争论不休的“怜悯”与“恐惧”问题。与柏拉图不同，亚氏并不担忧人的情感问题，他在《尼各马可伦理学》中一再提到人是应当有情感的；他还认为，人的情感是可以受到理性支配的，情感对人来说是有益的。在《修辞学》第五章里，亚氏把“怜悯”解释为“一种痛苦的感觉，其原因是由于人看见一种足以引起破坏或痛苦的灾祸落到不应遭受的人头上”。他把“恐惧”解释为“一种痛苦的或恐慌的感觉，其原因是由于人想象有某种足以引起破坏或痛苦的灾祸即将发生”。这两种感觉的根本区别是：“怜悯”指向外在的客体，而“恐惧”指向内在的主体。《诗学》中，亚里士多德进一步把悲剧激发起的观众的情感局限于怜悯和恐惧。

在《诗学》第六章中，亚氏在给悲剧下定义时，明确将怜悯与恐惧视为由悲剧引起的情感，并认为悲剧的作用就是要使这种情感得到净化（也译为“陶冶”和“疏泄”）[13]。

在《诗学》第九章中，亚氏强调，悲剧所摹仿的行动不但要完整，而且要引起怜悯和恐惧。如果一件件事情是意外地发生而彼此间又有因果联系，那就最能产生怜悯和恐惧的效果。

在《诗学》第十一章中，亚氏认为，情节中“发现”和“突转”同时出现的时候，就能引起怜悯和恐惧之情。

在《诗学》第十三章中，亚氏指出，悲剧摹仿的特殊功能就是引起恐惧和怜悯之情。他解释说：“怜悯是由一个人遭受不应遭受的厄运而引起的，恐惧是由这个这样遭受厄运的人与我们相似而引起的。”基于这一点，悲剧就只能摹仿既不十分善良、也不十分公正，之所以陷入厄运不是由于为非作歹，而是由于犯了错误的人。这种人声名显赫、生活幸福。

在《诗学》第十四章中，亚氏比较了分别由“形象”（也译为“戏景”)和“情节”引起的恐惧和怜悯。他指出,后一种办法更佳。因为借“形象”使观众产生的,常常只是“吃惊”而非真正的恐惧和怜悯。

在《诗学》第十九章中,亚氏似乎是针对当时修辞学家认为情感激发全靠修辞术的说法,指出观众的怜悯和恐惧之情可以由悲剧中的行动和说话两方面激发出来。

以上的概括足以说明亚里士多德对悲剧所导致的观众情感的高度重视。这种怜悯和恐惧之情虽然与柏拉图的说法不完全相同,可是它们在观众中所引起的心灵激动程度与柏拉图的描述是相等的。这也就是说,亚里士多德完全清楚并且同意柏拉图对雅典“剧场政体”的见解。这里的关键和差异在于:亚氏进一步追踪了这种剧场情感的未来走向——在柏拉图看来,悲剧激起的情感使得背上了这种情感重负的人无法适应实际生活,因此它们是有害的。而亚里士多德却在承认这种情感存在的同时,把它们变成了有益的东西。他在柏拉图止步不前的地方,沿着这种情感的流动,作了进一步的心理分析。科林伍德对此清晰地解释说:“他观察到,悲剧所产生的情感实际上不会在观众精神上留下重负,这些情感在观看悲剧的体验中就释放了。悲剧演完之后,这种情感的澄清或净化留给观众心灵的东西,不是怜悯和恐惧的重负,而是摆脱这些情感之后的轻松。因此,这种效果与柏拉图所设想的效果正好相反。”[14]

就艺术理论和诗学理论而言,亚里士多德的这种观众心理分析是十分重要而有意义的:它把一种艺术类型的性质与可能的接受心理紧密地捆绑在一起,从而全方位地建构了希腊时代的悲剧艺术理论。可是我们并不能因此说,亚里士多德已经回答和解决了柏拉图对娱乐性艺术的取舍问题,这是因为——正像每一个研究柏拉图的人都心知肚明的那样——柏拉图的理想是一个神圣的伦理国度;他不是不了解诗和艺术,恰恰相反,而是深刻地认识到诗和艺术的巨大作用,他对诗的态度是一种向往理想国大未来的政治选择。《国家篇》的末尾,柏拉图笔下的苏格拉底在辛劳地、呕心沥血地诉说了自己对艺术的看法和建立理想国的计划以后,略带疲惫然而依旧坚定地说:

不管怎么说,愿大家相信我如下的忠言:灵魂是不死的,它能忍受一切恶和善。让我们坚定走向上的路,追求正义和智慧。这样我们才可以得到我们自己的和神的爱,无论是今世活在这里还是在我们死后(象竞赛胜利者领取奖品那样)得到报酬的时候。我们也才可以诸事顺遂,无论今世在这里还是将来在我们刚才所描述的那一千年的旅程中。[15]

这里,我们难以责备柏拉图对悲剧心理效应认识的偏差,我们感觉到的,是通体散发着神灵光晕的诗人哲学家一颗温暖而执著的心。

第三节 “净化”的诗学意味

在《诗学》中,“净化”(Katharsis)这个概念是作为“终极因”伴随着悲剧的定义而同时出现的[16],不过亚氏并未对之进行解释。然而在此前的《政治学》中,亚氏曾对之有过简单的论说。在讨论种种不同的见解之前,先看一看亚里士多德是怎么说的:

音乐应该学习,并不只是为着某一个目的,而是同时为着几个目的，那就是(1)教育，(2)净化(关于“净化”这个词的意义，我们在这里只是约略提及，将来在《诗学》里还要详细说明)，(3)精神享受，也就是紧张劳动后的安静和休息。从此可知，各种和谐的乐调虽然各有用处，但是特殊的目的宜用特殊的乐调。要达到教育的目的，就应选用伦理的乐调；但是在集会中听旁人演奏时，我们就宜听行动的乐调和激昂的乐调。因为象哀怜和恐惧或是狂热之类的情绪，虽然只在一部分人心里是很强烈的，一般人也多少有一些。有些人受宗教狂热支配时，一听到宗教的乐调就卷入迷狂状态，随后就安静下来，仿佛受到了一种治疗和净化。这种情形当然也适用于受哀怜、恐惧以及其它类似情绪影响的人。某些人特别容易受某种情绪的影响，他们也可以在不同程度上受到音乐的激动，受到净化，因而心里感到一种轻松舒畅的快感。因此，具有净化作用的歌曲可以产生一种无害的快感。[17]

这里关于“净化”的论述包含着几层意思：第一，音乐和诗都可以达到净化的目的；第二，每个人都具有哀怜、恐惧等情绪，只是程度不同(这里可以看到作者思维的连续性以及与《诗学》的联系)；第三，受哀怜、恐惧以及其他类似情绪影响的人与受宗教狂热支配的人类似，也都可以通过音乐得到净化；第四，所谓“净化”就是随音乐卷入迷狂状态，随后就安静下来，心里感到一种轻松舒畅的快感。

在《法律篇》第七卷中，柏拉图笔下的“雅典人”说过一番如何培育孩子的话：“你知道，当母亲想要使烦躁的婴儿入睡时，她们的办法不是让他不要动，而是正好相反，让他运动——她们通常抓住婴儿的胳膊摇晃——不是让他安静，而是让他听某种音调。这也就是说，她们实际上对婴儿发出咒语，就好像酒神女祭司做的事情一样，载歌载舞地运动。”“上述两种不安都是惊吓的表现形式，惊吓的原因可以归结为灵魂的某些病态。因此，当灵魂的无序状态碰上摇晃时，这种外部运动就支配着内部运动，也就控制住了惊吓或疯狂的根源。通过这种控制，心灵产生一种精神上的安宁，从先前的烦躁和激动中解脱出来，于是在这两个例子中产生了预期的效果，在一个例子中使婴儿入睡，在另一个例子中，酒神狂女在向神祇献祭时伴着笛声狂舞，然后从暂时的疯狂中摆脱出来，恢复清醒的头脑。”[18]应当说，这番远（传说中的酒神狂女故事）近（理想国度如何培育孩子）结合的描述十分类似“净化”的早期概念，而且与前引的亚里士多德的说法并无太大的不同。但是，柏拉图并没有把对现实生活的态度贯彻到悲剧艺术上去。或许在他看来，这里的两种灵魂的病态是人的本能，而悲剧激起的情绪是人为导致的结果。

从古希腊的历史发展来看，“净化”在最初和广泛的意义上是一个宗教和伦理概念，它与人们的“涤罪”观念是结合在一起的。当时的人们相信，通过某种仪式，借助某种物质性的力量和动作，可以消除罪孽，求得神灵的谅解和宽恕。这种“涤罪”活动的基本目的就是清洗罪孽、达到净化。其形式表现为：(1)水洗，(2)烟熏，(3)火烤[19]。早期的毕达哥拉斯学派（它的先驱是神秘的俄耳甫斯教），主张通过一系列宗教禁忌使灵魂得到净化，同时强调通过聆听美好的音乐使灵魂达到和谐的境界，通过自然科学的研究和哲学的沉思默想等等使灵魂得到净化[20]。恩培多克勒在希腊“净化”观念的发展史上是一个关键人物。恩培多克勒是哲学家，但同时又是神学家和医学家。他与南意大利毕达哥拉斯学派的密切联系，使得他的哲学和医术思想都充满了浓重的宗教气味。他在毕达哥拉斯学派净化观的基础上，提出三种净化的途径：(1)禁忌吃肉、豆类和月桂；(2)用美德来联结人们，过善良、恬静的生活；(3)凭借丰富的知识使灵魂得救。恩培多克勒写过一部《净化篇》，那里有最生动的宗教医学布道："人群追随着我，祈问我什么是求福之道；有些人想求神谕；又有些人在漫长而愁苦的日子里，遭受各种疾病的痛苦折磨，祈求从我这里听到医病的指示。"[21]因此，他的健康观就是：要保持身体内部冷热和干湿的平衡。一旦人们失去了这种平衡，医疗的任务就是通过净化来恢复它。公元前5世纪希腊的著名医学家希珀科拉忒斯(Hippocrates 即希波克拉底)批评了同时代的恩培多克勒净化观念中的神秘成分，更多地从医学的角度提出了自己的看法。他认为：人体内任何一种成分的积蓄，如果超出了正常的水平，便可能导致病变，而医治的方法就是通过 Katharsis 把多余的部分疏导出去[22]。

在当时，医学和宗教、伦理学等实际上是融汇在一起的。作为一个对伦理学和生理学、病理学都相当熟悉的哲学家，亚里士多德不会不知道"净化"在理论和实践上的历史衍变过程及现实意义。尽管后来西方的学者们对"净化"说展开了几乎无休止的讨论(如16世纪中叶的马迪斯首次提出"净化"问题，后来从各个角度对此展开讨论的比较著名的人物有：明屠尔诺、卡斯特尔维屈罗、高乃依、莱辛、威尔、勃奈斯、莱纳特、豪普特和卡奇尔等)[23]，其中不乏有启发的见解，但是有一个重要的事实在研究中不能被回避，那就是：亚里士多德的论述是对老师柏拉图的回应。布丘的英语译文对亚氏悲剧定义中"借引起怜悯与恐惧来使这种情感得到陶冶"一句的希腊文是这样翻译的：through pity and fear effecting the proper purgation of these emotions。这里，的确是把怜悯和恐惧看成是悲剧自身激发起来的情感，并认为它们可以使自己得到“净化”。针对老师柏拉图停留在悲剧激起观众的情感这一点而不再前进，亚里士多德则进一步通过“净化”说替诗人和悲剧作了有力的辩护。

悲剧作品中的人物情感可以有很多种，但从观众的接受角度而言，亚氏总结出两种基本的情感类型：怜悯和恐惧。与亚氏相比较，柏拉图只讲过“哀怜”而没有讲过“恐惧”，这是只注意到了观众外射于对象客体（悲剧人物）的情感，而没有注意到这种外射情感返还到观众自身而激起的心理状态——恐惧。事实上，在观剧过程中，观众的这两种互有联系的情感几乎是同时被激发起来的：“怜悯”导致了“恐惧”，而“恐惧”反过来又制约了“怜悯”的泛滥。在观剧活动结束以后，“怜悯”可以随着戏剧幻象的消失而快速飘散，而指向自我的“恐惧”则由于涉及主体却不会很快离去，相反却会诱发出理性的控制力。因此，非理性的情感在观众心里无法形成盘踞的市场。在亚氏眼里，“净化”作用既是医学的，又是伦理的；既有教育作用，又有娱乐作用。

16世纪的意大利文艺复兴运动，开创了对亚氏《诗学》翻译和研究的先河。可是出于强烈的人文主义立场和对中世纪禁欲主义的反感，许多著名理论家并不赞成“净化”说，以为这会导致一种普遍的道德主义倾向[24]。但是，不管这个时期的讨论多么激烈、多么富有启发，它都显示了一个特定时代的鲜明的伦理立场和艺术态度。从对亚氏文本的细读中，我们只能得出这样的结论：亚里士多德提出“净化”问题的真实意图是摆脱对具体内容的纠缠，而就悲剧接受心理的一般意义作出分析，这也是避免与老师柏拉图就这个重要问题直接对峙的唯一方法。

然而，放眼世界艺术的历史长河，“净化”似乎并非只是悲剧的问题，从某种意义上讲，它涉及了艺术接受心理学的全部内容。正如美国学者韦勒克所言:“亚里士多德当初的含义乃属于训诂学的问题,不应该与现在是怎样应用这个术语的问题相混淆。”他向所有希望把这些难题的探讨继续下去的人们问道:“是否有些文学是激起感情的,有些是净化感情的?或者说,我们是否应该去区别对待不同的读者群,并弄清他们不同反应的本质呢?或者说,是否所有的艺术都是净化感情的呢?”[25]

是的,我们在今后的研究中将把这些探讨继续下去,并尽我们的可能回答这些难题。

注 释

[1] 伍蠡甫主编:《西方文论选》上卷,上海译文出版社 1979 年版,第 6 页。

[2] 同上书,第 95—96 页。

[3] 参见〔法〕让·贝西埃等主编:《诗学史》上册,百花文艺出版社 2002 年版,第 11 页。

[4] 〔英〕玛丽·比尔德、约翰·汉德森:《古典学》,辽宁教育出版社、牛津大学出版社 1998 年版,第 81—83 页。关于希腊的历史背景也参见此著。

[5] 同上书,第 85 页。

[6] 参见〔英〕玛丽·比尔德、约翰·汉德森:《古典学》,辽宁教育出版社、牛津大学出版社 1998 年版,第 81 页。

[7] 参见朱狄:《美学问题》,陕西人民出版社 1982 年版,第 216—217 页。

[8] 以下柏拉图论述未注明出处的,均引自朱光潜译的《文艺对话集》,人民文学出版社 1963 年版;亚里士多德论述未注明出处的,均引自罗念生译的《诗学》,人民文学出版社 2003 年版。

[9] 柏拉图:《理想国》,商务印书馆 1986 年版,第 213 页。

[10] 〔英〕科林伍德:《艺术原理》,中国社会科学出版社 1985 年版,第 50、81 页。

[11] 同上书,第 52 页。

[12] 柏拉图:《文艺对话集》,人民文学出版社 1963 年版,第 217 页。

[13] 这里的几点概括是在罗念生《诗学》译本的基础上进行的。

[14] 〔英〕科林伍德:《艺术原理》,中国社会科学出版社 1985 年版,第 52 页。

[15] 柏拉图:《理想国》,商务印书馆 1986 年版,第 426 页。

[16] “净化”是缪灵珠先生和朱光潜先生的译法;罗念生先生译为“陶冶”,陈中梅先生译为“疏泄”。

[17] 参见伍蠡甫主编:《西方文论选》上卷,上海译文出版社 1979 年版,第 95—96 页。

[18] 《柏拉图全集》第 3 卷,人民出版社 2003 年版,第 545—546 页。

[19] 参见王晓朝:《希腊宗教概论》,上海人民出版社 1997 年版,第 160—161 页。

[20] 参见范明生:《西方美学通史·古希腊罗马美学》,上海文艺出版社 1999 年版,第 110 页。

[21] 参见汪子嵩等:《希腊哲学史》第 1 卷,人民出版社 1988 年版,第 795 页。

[22] 参见陈中梅译:《诗学》,商务印书馆 1996 年版,第 226 页。

[23] 可以参见 1.罗念生:《卡塔西斯笺释》,载《剧本》1961 年第 11 期;2.朱光潜:《悲剧心理学》,人民文学出版社 1983 年版;3.范明生:《西方美学通史·古希腊罗马美学》,上海文艺出版社 1999 年版。

[24] 参见汝信:《亚里士多德的〈诗学〉》,载《西方美学史论丛续编》,上海人民出版社 1983 年版,第 23 页。

[25] 〔美〕雷·韦勒克、奥·沃伦:《文学理论》,三联书店 1984 年版,第 28 页。

结语

本书开端于古希腊诗学展开的宗教氛围，通过韦勒克倡导的外部研究和内部研究，就柏拉图和亚里士多德互为关注的诗学问题进行了一系列的探讨和再思考。这些研究使我们形成了关于古希腊诗学一些重要问题的比较明确的认识：

第一，古希腊诗学的所有思想和论述都是浓重的宗教神学氛围的产物。古希腊诗学是发生期的诗学，是真正原创的诗学。由于无所顾忌和缺乏参照系，因而几乎全方位地涉及了诗学的所有领域；但由于同样的原因，它的研究还只是粗疏的、带有引子性质的。可以说，对于以柏拉图、亚里士多德为代表的西方发生期诗学思想的探讨引领了整个西方诗学研究的历程。

第二，柏拉图和亚里士多德的诗学理论作为他们整体学术思想的一部分，体现了特定时代的"理性"走向。简单地把柏拉图与后世的唯心主义和浪漫主义诗学思想挂钩，或者把亚里士多德与后世的唯物主义和现实主义诗学思想挂钩，都是不合适的。

第三，柏拉图的基本哲学思想是"理式"论（前后有所变化），在此影响下的诗学思想，体现出三个既独立又有联系的特征：(1)建立理想国度的强烈而深重的政治抱负；(2)挥之不去、深藏心底的浓烈的宗教神学观念；(3)与生俱来的诗人艺术家气质。当这里的第一和第二部分处于优先地位的时候，柏拉图的诗学思想便打上了深刻的实用观的印记（为了城邦利益，建立理想国度，反对艺术摹仿，驱逐诗人）；当这里的第二部分和第三部分紧密结合的时候，柏拉图的诗学思想和理论便变得恍惚和迷离起来（声称自己的诗人身份，强调诗歌创作的神灵凭附和迷狂状态）。这三个因素的存在及其不同组合，是理解柏拉图诗学思想的关键。亚里士多德的“四因说”虽然没有完全摆脱神学幽灵的缠绕，但是在论述具体问题的时候，亚氏很少沉迷于宗教的迷雾。只要仔细阅读我们就会发现，他的诗学理论（集中于《诗学》）的确是与老师柏拉图诗学思想的隐性抗争，而且显得更为条理化、更为超拔。

第四，柏拉图和亚里士多德主要关注的艺术类型是史诗和悲剧。在论述古希腊艺术类型的时候，由于历史原因，他们忽略了一些重要的标准，按照现代艺术理论对之进行分析和补充以后，希腊艺术的图景就更加清晰。

第五，在神祇时代——古希腊，摹仿、灵感、虚构等概念，都是多元、变化和发展的。只有把它们放在具体情境中，才能正确理解其含义。柏拉图和亚里士多德对于悲剧的态度，鲜明地体现了两人对时代性质和社会心理的不同看法。

柏拉图和亚里士多德诗学思想年表*

公元前 427 年

柏拉图诞生于雅典一个具有贵族血统的家庭，被取名为“阿里士多克勒”（Aristocles）。

公元前 426 年

哲学家苏格拉底时年 45 岁，在雅典十分活跃。

公元前 423 年

喜剧诗人阿里斯托芬在喜剧《云》中将苏格拉底描述为“智者”，嘲讽其思想不切实际，称其蛊惑青年、宣传无神论。（有学者认为阿里斯托芬对后来苏格拉底的死负有一定的责任；而黑格尔认为阿里斯托芬完全正确。）

---

* 此年表侧重柏拉图和亚里士多德的诗学思想，不是完整意义上的年表。时间的上限为柏拉图诞生，下限为亚里士多德去世。在相关的时间段里，对有些篇目从诗学角度作了一些简要介绍。著作的排列以专家考订的时间为先后。按照这里的顺序，可以约略窥见两人诗学思想发展的大致过程和轮廓。年表的编制参考了 A·E·泰勒的《柏拉图——生平及其著作》、W·D·罗斯的《亚里士多德》、第欧根尼·拉尔修的《名哲言行录》、Oxford Dictionary of Classical Literature、朱光潜译注的柏拉图《文艺对话集》、罗念生译注的《诗学》、陈中梅译注的《诗学》、陈若尘编的《柏拉图生平和著作年表》和靳希平的《亚里士多德传》等。

公元前 422 年

职业诵诗人伊安(柏拉图《伊安篇》的对话者)去世。

公元前 415 年

12 岁的柏拉图在接受正常教育的同时,进入体育学校,后曾服兵役。体育老师因其前额突出(一说"肩宽"),为其取名"柏拉图"(Plato)。

公元前 414 年

以后几年里,雅典上演了阿里斯托芬、索福克勒斯(其著名悲剧《俄狄浦斯王》是亚里士多德《诗学》的主要分析评论对象)、欧里庇德斯(其悲剧常借助"机械降神"的方法来解决情节的困境)的一系列戏剧,青少年时代的柏拉图赶上了雅典戏剧黄金时代的尾声。柏拉图写过颂诗、抒情诗和悲剧。

公元前 408 年

柏拉图向人学习赫拉克利特哲学和巴门尼德哲学。

公元前 407 年

20 岁的柏拉图在参加雅典悲剧竞赛会时聆听了苏格拉底的演讲,豁然开朗,遂决定放弃文学创作,开始跟随苏格拉底学习、研究哲学,前后历时 7 年有余。

公元前 406 年

苏格拉底成为五百人会议的成员,不同意其他成员求全责备的意见。

悲剧诗人欧里庇德斯、索福克勒斯去世。

公元前 403 年

柏拉图成为苏格拉底最赏识的学生。

公元前 401 年

悲剧诗人阿伽通去世(他的剧作公元前 416 年得奖并曾邀请

友人会饮庆祝，后有柏拉图描述此次聚谈的《会饮篇》）。奴隶斐多因苏格拉底而获得自由（后有柏拉图《斐多篇》，初名为《论灵魂》。据说，柏拉图向学生朗读此文时，只有亚里士多德一人听完）。

公元前 400 年

修辞学家斐德若去世（后有柏拉图名篇《斐德若篇》）。

公元前 399 年

苏格拉底被控告犯有渎神和败坏青年之罪。柏拉图参加了受审会。苏格拉底向游叙弗伦表明自己对神的态度，并在法庭上自我申辩，后被判死刑，服毒自尽（后有柏拉图《游叙弗伦篇》和《申辩篇》）。

公元前 398 年

苏格拉底去世后，柏拉图与其他一些苏门弟子离开雅典避难，先后去了麦加拉、埃及、南意大利等地。游历期间对各地的社会现实状况有了具体、深入的认识。

公元前 395 年

柏拉图第二次服兵役。

公元前 392 年

几年时间里，柏拉图先后撰写了《申辩篇》、《游叙弗伦篇》、《伊安篇》、《克力同篇》、《大希庇阿斯篇》、《普罗塔哥拉篇》和《高尔吉亚篇》等早期著作。（柏拉图是古希腊学者中留下完整丰富著作的唯一人。他的作品大都以老师苏格拉底作为主人公，因此，分清楚两人的思想观点是十分困难的事情。除了《申辩篇》，写作都采用了对话的形式。柏拉图开园讲学以前的作品，深受苏格拉底思想的影响。相传苏格拉底听到柏拉图的一篇对话后说："这后生杜撰了多少我的对话呀！"）

1.《申辩篇》

为了表明神谕的真理性，苏格拉底证实，戏剧家和诗人完全无法解释自己那些最好的作品。他们自以为有知识，实际上都是无知的人。这有力地说明，他们的写作并不是因为聪明和才智，而是因为灵感。

2.《伊安篇》

指出诗歌的创作和吟诵，只凭灵感而不凭任何技艺。这里的灵感是指诗神凭附以后导致的心灵迷狂状态。这种灵感就像磁石一样是可以传递的。诗人是最初的一环，诵诗者和演戏人是中间的一环，听众和观众是最后的一环。

3.《大希庇阿斯篇》

对于什么是美的问题，先分别给出三个定义：(1)美是有用、合适，(2)美是有益，(3)美是视觉和听觉产生的快感。但又发现始终没有回答美本身是什么的问题。苏格拉底不由得承认"美是难的"。

公元前390年

柏拉图去南意大利，寻访了毕达哥拉斯学派的重要人物(该学派的神秘宗教观念、关于数的理论，以及科学知识和政治管理相结合的思想对柏拉图有很深的影响)。

公元前388年

柏拉图首次访问西西里岛(据说是受叙拉古国王的邀请而去，但无意间于言谈中得罪了这个国王，被卖为奴隶，幸得友人为之赎身，送回雅典)。

公元前387年

40岁的柏拉图在雅典开始个人的教学活动。初期，教无定所。

公元前 385 年

柏拉图为喜剧诗人阿里斯托芬写墓志铭。雅典人确认苏格拉底案为冤案，为之立塑像。

公元前 384 年

亚里士多德(Aristotle)出生于斯塔吉拉，其父为马其顿王国的宫廷御医。从小受到良好教育，由于家庭的影响，对物理学、生物学兴趣浓厚。

公元前 380 年

柏拉图得到亲友资助，在雅典郊外的 Academia 置办学校，世称"柏拉图学园"(它的新奇之处在于，这是一所从事"科学研究"的学校。学园的建立是柏拉图生命史上的转折点)。前后多年时间里，逐渐完成了《美诺篇》、《斐多篇》、《会饮篇》、《国家篇》(又译《理想国》)、《巴门尼德篇》、《泰阿泰德篇》和《斐德若篇》等中期对话。

4.《美诺篇》

在讨论什么是美德，以及美德是否可以传授时，涉及认识论问题。(1)提出只有认识了美德的"理式"(又译为"理念"、"形"或"相"等)，才能认识各种各样具体的美德。(2)在俄耳甫斯教灵魂不朽及轮回转世的思想基础上，认为人们的学习就是回忆原来已有而现在忘却了的知识。

5.《斐多篇》

用传说加阐发的方法进一步论述了灵魂及其轮回转世的问题，明确指出，是肉体使灵魂失去了原有的知识，所以学习就是回忆。详细解释了灵魂轮回转世的过程。同时比较系统地分析了"理式"的特征，指出，人们可以通过具体事物的提醒和诱发，回忆到"理式"的知识。"理式"是具体事物存在的原因，具体事物只"分有”“理式”,但没有说明是如何“分有”的。在谈到诗歌时说:“写诗不是一件容易的事儿”。

6.《会饮篇》

这是会饮时众人对爱神的礼赞以及亚尔西巴德对苏格拉底的颂扬。提出了真善美合一即为最高理式的看法,认为只有通过爱个别形体的美、心灵方面的道德美、心灵方面的学问知识美,才能最后观照到统摄一切美的事物的绝对终极的美。此篇对话风格华美、内涵丰富,可以与《大希庇阿斯篇》、《国家篇》、《斐德若篇》等互相参照。

7.《国家篇》

这是柏拉图中期的代表作。“理式”的理论更加成熟。抽象的“分有”理式成为具体的“摹仿”理式。指出,现象界的事物是对理式的摹仿,而艺术则是对这些事物的摹仿,因此是“摹仿的摹仿”、“影子的影子”、“与真理隔着三层”。柏拉图从建立“理想国”的角度,检讨了雅典当时流行的史诗和悲剧状况,认为诗和其他艺术都应该服从于理想国的政治要求,也即符合“效用”的标准。他批评荷马史诗写了神和英雄的缺点;批评希腊悲剧迎合了人们的弱点,煽动了人们的情欲,培养了人们的哀怜癖和感伤癖。所以,除了歌颂神和英雄的那部分诗以外,应当把诗人逐出“理想国”。“理想国”的统治者是“哲学王”。但是柏拉图也给诗留了一点余地。他说,如果有人能替诗辩护,证明它不仅产生快感,而且对国家有用,他还可以允许诗回到“理想国”。从贬低悲剧的角度,柏拉图讨论了希腊文学的类型,把它们分为三种,即单纯叙述(间接叙述)、摹仿叙述(直接叙述)和混合体(两者兼而有之)。摹仿叙述就是戏剧,柏拉图认为它是最低的类型。

8.《斐德若篇》

这是一篇在意味和文字表述上都十分玄奥的作品。虽然表面看起来似乎在讨论什么才算真正的爱情,但实际上的主题是,苏格拉底(也就是柏拉图)用建立在自己的哲学观基础上的、揭示事物本质的辩证法来批评智者的所谓“修辞术”。提出要写好文章作者须具备三个条件,一是天才,二是知识,三是训练。用华丽的语言特别强调和描述了天才,即诗神凭附以后的迷狂才是诗歌创作的真正秘密。再次提到“上界理式”与“下界摹本”和灵魂的轮回转世,以及由具体的美回忆起本体的美等,并提出要注意诗和听众的关系。

9.《巴门尼德篇》

借巴门尼德之口,对“理式”理论进行了深入反思。指出,无论是“分有”还是“摹仿”,都会割裂“理式”的单一性和整体性。趋向于范畴论的思考。

公元前 370 年

哲学家德谟克利特去世。其各种学说当时广为流传(据说,柏拉图想把他的书全部购来,并付之一炬,以免谬种流传)。

公元前 368 年

柏拉图学园长期经营后得到较大的发展,学习和研究的科目有:几何学、修辞学、天文学、法律、政治、哲学等。

公元前 367 年

柏拉图暂时移交学园,应叙拉古国王之邀第二次访问西西里岛,随身携带《国家篇》等著作。

因为父母早逝,亚里士多德由监护人陪同来到雅典。先向别人学习修辞学,后进入柏拉图学园,从柏拉图学习和研究,历时约 20 年。

公元前 366 年

叙拉古国内动乱，柏拉图欲施展抱负未成，被迫返回雅典。

公元前 365 年

柏拉图声名远扬，他本人被邀指导一些城邦立法，他的学生受到各地统治者的广泛欢迎。

公元前 361 年

柏拉图第三次访问西西里岛，后由于被怀疑支持流亡的反对派，被扣留。经友人多方相助，才获释并回到雅典。在前后多年时间里，写了《智者篇》、《政治家篇》、《斐利布斯篇》、《蒂迈欧篇》等晚期对话，并开始写作《法律篇》。

10.《斐利布斯篇》

指出悲剧和喜剧一样，都引起快感与痛感的混合；而形式美所产生的快感是不夹杂痛感的。

11.《法律篇》

与《国家篇》相比，着重政治、法律、教育各方面的实际具体问题，治国观念上从人治逐渐走向法治。在诗和艺术问题上，态度比过去缓和，但仍强调建立诗歌准入的检查制度。再次重复了诗歌创作的神灵凭附状态。

公元前 355 年

亚里士多德早期主要研究修辞学，30 岁左右开始集中于哲学研究，并很快在柏拉图学园里成为佼佼者。（亚里士多德一生的著作数量很大，内容几乎涉及科学的各个领域。其撰述形式可以分为两类：一是公开本，多为对话体。受柏拉图的影响，亚里士多德早期主要用对话体写作。二是对内本，一般为论述体，读者主要是亚里士多德执教时期的学生。公开本已全部佚失，对内本则大部分保存了下来。据文献记载，在失传的公开本和对内本著作中，与诗学有关的,包括《诗人篇》、《修辞篇》、《技艺集锦》、《论音乐》、《诗论》、《论悲剧》、《荷马问题》,以及一部记载历届狄俄尼索斯庆祭活动上演剧目和获胜诗人名字的书。)

公元前 350 年

雅典反对马其顿统治的情绪高涨,关系十分紧张。

公元前 348 年

柏拉图完成《法律篇》等最后对话的初稿。在柏拉图学园的日子和以后的几年里,亚里士多德相继撰写了《工具论》(逻辑学系列著作)、《物理学》、《天象论》、《灵魂论》等著作。

A.《物理学》

亚里士多德在许多著作中提出了与老师柏拉图"理式"论不同的看法,但在此书中又提出了关于事物成因的"四因说",即质料因、形式因、动力因和目的因。其中"形式因"高于"质料因",同时兼有"动力因"和"目的因"的作用,因此成为制造一切的力量或"第一推动力",也就是说,形式因意味着神赋予事物以形式。这与柏拉图的"理式"有相似之处,故亚里士多德的文艺观被称为是二元论的。

B.《灵魂论》

虽然受到柏拉图同类著作的影响,但有许多不同。认为除了人以外,动物和植物也有灵魂,且灵魂与肉体是不可分割的,所以不能说知识就是回忆。讨论和区别了想象、判断、感觉、记忆等心理学概念。

公元前 347 年

柏拉图去世,享年 80 岁。亚里士多德离开雅典,在希腊半岛、小亚细亚和地中海附近游历,考察研究沿途各种生物,撰写了篇幅巨大的生物学著作。

公元前342年

亚里士多德应马其顿国王菲力普之邀，成为年方13岁的王子亚历山大的老师，教授诗学、政治学、伦理学、修辞学等。

公元前338年

亚历山大主持政务，马其顿称霸希腊。亚里士多德回到老家斯塔吉拉。

公元前335年

亚里士多德第二次旅居雅典，在郊区的“吕克昂”学园执教（因为校园内有一处庭院或走廊，而据说亚里士多德喜欢在此踱步，故“逍遥学派”成了亚里士多德学派的同义词）。亚里士多德在“吕克昂”讲学和撰述十几年，许多著作写于此时，它们包括《形而上学》、《尼各马可伦理学》、《政治学》、《修辞学》和《诗学》。

C.《尼各马可伦理学》

认为“美德”就其本质而言是“适度”。一切艺术的任务是生产，而艺术生产的东西来源于创造者，不在于创造的对象本身。但这种创造基于神的“形式”。

D.《政治学》

提出学习音乐有几个目的，即教育、净化和精神享受。具有净化作用的音乐可以产生一种无害的快感，类似一种治疗作用。提到将在《诗学》里进一步讨论“净化”问题，但现存《诗学》的此部分已残缺不全。

E.《修辞学》

不同于柏拉图，亚里士多德肯定了修辞术也是一门艺术，“修辞术”是指“能够在任何一个问题上找出有效的说服方式的功能”。指出演说者必须懂得不同听众的不同心理，演说散文的风格不同于诗的风格，散文的美在于明晰，散文的风格在于合适，等等。《修辞学》一书,说理严密,文字简洁,行文平易流畅。

F.《诗学》

这是亚里士多德专门论述诗的特性、如何写诗以及进行诗评问题的讲授提纲,又名《诗艺指导》,被认为是作者最有生气的著作之一。它以悲剧和史诗为主要论述对象,探讨或提及了一系列重要的理论问题。比如,诗与历史的区别,人的天性与艺术摹仿,悲剧和喜剧的起源,构成悲剧艺术的成分,情节的特点,悲剧与史诗的异同,以及悲剧的"净化"(又译为"陶冶"、"疏泄"等)作用等等。此著是西方第一部较为完整的文艺理论著作,对其的评注历来极其繁富,影响甚为深远。

公元前 323 年

亚历山大猝死。"为了不让雅典人对哲学第二次犯罪",亚里士多德离开雅典,前往母亲的出生地,临行前将文稿托付给他人。

公元前 322 年

亚里士多德病逝,享年 63 岁。

主要参考文献

外国部分

1. 柏拉图:《理想国》,商务印书馆 1986 年版,郭斌和等译。
2. 柏拉图:《巴曼尼德斯篇》,商务印书馆 1982 年版,陈康译注。
3. 柏拉图:《游叙弗伦、苏格拉底的申辩、克力同》,商务印书馆 1983 年版,严群译。
4. 柏拉图:《苏格拉底最后的日子》,上海三联书店 1988 年版,余灵灵等译。
5. 柏拉图:《文艺对话集》,人民文学出版社 1963 年版,朱光潜译。
6. 柏拉图:《法律篇》,上海人民出版社 2001 年版,张智仁等译。
7.《柏拉图全集》,人民出版社 2003 年版,王晓朝译。
8. 亚理斯多德:《诗学》,人民文学出版社 2002 年版,罗念生译。
9. 亚里士多德:《诗学》,商务印书馆 1999 年版,陈中梅译注。
10. 亚里士多德:《范畴篇、解释篇》,商务印书馆 1959 年版,方书春译。
11. 亚里士多德:《灵魂论及其他》,商务印书馆 1999 年版,吴寿彭译。
12. 亚里士多德:《天象论、宇宙论》,商务印书馆 1999 年版,吴寿彭译。
13. 亚里士多德:《雅典政制》,商务印书馆 1959 年版,日知等译。
14.《荷马史诗》,人民文学出版社 2002 年版,罗念生、王焕生译。
15.《古希腊戏剧选》,人民文学出版社,1998 年版,杨宪益等译。
16.《古希腊抒情诗选》,人民文学出版社 1988 年版,水建馥译。
17.《希腊罗马散文选》,湖南人民出版社 1985 年版,罗念生等译。
18. 赫西俄德:《工作与时日　神谱》,商务印书馆 1991 年版,张竹明等译。
19. 色诺芬:《回忆苏格拉底》,商务印书馆 1984 年版,吴永泉译。
20. 锡德尼:《为诗辩护》,人民文学出版社 1998 年版,钱学熙译。
21. 黑格尔:《哲学史讲演录》,商务印书馆 1959 年版,贺麟等译。
22. A・E・泰勒:《苏格拉底传》,商务印书馆 1999 年版,赵继铨等译。
23. 斯东:《苏格拉底的审判》,三联书店 1998 年版,董乐山译。
24. 罗素:《西方哲学史》,商务印书馆 1963 年版,何兆武等译。
25. 加林:《意大利人文主义》,三联书店 1998 年版,李玉成译。
26. 鲍桑葵:《美学史》,商务印书馆 1985 年版,张今译。
27. E・策勒尔:《古希腊哲学史纲》,山东人民出版社 1992 年版,翁绍君译。
28. A・E・泰勒:《柏拉图——生平及其著作》,山东人民出版社 1990 年版,谢随知等译。
29. W・D・罗斯:《亚里士多德》,商务印书馆 1997 年版，王路译。
30. 吉尔伯特·默雷:《古希腊文学史》，上海译文出版社 1988 年版，孙席珍等译。
31. R·H·罗宾斯:《简明语言学史》，中国社会科学出版社 1997 年版，许德宝等译。
32. 埃里希·奥尔巴赫:《摹仿论》，百花文艺出版社 2002 年版，吴麟绶等译。
33. 罗德·霍顿、文森特·霍珀:《欧洲文学背景》，人民文学出版社 1992 年版，房炜等译。
34. 拉曼·塞尔登编:《文学理论批评——从柏拉图到现在》，北京大学出版社 2000 年版，刘象愚等译。
35. 布鲁克斯、卫姆塞特:《西洋文学批评史》，志文出版社 1984 年版，颜元叔译。
36. 塔塔科维兹:《古代美学》，中国社会科学出版社 1990 年版，杨力等译。
37. 维谢洛夫斯基:《历史诗学》，百花文艺出版社 2003 年版，刘宁译。
38. 厄尔·迈纳:《比较诗学》，中央编译出版社 1998 年版，王宇根等译。
39. 乌尔利希·韦斯坦因:《比较文学和文学理论》，辽宁人民出版社 1987 年版，刘象愚译。
40. 让·贝西埃等主编:《诗学史》，百花文艺出版社 2002 年版，史中义译。
41. 约翰·迈尔斯·弗里:《口头诗学:帕里—洛德理论》，社会科学文献出版社 2000 年版，朝戈金译。
42. 保尔·汤普逊:《过去的声音》，辽宁教育出版社、牛津大学出版社 2000 年版，覃方明等译。
43. 玛丽·比尔德等:《古典学》，辽宁教育出版社、牛津大学出版社 1998 年版，董乐山译。
44. 特伦斯·欧文:《古典思想》，辽宁教育出版社、牛津大学出版社 1998 年版，覃方明译。
45. P.E.EASTERLING 编:《希腊悲剧》，上海外语教学出版社 2000 年英文版。
46. 列夫·舍斯托夫:《在约伯的天平上》，三联书店 1987 年版，董友等译。
47. 理查德·詹金斯:《罗马的遗产》，上海人民出版社 2002 年版，晏绍祥译。
48. M·H·艾布拉姆斯:《镜与灯》，北京大学出版社 1989 年版，郦稚牛等译。
49. 婆罗多:《舞论》，载《戏剧艺术》2002 年第 5 期，黄保生译。
50. 尼采:《希腊悲剧时代的哲学》，商务印书馆 1994 年版，周国平译。
51. 尼采:《悲剧的诞生》，三联书店 1986 年版，周国平译。
52. 利奇德:《古希腊风化史》，辽宁教育出版社 2000 年版，杜元等译。
53. 安东尼·弗卢等:《西方哲学讲演录》，商务印书馆 2000 年版，李超杰译。
54. 威廉·魏斯德:《后楼梯——大哲学家的生活与思考》，华夏出版社 2000 年版，李贻琼译。
55. 孔多塞:《人类精神进步史纲要》，三联书店 1998 年版，何兆武等译。
56. 兹拉特科夫斯卡雅:《欧洲文化的起源》，三联书店 1984 年版，陈筠等译。
57. 依迪丝·汉密尔顿:《希腊精神——西方文明的源泉》，辽宁教育出版社 2003 年版，葛海滨译。
58. 让—皮埃尔·韦尔南:《希腊思想的起源》，三联书店 1996 年版，秦海鹰译。
59. 让—皮埃尔·韦尔南:《古希腊的神话与宗教》，三联书店 2001 年版，杜小真译。
60. 温克尔曼:《希腊人的艺术》，广西师范大学出版社 2001 年版，邵大箴译。
61. 基托:《希腊人》，上海人民出版社 1998 年版，徐卫翔等译。
62. R·H·巴洛:《罗马人》，上海人民出版社 2000 年版，黄韬译。
63. 雷·韦勒克、奥·沃伦:《文学理论》，三联书店 1984 年版，刘象愚等译。
64. 浜田正秀:《文艺学概论》，中国戏剧出版社 1985 年版，陈秋峰等译。
65. 波斯彼洛夫:《文学原理》，三联书店 1985 年版，王忠琪等译。
66. 沃尔夫冈·凯塞尔:《语言的艺术作品》，上海译文出版社 1984 年版，陈铨译。
67. GEORGES JEAN:《文字与书写》，上海书店出版社 2001 年版，曹锦清等译。
68. 恩斯特·卡西尔:《人论》，上海译文出版社 1985 年版，甘阳译。
69. 维柯:《新科学》，人民文学出版社 1987 年版，朱光潜译。

70. L·文杜里:《西方艺术批评史》,海南出版社 1987 年版,迟轲译。
71.《古典文艺理论译丛》、《现代文艺理论译丛》,人民文学出版社。
72. 伍蠡甫主编:《西方文论选》,上海译文出版社 1979 年版。
73. 菲利斯·哈特诺尔:《简明世界戏剧史》,中国戏剧出版社 1986 年版,李松林译。
74. 海伦·加德纳:《宗教与文学》,四川人民出版社 1998 年版,江先春等译。
75. D·L·卡莫迪:《妇女与世界宗教》,四川人民出版社 1989 年版,徐钧尧等译。
76. 热拉尔·热奈特:《热奈特论文集》,百花文艺出版社 2001 年版,史忠义译。
77. 宇文所安:《中国文论:英译与评论》,上海社会科学院出版社 2003 年版,王柏华等译。
78. S. H. Bucher, *Aristotle's Theory of Poetry and Fine Art*, fourth edition, New York, Dover Publications, 1951.
79. M. C. Howatson and Ian Chilvers, *The Concise Oxford Companion to Classical Literature*, Oxford University Press, 1993.
80. Chris Baldick, *Oxford Concise Dictionary of Literary Terms*, Oxford University Press, 1990.
81. Lee A. Jacobus, *A World of Ideas*, second edition, New York, ST. Martin's Press, 1986.
82. *English Classics 1000*, Fu Dan University Publishing House, 2000.

中国部分

1. 朱光潜:《西方美学史》,人民文学出版社 1979 年版。
2. 朱光潜:《悲剧心理学》,人民文学出版社 1983 年版。
3. 范明生:《西方美学通史·古希腊罗马美学》,上海文艺出版社 1999 年版。
4. 罗念生:《论古希腊戏剧》,中国戏剧出版社 1985 年版。
5. 伍蠡甫:《欧洲文论简史》,人民文学出版社 1979 年版。
6. 王焕生:《古罗马文艺批评史纲》,译林出版社 1998 年版。
7. 陈中梅:《柏拉图诗学与艺术思想研究》,商务印书馆 1999 年版。
8. 孙景尧:《沟通》,广西人民出版社 1991 年版。
9. 朱狄:《美学问题》,陕西人民出版社 1982 年版。
10. 汝信:《西方美学史论丛续编》,上海人民出版社 1983 年版。
11. 叶秀山:《前苏格拉底哲学研究》,人民出版社 1982 年版。
12. 叶秀山:《苏格拉底及其哲学思想》,人民出版社 1986 年版。
13. 方珊:《美学的开端》,上海人民出版社 2001 年版。
14. 陆杨:《欧洲中世纪诗学》,上海社会科学院出版社 2000 年版。
15. 余虹:《中国文论与西方诗学》,三联书店 1999 年版。
16. 黄药眠等主编:《中西比较诗学体系》,人民文学出版社 1992 年版。
17. 王晓朝:《希腊宗教概论》,上海人民出版社 1997 年版。
18. 李咏吟:《原初智慧形态》,上海人民出版社 1999 年版。
19. 钱穆:《中国文学论丛》,三联书店 2002 年版。
20. 陈来:《古代思想文化的世界》,三联书店 2002 年版。
21. 范明生:《晚期希腊哲学和基督教神学》,上海人民出版社 1993 年版。
22. 史成芳:《诗学中的时间概念》,湖南教育出版社 2001 年版。
23. 吕新雨:《神话、悲剧、〈诗学〉》,复旦大学出版社 1995 年版。
24. 刘红星:《先秦与古希腊》,上海古籍出版社 1999 年版。
25. 洪涛:《逻各斯与空间》,上海人民出版社 1998 年版。
26. 王朝闻主编:《美学概论》,人民出版社 1981 年版。
27. 蒋红等编著:《中国现代美学论著译著提要》,复旦大学出版社 1987 年版。
28. 牛宏宝等:《汉语语境中的西方美学》,安徽教育出版社 2001 年版。

附录 《诗学》中的柏拉图声音

俄国19世纪著名的文艺理论家和作家车尔尼雪夫斯基曾说:“《诗学》是第一篇最重要的美学论文,也是迄至前世纪末叶一切美学概念的依据”,“亚里士多德是第一个以独立体系阐明美学概念的人,他的概念竟雄霸了二千余年”。[1]尽管事实上由于种种原因,《诗学》的影响力直到16世纪经过意大利学者的详尽阐发才逐渐显现出来,但是它和《修辞学》等相关著作在西方诗学史上的“法典”地位,的确是有目共睹的。

柏拉图与亚里士多德[2]是西方历史上最负盛名的一对师生。据史书记载,亚氏是柏拉图学园(Academia)中最有才华的学生。公元前347年,享年80岁的柏拉图去世,亚里士多德遂离开雅典去各地游历。公元前342年,应马其顿国王菲利普之邀,亚氏成为年方13岁的王子亚历山大的老师,教授其诗学、修辞学、政治学和伦理学。公元前335年,亚氏第二次旅居雅典,在郊区创办吕克昂学园并执教,大约就是在这个时期,他撰写了《诗学》和《修辞学》。

从著述时间上说,亚里士多德写作《诗学》时,柏拉图已离世约12年;从著述形式上说,与柏拉图公开出版的正式著作不同,《诗学》是亚氏在雅典吕克昂学园授课时的讲稿,属于未公开发表的“对内本”。罗念生先生说："《诗学》大概是亚理斯多德的讲稿，没有经过整理，有些论点彼此矛盾，有些论点阐述不清。《诗学》风格简洁，论证谨严，但有时流于晦涩，其中许多词句只有亚理斯多德本人和他的门徒懂得，后世的人难以猜测。"[3]

作为亚里士多德的老师，柏拉图对于"诗"的基本态度是明确的，即：要将除了歌颂神、赞美好人之外的诗歌和诗人逐出"理想国"，故其诗学思想常常被后人称为政治诗学。但在《理想国》第十卷中，柏拉图笔下的苏格拉底对对话者格罗康说："我们也可以准许她的护卫者，就是自己不做诗而爱好诗的人们，用散文替她作一辩护，证明她不仅能引起快感，而且对于国家和人生都有效用。我们很愿意听一听。因为如果证明了诗不但是愉快的而且是有用的，我们也就可以得到益处了。"[4]

在西方古典诗学史上，直接或间接回应柏拉图笔下的苏格拉底这一温和挑战的名人有好几位，如古希腊的亚里士多德、古罗马的贺拉斯、法国的布瓦洛、英国的锡德尼和雪莱等等。然而，其中最著名也最有资格作出回应的，当属秉持"吾爱吾师，吾更爱真理"观念的亚里士多德。亚里士多德不仅是柏拉图的杰出弟子，而且在社会文化环境和知识学术背景上与老师有许多相似之处。古希腊先贤毕达哥拉斯、赫拉克利特、德谟克利特、苏格拉底等人的思想对柏拉图有深刻的影响，如果说这些先贤对亚里士多德的影响是间接的，那么老师柏拉图对他的影响则是直接的，因此他对柏拉图的理解相对来说一定是最接近元初义的。单独地审视《诗学》，我们完全可以说，这是亚氏一部独立的、具有创新性的集大成著作。可是，倘若从历史和整体性角度将亚氏集中论述诗学问题的《诗学》和柏拉图一系列散见的论述诗学的文字结合起来研读就会发现，《诗学》其实是一部有"隐迹稿本"[5]、意味特别的独异文本。有意思的是，《诗学》无一处提到柏拉图的名字，但是却处处弥漫着柏拉图的影子，我们几乎可以说，《诗学》就是学生亚里士多德与老师柏拉图在诗学思想上展开的论辩性对话。

当代西方文论转向的一个重要特征，就是关于互文性（intertextuality，也译为文本间性、跨文本性、副文本性、边缘性等，是后现代主义思想体系在文本形式研究上的生动体现，其研究成果已被视为学术共同体的共识）的研究。自从20世纪60年代法国批评家克里斯蒂瓦在苏联学者巴赫金"复调"理论和"对话"理论的启迪下正式提出"互文性"概念以来，互文性理论的研究得到了长足的发展，并在流变过程中逐渐汇入两个大的方向：一个是解构批评和文化研究，一个是诗学和修辞学。前者（美国耶鲁学派与文化批评、新历史主义、女权主义的融合）对互文性的理解较为宽泛，主要视之为一种批判的武器，其特征是意义开放而不稳定，被学界称为广义互文性和解构互文性；后者（以法国诗学理论家热奈特和法裔美国文体学家里法泰尔为代表）趋向于对互文性概念做出缜密的界定，努力使之成为可操作的工具，其特征是意义较为封闭而稳定，被学界称为狭义互文性和建构互文性。[6]

在中西学界，对柏拉图与亚里士多德诗学思想的比较研究已经极为丰赡，本文主要尝试从当代西方诗学互文性理论与亚里士多德《诗学》文本关系的新角度切入探讨，以期推进和拓展古典学研究的现代性视域。

《诗学》互文性的理论维度及其特异性

运用互文性理论的基本规律和方法，可以对许多作品进行深层次的解说和阐释。它与传统文学研究的差异主要体现为：(1)传统研究以作者和文本为中心，而互文性理论强调读者与批评的作用；(2)传统研究相信文本有终极意义而批评也能获得最终的求解，而互文性理论则否认文本存在的终极意义，强调文本意义的不可知性或流动性，从而更重视批评的过程而不是结果；(3)传统研究强调原文本或前文本是意义的来源，互文性理论则重视文本间的互相指涉。传统的来源—影响研究侧重历时性的展开，互文性理论更看重文本意义的共时性展开；(4)互文性理论突破了传统文学研究封闭的研究模式，把文学研究纳入与非文学话语、代码或文化符号相关联的整合研究中，从而大大拓宽了文学研究的范围，形成一种开放性的研究视野。[7]

克里斯蒂瓦 1966 年在《语言·对话·小说》一文中提出了深得后现代主义精髓的"互文性"概念，她指出："任何文本都是由引语的镶嵌品构成的，任何文本都是对其他文本的吸收和转化。互文性的概念代替了主体间性，诗学语言读起来至少是双声的。"[8]

这段话有三点应当明确界定，第一，标题和行文告诉我们，此处的文本是指文学作品，所谓"任何文本"是有特定范围的；第二，"诗学语言"不是指诗学理论语言，而是"诗学"一词的宽泛用法，这里就是指文学语言；第三，"由引语的镶嵌品构成"和"对其他文本的吸收和转化"是不同的概念，前者可以直接找出"镶嵌品"，而后者的"吸收和转化"是内在而隐蔽的。

对互文性理论作出重要贡献的先驱人物热奈特，在《隐迹稿本》一书中，按照抽象程度、蕴涵程度以及概括程度大体上递增的顺序，列出了五种跨文本(也就是多数学者表述中的"互文性")关系的类型：一是"文本间性"(即文本的共在关系)，二是"副文本性"(即文本的邻近关系)，三是"元文本性"(即文本的批评关系)，四是"承文本性"(即文本的原型关系)，五是"广义文本性"(即文本的派生关系)。[9]这里，热奈特的前两点与克里斯蒂瓦的"镶嵌说"大致吻合，后三点则与克里斯蒂瓦的"吸收和转化说"较为相似。总的来说，热奈特列出的五种情形明晰而具可操作性，后来的许多互文性研究成果都是在这个框架上的延展与深入。

这里的现代思维论观点揭示了文本存在的多元性、实践性、发展性和辩证性，的确给人以启迪。然而，对于我们的研究来说，还有几个需要进一步挖掘和深思的问题。

一、从文学作品到理论著述的辐射

迄今为止，互文性研究的对象都是文学作品，那么它对于理论著述是否适用呢？从现代学术共同体的规则来看，理论著述的文本在融入非作者自创的要素时，要么是直接引用，要么是间接转述，而这种"引用"和"转述"其实就是"互文"的特定标识。但是一般而论，理论著述的互文与文学作品的互文存在一些重要的差异：第一，理论著述的互文主要指"内容"，而不像文学作品那样还包括风格、文字、技巧、结构等"形式"的因素；第二，理论著述的互文应清晰地注明引用和转述的准确出处，否则就是学术失范或不轨。而文学作品的互文通常要经过批评家的分析、琢磨、阐发才能看清楚。

前面引述过热奈特概括的互文性关系的五种类型，其中的第三种情况，很少引起学者的注意，更没有被深入研究过，可它正是我们关注的焦点。热奈特是这样具体解释第三类互文性关系的："人们常把元文本性叫做'评论'关系，联结一部文本与它所谈论的另一部文本，而不一定引用该文（借助该文），最大程度时甚至不必提及该文的名称：黑格尔在《精神现象学》一书里即如此，暗示性地默不做声地影射了《拉摩的侄儿》。这是一种地地道道的批评关系。自然，人们曾经深入研究过某些批评类元文本，并且把批评史作为体裁来研究；然而我不敢肯定人们是否以应有的关注考察过元文本式关系的现象本身和地位。这种可能性总有一天会到来。"[10]

尽管已经话到嘴边（热奈特所说的"批评"性例子已经暗示了互文性适用于理论著述的问题），热奈特却依旧没有明确指出，互文性研究是否同样适用于和文学作品平行的另一大类——理论著述。有趣的是，今天的互文性研究成果已经相当成熟并被写进了教材类和词典类书籍[11]，但是将互文性研究方法理性地运用于理论著述的那一天似乎仍未到来。不仅如此，另一个更为重要的问题也没有得到应有的重视，那就是，热奈特的“完全暗示性地默不做声地影射”的说法，意味着在某些特定的理论著述文本中，批评的对象甚至可以类似克里斯蒂瓦在诠释文学作品互文性时所说的那样（“吸收和转化”）非同寻常地不出现。

由此，我们可以得出几个具有创新性的认识：第一，互文性研究同样适用于理论著述；第二，理论著述和文学作品的互文性研究要素不完全等同；第三，极个别理论著述的批评对象是“暗示性”的、潜在的。其互文性与文学作品的互文性类似，也要经过批评家和研究者的分析、琢磨、阐发，方能看清楚。[12]

二、《诗学》文本互文性的特点

符合以上第三点的理论著述文本（特别是经典文本）非常少，而亚里士多德的《诗学》恰好就是这样的经典文本（《诗学》的互文性可以分为两种情况，一是指明人名和文名来源但无具体注释的引用，二是与潜在的柏拉图诗学思想的论辩式对话，后者是《诗学》互文性的重头，具有全局性意义，本文研究的是后者）。按前述的认识和观点，对亚里士多德《诗学》文本互文性的特点可以做以下的分析：

1.《诗学》作者之一及其话语的缺位

普林斯顿大学东亚文学系主任、国际知名汉学杂志《通报》主编之一的柯马丁（Martin Kern），对《史记》中的“作者”问题进行了深入的分析，他指出：与先秦时代完全不同，《史记》中的“作者”开始具有清楚的个人意识。[13]这与关于西方自文艺复兴以后，艺术品作者的身份才开始逐渐明晰起来的研究相类似，[14]是从历史和文化的角度对“作者”主体概念的实证性研究，在本质上还是传统的找出影响、逐渐定性的思维。这可以称为互文性理论的逆向路径研究。而哈罗德·布鲁姆的名著《影响的焦虑》虽然依旧维护作者的中心地位，但是他的有些话既通俗又深刻：“批评是摸清一首诗通达另一首诗的隐蔽道路的艺术”，“影响，在我看来意味着，不存在文本，只存在文本间的关系”。[15]

因此，西方当代关于“作者”问题的研究其实存在三个维度：（1）通过细致的探索，努力确认文本的作者；(2)既承认作者的中心地位，又努力发掘作者所受到的影响；(3)“作者已死”(福柯语)，不存在原始写作，文本是“编织物”。

处在人类历史轴心期的古希腊出现的《诗学》，展示的是一种复杂的异见状态：一个活灵活现的人与一个不在场之人的论辩式对话，组成了一部理论著作。这部著作的行文看起来是一个人在富有逻辑地论述问题，而实际上是两个人在一问一答、难分难解地论辩诗学难题。这里逻辑性与丰富性的统一，恰恰说明不在场之人其实是问题的引领者和自成体系的理论家。很清楚，《诗学》的作者实际上是两个人：署名的亚里士多德和不在场的柏拉图。由于《诗学》的独特发明(既没有对话者，也没有对话者的语言，不存在词句抄袭和观点剽窃)，即使从今天的所谓“学术规范”角度去看，也绝对没有诟病的可能，这是一种以论述为名行论辩式对话之实的高超的理论互文性类型。

2.《诗学》论辩式对话与柏拉图对话的差异

《诗学》是一部千古一绝的、独特的“对话录”，其互文性正是通过潜在的论辩式“对话”实现的。将《诗学》的对话文本与柏拉图的对话文本加以比较，可以发现两者之间明显的差异——

(1) 对话者的显与隐。柏拉图对话录的对话者往往是：A.固定的柏拉图笔下的苏格拉底(尽管这里的苏格拉底与柏拉图有着千丝万缕的内在联系)，B.不固定的同时代的一个或多个著名人物。两者各自发表不同或接近的观点，“发送源”一目了然。而亚里士多德《诗学》的对话者是：A.署名的亚里士多德，B.潜在的老师柏拉图。因此表面看来这是一个人的论述而不是寻常的对话。

(2) 对话的主题。柏拉图的相关对话录体大量多，其主题除了诗学和美学，同时还包括其他内容。而亚氏《诗学》的对话主题是单纯而集中的诗学问题，特别是悲剧的写作问题，或者说是通过悲剧写作的具体问题来阐发一般的诗学和美学问题，涉及艺术属性、艺术创作和艺术接受诸方面。

(3) 对话的形式。柏拉图对话录的形式是有问有答式，亚氏《诗学》是暗中回答特定问题，采用直陈其事、不求回应式。

(4) 对话的体裁属性。关于柏拉图对话录文体的属性有过许多不同的见解。由于柏拉图的对话录是对苏格拉底与他人对话活动的摹仿，按照亚氏摹仿是艺术的"首要原理"的观点，应当属于"艺术"的范畴，但是难以具体命名。[16]有学者进一步认为，它们具有生动、形象、对话的特质，也就是戏剧作品，故有"戏剧诗人柏拉图"[17]的说法。而《诗学》的文本特征决定了它属于理论著述的范畴。

(5) 对话的语言风格。柏拉图极其蔑视古希腊的智者，否认他们在词语上的努力和教授方式，可是他自己的对话作品却充满文学性和反讽意味，处处讲究修辞。而亚里士多德尽管写过《修辞学》专著，可是其著述语言却十分朴素、简洁。[18]《诗学》讲究逻辑，语言平实而严肃、直白而不求文饰。这虽是亚氏著述一贯的特色，但因为其潜在对象的针对性，所以这里还是呈现出一种对照、反衬、回应的互文意味，言下之意便是：你用艺术的手段论述理论问题，我则用理论的方式论述艺术问题。在形式上这可以称为逻辑性对诗性或哲学对诗的对位性互文。

三、《诗学》文本互文性的成因

《诗学》之所以具有这些互文性特点，主要有下面几种原因：

1. 吕克昂学员的心知肚明

后人单独阅读《诗学》文本，会认为这是亚氏一个人的独白。但实际上，聆听《诗学》的，是对亚氏理论的论辩对象清清楚楚的雅典吕克昂学园的学员，他们与亚氏是同时代人，潜在的互文文本完全可以通过参照和联想来加以补足（柏拉图的许多对话录当时都是公开本）。

2. 特定的师生关系

亚里士多德秉持"吾爱吾师，吾更爱真理"的立场，但老师柏拉图毕竟是影响深远的前辈人物，因此在吕克昂学园的学员面前不便直接挑明，故存心不记、不语。

3. 政治诗学与创作学之异

柏拉图的相关对话录被称为政治诗学或“心灵诗学”，而《诗学》从表面看一直在谈创作问题，如处处提及论辩对象则有不对等之嫌。

4. 讲稿自身的特性

《诗学》为集中型讲稿，对象是学员，为了达到教学要求，具有自身的语言逻辑和层次，尽管事实上是在论辩，但是难以作一一对应性的文字表述。尤其重要的是，《诗学》是对内的非完成性著作，并未进行过整体性的编辑和加工。

5. 古希腊对文本附加信息未有说明的要求

古希腊对理论著述尚没有关于“注释”、“引用”和“参考文献”等使用方法的具体明确的要求。

《诗学》互文性的古今内涵

法裔美国学者里法泰尔认为：互文性分析的基本任务，是考察互文性在文本中留下的、可供读者感知的异常“痕迹”。[19]这里的“痕迹”即指涉端倪之意，它既是一个静态的概念（否则就无法辨认），也是一个动态的概念（因人而异）。以“当下”的视角，可以从三个方面看出《诗学》中存在柏拉图互文“痕迹”的形态与主题。[20]第一，并行互融的互文。所谓“并行互融”形态，是指《诗学》中暗含着一种对柏拉图相关思想基本认可的承继关系，是哲学上“扬”的涵义和立场。其主题主要包括：1.逻辑性、整体性、有机性等理性意识，2.艺术与上层贵族的关系等。第二，延伸发展的互文。所谓“延伸发展”的互文形态，是指《诗学》中暗含着对柏拉图相关思想的进一步推进，是哲学上“扬弃”的涵义和立场。其主题主要包括：1.艺术与摹仿的关系，2.艺术与虚构的关系等。第三,对抗悖谬的互文。所谓"对抗悖谬"的互文形态,是指《诗学》中暗含着对柏拉图相关思想的反对和颠覆,是哲学上"弃"的涵义和立场。这部分的主题较为丰沛,包括:1.艺术作品、现实世界、理式世界之间的关系,2.艺术分类的原则,3.悲剧与史诗的优劣,4.悲剧的效用,5.灵感与技艺等。

当代互文性理论十分复杂,学者们从各个角度对互文性展开了有时几乎是对立的言说,如所谓的稳定说与非稳定说、历时说与共时说、封闭说与开放说等等。但是,正如对互文性适用于理论著述的忽略一样,尽管有学者指出了互文性理论与影响研究的关键差异是从主导性的影响走向了平等的对话,从注重作者与文本的关系走向了注重读者(接受者)与批评的关系等等,可是在具体分析时,并没有结合读者(接受者)的多重性、多维性,因而难以指出解决问题的出路。后结构主义的互文理论甚至有一种"虚无"或"无边际"的倾向。笔者比较赞同这样的一些理解:互文性是"读者对一部作品与其先前的或后来的作品之间关系的感知"(里法泰尔)。"互文性是拓展封闭的文本概念的一种方法,它使人们能够思考文本的外在性,但又不因此而放弃文本的封闭性"(拉博)。互文性更强调一种性质或动态过程(克里斯蒂瓦),摈弃了存在不变本质的本质主义观点。[21] 如果将《诗学》与柏拉图在诗学重要问题上的互文指涉一一列出并加以对照就会发现,两者之间的紧密勾连和交织几乎就是一部古希腊诗学思想大全。然而从前文分析可以推知,古希腊吕克昂学园的学员眼里的《诗学》指涉"痕迹"一定与今人有异,这主要是由读者群的迁移及其引发的一系列差异所导致的。互文性理论家们的种种异说纷见,可以从这个向度做出圆融的解释。这里,笔者尝试根据辩证的思维方式,从"读者"群"迁移"的角度,对亚里士多德《诗学》互文性的古今内涵问题进行较为深入的解读与阐释。

一、《诗学》互文性的古希腊内涵

尽管古希腊并没有互文性概念,然而一旦从现代思维论向度确定

《诗学》文本的互文性质，我们就可以推想性地理解《诗学》互文性的古希腊内涵。不过，在讨论此问题之前有必要先确定一下《诗学》原初接受者的身份。在吕克昂学园聆听亚里士多德讲授"诗学"理论的是些什么人？他们是边听边记呢，还是人手一份亚氏的讲稿？这是一个较少为人提起的话题，但是对于我们的研究具有重要的意义。说《诗学》是"对内本"，是有依据的；说接受者就是学员，也毫无疑问。但是学员的"专业"是什么？罗念生认为，亚里士多德把属于创造性（制造性）科学的诗学与修辞学作为学员于学业将完成时才学的功课，这两门功课的目的在于训练门徒成为诗人和演说家。但亚氏的门徒中只有忒俄得克忒斯成了悲剧诗人。[22] 然而有学者持完全不同的观点，认为亚氏通过《诗学》要培养的其实是政治家。由于古希腊时代戏剧活动在社会生活中的重要作用，政治家只有懂得戏剧，才能更好地从事社会实践活动。

对此进行仔细分析显然是十分必要的。首先，亚氏的吕克昂学园一定与老师柏拉图的学园有某种相似之处；其次，亚里士多德本人并不是戏剧实践家，主要的志向和研究对象也不是艺术，他绝对不可能用很大精力和很长时间来办一所专门培养戏剧家（诗人）的学校。要使培养对象将来既是"诗人"也是"演说家"似乎也是不可能的。联系到亚里士多德为马其顿王子亚历山大开设的课程中包含有诗学，也可以发现一些理解的线索。这样的话，最有可能的就是，还是如先师一样，亚氏企望培养未来的小至"教育家"或"政治家"，大至"哲学家"。但是作为一个学业完整的毕业生，应当掌握诗学和修辞学这类当时成为成功的管理者所必需的知识（戏剧演出是古希腊城邦公民的功课，城邦的告示和通知等也都会在演出或竞赛前后发布。在一个文盲居多数的时代，需要修辞加以优化的演讲也是对管理者的基本要求）。在亚里士多德看来，这是在完成了理论性科学（数学、物理学、形而上学等）和实践性科学（政治学、伦理学等）以后的第三个、也是最后一个学习阶段，即创造性科学（诗学、修辞学）的学习阶段。通过这样的分析，就可以明白，《诗学》不是类似于今天戏剧学院编剧专业的教材，其开设和传授，实在是有着更加实用也更加宏远的目的。“总之，《论诗术》（即《诗学》——引者注）明显关乎古希腊的城邦‘诗教’，绝非讨论一般意义上的‘文艺创作’——如今不少学者喜欢从现代所谓‘戏剧学’的角度来绎释《论诗术》，结果不仅非常吃力，而且最终一无所获。”[23]

如果按照互文理论家们大略一致的思路，将互文性研究的着眼点放在“读者”身上，那么，“读者”群的“迁移”就是形成《诗学》互文性内涵诸多变化的关键因素。亚氏时代雅典吕克昂学园的学员（“读者”群）眼中的《诗学》与今天的研究者（“读者”群）眼中的《诗学》是既有联系也有区别的。这是一个由相对稳定、历时、封闭，逐渐走向非稳定、共时、开放的“迁移”过程，这个过程没有也永远不会完结。从互文性理论的角度看，吕克昂学园的学员们眼里的《诗学》即是一个互文性质的文本，他们的课堂学习或者散步时的师生对话（“逍遥学派”的特点）一定是有趣而意味深长的，因为学员们对《诗学》的聆听和理解必然受到以下几个方面的制约或影响：

1. 公元前335年前后古希腊的历史、政治、社会、艺术状况（文化空间）；

2. 古希腊戏剧（悲剧、喜剧、萨提尔剧）的基本和高级知识（感性和理性）；

3. 柏拉图之前民间和先贤关于艺术的一系列说法和思想（复杂而缠绕）；

4. 柏拉图关于艺术的一系列说法和思想（智慧和矛盾）；

5. 老师亚里士多德关于艺术的一系列说法和思想（学习的重点）；

6. 侧重于城邦治理考虑的相关思想观点（学习的最终目的）。

这里值得重视的是：

第一，古希腊属于人类社会的早期，历史、政治、社会和艺术都处于萌芽但又极为生动的阶段。因此，学员作为读者，自然会将教材文本与外在文化空间文本联系起来思考和理解，这是不言自明的。但是因为受时代和地理（与外部联系不发达）的局限，参照系较为缺乏，其作用是相对稳定的。

第二，亚里士多德的时代处于希腊戏剧高潮过后的尾声阶段。因此，亚氏可以集大成的态势来对希腊戏剧作出总结。尽管一些最著名的戏剧家，如埃斯库罗斯、欧里庇得斯、索福柯勒斯、阿里斯托芬等早已去世，但是学员读者一定会具备较为丰富的关于古希腊戏剧的感性与理性知识。然而由于悲剧和喜剧等本身就萌发于古希腊，“前无古人”可比，因此顺着老师的思路，读者对戏剧的认识和理解只能在当时的艺术门类内部展开（如戏剧与史诗、戏剧与抒情诗等）。由此可见，尽管有读者的参与，《诗学》文本的互文性在古希腊也是较为稳定和封闭的，而且主要是“历时”（戏剧艺术的发端、发展、繁盛、尾声）的。

第三，亚里士多德在《诗学》中提到的人名（包括理论家、诗人等各种职业）共有 46 个，提及的作品（包括理论著述和艺术作品）共有 49 部。这是老师直接提及或展开分析的情况，并不包含学员们可能已经具备的诗学知识。但是考虑到《诗学》接受者的特点，这种知识的范围应该也是有限的。

第四，最有意思的是，尽管亚氏在《诗学》中提到的人名数高达 46 个，可是却一次也没有提到最重要的柏拉图。我们完全有理由相信，出于某种特定的原因，学员读者一定是深明《诗学》针对性的，学员与教师之间不仅彼此存有默契，而且一定预先对柏拉图的诗学思想有相当的了解，否则一切就无法进行，也难以理喻了。不在场的柏拉图其实时时刻刻出现在《诗学》接受者的面前并且发出自己的声音是毫无疑问的。从时序上说，柏拉图在前，亚里士多德在后，明明白白。所以，柏拉图虽然潜在、无名，但是两者的关系呈现出较为稳定、封闭、历时的状态。

第五，吕克昂学园的学员在学习了理论性科学和实践性科学以后，实际上已经在整体观念上受到了老师亚里士多德带有倾向性思想的深重熏陶，《诗学》作为最后阶段的课程，自然也打上亚氏思想深刻的烙印。老师的讲授时时在比较分析（对象或明或暗，暗的更其重要），但是也时时在带有引导性地宣讲自己的艺术立场。

第六，吕克昂学园的学员们都内心明白，除了极个别人可能成为诗人外，学习诗学的目的是为了更好地治理城邦。因此诗学对他们而言，主要是一种方法而不是专业方向。这种心态是较为奇异而值得后世好好研究的。《诗学》的原初读者是未来的教育家、政治家甚至哲学家的一个依据是，亚氏以“哲学”为标准比较了“诗”（戏剧诗、史诗、抒情诗）与“历史”，认为诗比历史更高、更具普遍性，更有哲学意味。[24]

二、《诗学》互文性的当代内涵

经过两千多年的变迁，《诗学》变得越来越“厚”了，这是因为，对当代接受者而言，各种情形有了很大的变化，其中最大的不同就是，绝大多数的“读者”不再是未来的教育家、政治家或哲学家。随着历史的发展，诗学和修辞学在政治治理中的作用已经不再隆重。今天的《诗学》研究性读者一般会受到如下这些因素的影响：

1. 公元前 335 年前后直至今天的历史、政治、社会、艺术状况（世界的文化空间）；

2. 古希腊戏剧的总结性知识及后人对之的实践、争论和发展（极为丰盛）；

3. 迄今为止关于艺术的浩如烟海的思想和理论（众说纷纭和经典学说并存）；

4. 柏拉图关于艺术的一系列说法和思想以及后人的理解和态度（未有定论）；

5. 亚里士多德关于艺术的一系列思想和说法以及后人的理解和态度（未有定论）；

6. 多从美学、艺术与写作角度考虑的相关思想观点（艺术创作和学术研究的目的)。

这里的"读者"群"迁移"所带来的变化对《诗学》互文性的作用体现为:

第一,今人在研读《诗学》时,除了通过史料了解该文本诞生时的历史等情况(由于种种原因而导致对元初意误解的可能性依旧存在),在思想上必然还会受到较为明确的后世以及更为新鲜的当下元素的影响和渗透。这就使得关于《诗学》整体意义的评价充满了历史进阶的复杂性,呈现出一个极为多元、开放的世界文化空间。

第二,今人在研读《诗学》时,因为有颇多的参照系(包括各种译本和日积月累、汗牛充栋的"副文本")和艺术实践,所以对古希腊戏剧的认识更加立体和丰富。古典与近代、现代、当代的比照,希腊戏剧与其他艺术类型的比较,都使得今人对《诗学》的合理性、合法性和局限性有了品头论足的资本(尽管自以为是的误判,如对古希腊悲剧不重性格的批评、认为三一律发端于亚氏等比比皆是),但是无人敢言自己的理解是最接近真相的。

第三,今人在研读《诗学》时,关于诗学和艺术的学问、知识、思潮、人物等的了解,至少存在这样一些维度:柏拉图之前的、柏拉图和亚里士多德的、后世各代的、当下的。同时,经典论述与层出不穷的新观点或互相渗透或各执一词。但是,这里不存在主次的绝对律令,互文性研究将所有这些元素视为一个浑整的总体。

第四,今人在研读《诗学》时,尽管有西方诗学史论的大致指引,但由于柏拉图观点的内在矛盾性,以及读者自身的文化、政治和宗教等因素的影响,他们对柏拉图诗学思想作为理解《诗学》的参照系的认识与态度往往是大相径庭的。就这个意义上说,笔者的研究也只是一家之言而已。

第五,今人在研读《诗学》时,自然首先将其视为一个基本自足的"母本"(尽管有多处佚失),可是在亚里士多德研究已是显学的今日

(“吾爱吾师,吾更爱真理”的肺腑之言已经深入人心),他们一定会将亚氏的诗学理论与其老师柏拉图的诗学理论放在一起探讨、辨析,从而体会到内在的互文意味。这里最值得关注的是,对今人而言,柏拉图在前、亚里士多德在后,这种师生和时序关系已经不那么明显和重要了。理论著述的互文性研究所注重的,是思想和理论的潜在勾连和批评关系。

第六,今天的《诗学》“读者”,主要是文艺理论或戏剧专业的研究者和学生,虽然《诗学》可资借鉴和参考的东西很多,但是它对治国理邦几乎不起作用。读者之所以研究《诗学》,是出于对美学、诗学、艺术的兴趣与爱好。同时,今日的研究性读者面对的是《诗学》文字中的亚里士多德,其眼界与心理感受,与直接面对老师明显具有倾向性演讲的吕克昂学园的学员是不可同日而语的。在互文性理论的启示下,《诗学》向今日读者展现出了时序失范、倾向不再、宽容开放的风貌。

回到本文开头引用的车尔尼雪夫斯基对《诗学》的评价,我们发现,在互文性理论(反对根深蒂固的原创性、独特性、单一性、自主性观点)看来,对于今天的读者而言,这里所谓“第一篇最重要的美学论文”、“一切美学概念的依据”、“第一个”“独立体系”、“雄霸了二千余年”等说法,其实是过于简单化,也并不准确的。首先,《诗学》在本质上是亚里士多德与柏拉图就一系列诗学问题的对话,其思想与学术洋溢着古希腊的时代精神。不理解那种神祇时代的特性,就会在许多问题上做出南辕北辙的误判。其次,从以上的分析中已经看到,《诗学》几乎就是条分缕析地回应着柏拉图的“挑战”,但是这里的回应是有层次的,既有“并行互融”、“延伸发展”,也有“对抗悖谬”,两人的观点和思想非但不游离而且盘根错节地交织在一起。最后,由于《诗学》的内部讲稿性质和佚失等原因,留下了许多碎片化造成的疑难问题有待逐渐解决。

借用法国学者罗兰·巴特的说法,《诗学》在当代的互文性意义恰恰体现在它的"可写性"上。他在《S/Z》一书中将文本划分为两大类，第一类被称为"可写的文本"(writable text)，它"赋予读者一种角色，一种功能，让他去发挥，去做贡献"。第二类被称为"可读的文本"(readable text)，它"使读者无事可做或成为多余物，'只剩下一点点自由，要么接受文本，要么拒绝文本'"。[25]在实践中，抽象地将文本划分为"可读的"与"可写的"是很困难的一件事。"可读"与"可写"在很大的程度上其实是一物之两面，而翻动的"手"，就是读者以及它所蕴含的时代、主体、技术、工具等因素。在亚里士多德的时代，对吕克昂学园的学员来说，《诗学》的意义是相对稳定的、可读的、难以书写的。但是对于两千多年后今天的研究性读者而言，《诗学》的意义则是相对开放的、活跃的、可写的：潜在的柏拉图处处浮出水面，与亚氏唇枪舌剑、难分难解；历来对柏氏亚氏诗学思想的诠释充塞于《诗学》的字里行间，异说纷呈、刀光剑影；当代的新思维新方法把阐释的维度推向了极为广阔的领域，瞬息万变、各领风骚。薄薄的《诗学》文本在互文性的大海中被浸润得极其饱满。当然，从古希腊到当代，其间实际上存在许许多多接受层级，《诗学》对于不同层级的读者而言，其互文性都是有差异的。

本文的研究只是初步的，如果我们在文学作品互文性(目的在探求"文学性")研究的已有基础之上，从历史性、有机性、辩证性出发，总结出一套具有特定方法、概念、范畴、标识、术语等的理论著述(尤其是古典理论著述)互文性研究体系，从而进一步对文学作品互文性与理论著述互文性的关系及异同做出完整的科学的解释，并将研究推进到文本母体与文本变体、作者中心与读者迁移、意义的确定与不确定、接受美学与互文研究的关系、比较诗学与互文研究的关系、传统文艺学与互文研究的关系等有待开发和深入的课题，那么，互文性研究的疆域将在新的意义上获得全方位和立体性的展开。

(2014年)

注释

[1] [俄]车尔尼雪夫斯基:《美学论文选》,缪灵珠译,人民文学出版社 1957 年版,第 124、129 页。

[2] 笔者论述时统一使用“亚里士多德”的译名,引用他人论述时,保留其不同译法,如“亚理斯多德”。

[3] 参见罗念生:《译后记》,载亚理斯多德《诗学》,罗念生译,人民文学出版社 2002 年版,第 109 页。

[4] 柏拉图:《文艺对话集》,朱光潜译,人民文学出版社 1963 年版,第 88 页。

[5] “隐迹稿本”是法国学者热拉尔·热奈特在《隐迹稿本》一书中使用的术语,参见[法]热拉尔·热奈特:《热奈特论文集》,史中义译,百花文艺出版社 2001 年版。

[6] 参见秦海鹰:《互文性理论的缘起与流变》,载《外国文学评论》2004 年第 3 期。

[7] 参见黄念然:《当代西方文论中的互文理论》,载《外国文学研究》1999 年第 3 期。

[8] 参见李玉平:《“影响”研究与“互文性”之比较》,载《外国文学研究》2004 年第2 期。

[9] 参见[法]热拉尔·热奈特:《隐迹稿本》,载《热奈特论文集》,史中义译,百花文艺出版社 2001 年版,第 69—77 页。

[10] [法]热拉尔·热奈特:《隐迹稿本》,载《热奈特论文集》,史中义译,百花文艺出版社 2001 年版,第 73 页。

[11] 例如[法]蒂菲纳·萨莫娃约《互文性研究》(邵炜译,天津人民出版社 2003 年版),[美]艾布拉姆斯《文学术语词典》(吴松江主译,北京大学出版社 2009 年版),[美]杰拉德·普林斯《叙述学词典》(乔国强等译,上海译文出版社 2011 年版),赵一凡等主编《西方文论关键词》(外语教学与研究出版社 2006 年版),[英]Chris Baldick: *Oxford Concise Dictionary of Literary Terms*, Oxford University Press 1996,[英]Andrew Bennett & Nicholas Royle: *An Introduction To Literature*, *Criticism And Theory*, Pearson Education Limited 2009 等。

[12] 文学作品互文性和理论著述互文性的关系及异同研究应当是一篇专门论文的主题。

[13] 参见《柯马丁受聘我校特聘教授》,载《上海师大报》2014年5月10日第2版。

[14] 参见[美]特伦斯·霍克斯:《结构主义和符号学》,瞿铁鹏译、刘峰校,上海译文出版社1987年,第123页。

[15] [美]哈罗德·布鲁姆:《影响的焦虑》,徐文博译,三联书店1989年版,第101—102页。

[16] 参见亚理斯多德:《诗学》,罗念生译,人民文学出版社2002年版,第4页。

[17] 参见戈登(J.Gordon)等:《戏剧诗人柏拉图》,张文涛选编、刘麒麟等译,华东师范大学出版社2007年版。

[18] 参见李平:《柏拉图亚里士多德诗学著述文体论》,《社会科学》2005年第3期。

[19] 参见秦海鹰:《互文性理论的缘起与流变》,载《外国文学评论》,2004年第3期。

[20] 对《诗学》指涉"痕迹"进行具体比较和阐释的内容极其浩大,本文暂不展开论述。

[21] 参见秦海鹰:《互文性理论的缘起与流变》,载《外国文学评论》,2004年第3期。

[22] 参见罗念生:《译后记》,载亚理斯多德《诗学》,罗念生译,人民文学出版社2002年版,第93页。

[23] 刘小枫:《中译本前言》,载[阿拉伯]阿威罗伊《论诗术中篇义疏》,刘舒译,华夏出版社2009年版,第18页。

[24] 参见亚理斯多德:《诗学》,罗念生译,北京:人民文学出版社2002年,第24—25页。根据有的学者的说法(参见刘小枫:《中译本前言》,载[阿拉伯]阿威罗伊《论诗术中篇义疏》,刘舒译,华夏出版社2009年,第16页),《诗学》中亚氏认为诗高于历史的辩称其实是针对古希腊《历史》一书的作者修昔底德的。此说值得商榷,因为责难诗和诗人的最有影响的古希腊名人当然是柏拉图。

[25] [美]特伦斯·霍克斯:《结构主义和符号学》,瞿铁鹏译、刘峰校,上海译文出版社1987年版,第116页。此书将 writable text 和 readable text 译为"作者的文本"和"读者的文本",意思不够确切。

重印后记

《神祇时代的诗学》2004 年初版以来，受到广大读者的欢迎。书不仅很快售罄，而且在知网上被全文下载了数千次。一些年轻的学人对我说，他们在学习西方文论的时候读过此书；也有高校的教授告诉我，他们把此书推荐给自己的研究生研读。这既让我感到欣慰，也让我感到惭愧。

16 年以前，当我写下这些关于古希腊诗学的文字时，内心充满了一种释疑解惑的激动。我希冀自己的思考、追踪和阐释，能够说清楚一些层峦叠嶂、互相缠绕，或者以讹传讹的古典问题。今天看来，这些文字的大部分还是有效的，它将“神祇时代”作为讨论的前提，至少是一种时空理念的重要提醒。

著名文艺理论家朱立元先生在评审此书时说：它不仅对中国的古希腊诗学研究，甚至对整个西方文论研究都具有启迪价值。这是抬爱，我很清楚。但我真心希望能通过自己的努力，拨开古希腊诗学这棵“老树”的厚重枝丫，从而逐步澄清其元初的真义。而事实上，尤其在中国语境里，种种“研究”所营造的西方古典诗学的迷雾实在太浓重了，悬而未决的难题也太多了。有点遗憾的是，这么多年过去了，孤陋寡闻的我，并未读到能进一步清晰解释古希腊诗学研究种种困局的新章。而我自己，能够提供的，也只有一篇从“互文性”的新角度来比较深入地解读亚里士多德《诗学》与潜在的柏拉图诗学思想关系的论文。我把它放在书末，作为一个可以与原书互参的附录。当然，这也绝不是一个轻而易举就能说明白的理论问题。

《神祇时代的诗学》有机会重印出版，我要诚挚感谢上海人民出版社。多年来，我的几部书稿都是在这个优秀的出版社出的，这让我深感荣幸。我还要特别致谢曹培雷女士（本书初版编辑）和秦堃、郑家豪先生（本书新版编辑），他们的热情鼓励和认真细心，我会铭记在心。

但愿年轻的朋友喜欢这本书，我是写给你们看的。

李　平

2020年盛夏于上海徐家汇